安庆师范大学学术出版基金资助
安徽省高等学校人文社会科学研究项目研究成果
（项目批准号 SK2021A0366）

遥望理想

陈映真的批判视野、身份认同与“中间物”意识

蔡伟保——著

人民东方出版传媒
People's Oriental Publishing & Media
東方出版社
The Oriental Press

图书在版编目（CIP）数据

遥望理想：陈映真的批判视野、身份认同与“中间物”意识 / 蔡伟保 著 . — 北京：东方出版社，2023.9

ISBN 978-7-5207-3203-1

Ⅰ.①遥… Ⅱ.①蔡… Ⅲ.①陈映真（1937–2016）—文学研究 Ⅳ.① I206.7

中国版本图书馆 CIP 数据核字（2022）第 227086 号

遥望理想：陈映真的批判视野、身份认同与“中间物”意识

（YAOWANG LIXIANG:CHEN YINGZHEN DE PIPAN SHIYE、SHENFEN RENTONG YU “ZHONGJIANWU” YISHI）

作　　者：蔡伟保

策　　划：张永俊

责任编辑：张永俊

出　　版：东方出版社

发　　行：人民东方出版传媒有限公司

地　　址：北京市东城区朝阳门内大街 166 号

邮　　编：100010

印　　刷：北京联兴盛业印刷股份有限公司

版　　次：2023 年 9 月第 1 版

印　　次：2023 年 9 月第 1 次印刷

开　　本：660 毫米 ×960 毫米　1/16

印　　张：18.5

字　　数：203 千字

书　　号：ISBN 978-7-5207-3203-1

定　　价：68.00 元

发行电话：（010）85924663　85924644　85924641

序言

陈映真是台湾文学史上的重要作家之一，在海内外有着广泛而重要的影响。从 1959 年在《笔汇》发表第一篇作品《面摊》开始，到 2001 年在《联合文学》发表《忠孝公园》，陈映真用自己将近半个世纪的创作，见证了台湾风云变幻的历史。作为思想型作家，陈映真的作品都有特定的思想倾向，总的来说，左翼倾向和坚持统一的民族主义倾向是他创作的思想底色。当然，因为历史环境的不断变化和陈映真的思想结构之间形成了互动，陈映真的思想也处于不断变动的状态。这种不断变动的思想和创作之间的关系就是本书要研究和阐释的对象。

值得一提的是，陈映真除了小说之外，还写有大量的杂文、评论，这些非文学作品是陈映真思想更加直接的写照。正如《陈映真作品集·出版缘起》中所说的："三十年来，他呈现在无数访谈、议论、随想和争论中的思想，如今回顾，他一直孤单却坚定地越过一整个时代对于现实视而不见的盲点，截穿横行一世的捏造、歪曲和知性的荒废，掀起日本批评、现代主义批判、乡土文学论战、第三世界文学论、中国结与台湾结争论、台湾大众消费社会论、依赖理论和冷战民族分裂时代论等一个又一个纷纭的争议，在战后台湾思想史上，文学家的陈映真成为备受争议，无法忽视的存在。”

陈映真被文学批评界称为“台湾的鲁迅”，之所以这么命名，是因为他继承了鲁迅的批判思想和批判实践。由于坚持着知识分子的批判视野，陈映真的创作思想呈现出和鲁迅类似的“中间物”意识的特征：在批判的同时也批判自身。而这种不断变动的思想和这种彻底的批判性使得陈映真对于“我是谁”的问题陷入严肃的追问之中。反过来说，关于“我是谁”的身份认同也成为陈映真建构自己的思想结构、形成自身的批判视野的出发点。所以，我们选择陈映真的身份认同作为研究陈映真的创作思想的切入点，并以此为契机，深入挖掘陈映真的批判实践所具有的历史意义和特殊性，以期给当下的思想界提供一个可供参考的意义空间。

我们对陈映真的研究不仅立足于台湾文学的范畴，更把他置于20世纪中国文学的发展脉络中，乃至置于现代中国的现代性追求中进行思考。因此，本书不仅仅是文本的分析，更多的是思想的提炼。绪论部分对目前陈映真的研究状况进行了综述，并提出了研究方法。

正文从历时性的角度出发，以陈映真的思想结构与身份认同的关键性变化为线索，分为以下几个部分：

第一章首先从知识分子的身份入手，追寻陈映真所受到的鲁迅的影响。鲁迅对陈映真的影响不仅体现在民族身份的认同方面，更多的是一种知识分子的彻底的批判精神。以鲁迅的历史的“中间物”意识为参照，我们提炼了陈映真精神结构中具有不同特点的“中间物”意识，这也是本书的主要思考路径。

第二章集中探讨了陈映真在1959年到1965年的写作所呈现出

来的政治身份认同的特点。台湾 20 世纪 60 年代外在的政治环境和左翼青年主体内在的精神分裂使他这段时期的创作呈现出复杂的张力。他在这段时期的思考广博而幽深，在文学和思想方面都具有很高的研究价值。

第三章主要分析上述时期陈映真在创作中体现的民族身份认同的特点。陈映真的民族身份的建构不仅来自民族血缘，更大程度上体现出一种文化建构的过程，其中文学在民族身份认同方面发挥了重要作用。另外，陈映真的民族身份的建构不是孤立的，而是和阶级、政治身份有着密切关联的。

第四章重点分析了“文革”的发生对于陈映真的身份认同的作用，及其在写作方面产生的影响。“文革”对于他的精神结构的影响主要体现在两个方面：一是“文革”以及世界范围的左派革命让他看到了冲破国民党专制统治的曙光。二是“文革”所呈现的对于人的思想的规训和再造的模式，使他从前期的左翼主体的内在精神冲突中解脱出来。相应地，这个时期的写作在风格、题材和文体方面都有不同的表现。

第五章以 1979 年为转折点，分析“文革”结束之后，“文革”真相在台湾的披露给陈映真的精神结构带来的深远影响。我们认为，这一时期陈映真的主要特点是“中间物”意识的重构。这种重构，是相对于 1965 年之前的“中间物”意识，也是相对于 1966 年之后的精神结构上的变化。伴随着“中间物”意识的重构，陈映真也随之对自己的理想主义的目标和实现途径进行了艰难的调整。

结语部分总结了 20 世纪 90 年代以来陈映真在身份认同方面表现出的主要特点，并概括了陈映真的写作对于当下的中国思想界所具有的启发意义。

本书试图深度考察陈映真知识分子身份的建构，以及基于这一身份所产生的立场在20世纪的精神历程，并在论述中借助历史“中间物”的角度，对陈映真的思想张力进行辨析，尤其是对新语境下的思想转化进行深入分析，以期为学术界提供一个有效的知识分子研究的深度模式。

目录

绪论

一

回顾历史，中国的思想与社会变革和知识分子有着密切的关联。从传统士大夫阶层1861年改良性质的“洋务运动”始，到“戊戌变法”拉开近代政治体制变革的序幕，再到资产阶级革命性质的辛亥革命、以马克思主义为指导思想的无产阶级革命，直至20世纪80年代的改革，中国经历了曲折复杂的社会变革的历史，在这百年变迁之中，知识分子占据着绝对重要的核心地位。中国现代知识分子在20世纪初社会转型期已经经历了痛苦的新旧冲突与挣扎。相对于近代中国第一代知识分子，在第二代知识分子[①]身上，这种转型期的中西、新旧的冲突更为明显。在少数灵魂丰富、心思深沉的知识分子那里，这种分裂甚至已经内化为整个文化人格的标志，比如汪晖

---

① 我们采用林毓生的说法，以严复、康有为、梁启超等第一批具有现代意识的知识分子为近代中国第一代知识分子，而以李大钊、陈独秀、胡适、鲁迅等第一批具有留学背景的知识分子为第二代。见［美］林毓生:《中国意识的危机——“五四”时期激烈的反传统主义》，穆善培译，贵州人民出版社1986年版。

对鲁迅的分析和定位：历史的中间物。[①]

而进入 20 世纪中叶的中国知识分子，在国家的意识形态和自身的知识分子的身份独立性之间感受到了剧烈的张力。随着改革开放之后社会对于知识的崇拜，知识分子的位置由边缘进入中心。而进入 90 年代，知识分子特别是人文知识分子再度边缘化，90 年代知识界的“人文精神大讨论”，标志着社会意识形态价值标准的转换。

历史的进程曲折、复杂、紧张。知识分子始终不得不站在时代的最前沿，深刻地感受时代的荣誉与欢欣、罪责和痛苦。当代中国的知识分子不仅要面对外在的社会价值标准的剧烈动荡，同时也面临着知识分子内部的思想分化。当代知识分子如何看待和确立自身的社会角色，发挥自身的独特作用？在这当中，身份问题就成为一个核心问题，也就是说，知识分子如何安身立命？如何处理纵向的历史和思想潮流的变迁和横向的思想分化所形成的双重困惑？

这就是我们讨论陈映真的写作与身份认同的关系的背景。以个案进行历史研究，也许不能为我们的问题找到现成的答案，然而却能给我们提供一个参照和思考的对象和空间。虽然陈映真的创作、评论主要基于台湾地区现实，但是不可否认的是他的思想历程几乎没有离开过大陆的现当代史。并且因为和大陆的这种同源然而又有着一定距离的思考轨迹，陈映真具备了独特的参考价值。台湾知识分子的思想轨迹可以作为我们自我观察的一面镜子。台湾于 1895 年由清政府割让给日本以后，百年之间和中国本土分分合合，但是总的来说，海峡两岸现代以来的历史走的是同样一条道路，也就是所

---

① 参见汪晖：《反抗绝望——鲁迅及其文学世界》，生活 · 读书 · 新知三联书店 2008 年版，第 181 页。

谓的“后发展国家（地区）的现代性”。

在以陈映真为代表的台湾知识分子身上，他们更早地体会到社会变革所形成的精神困境。在大陆出版的文集序言中，陈映真说道：“一九七五年回到家园以后，抱着较为明显的自觉，以小说的形式，思考在外资推动下迅速发展的、台湾战后资本主义下的人和文化的处境。……我写的这些跨国资本下的人的故事，是坚决和世界市场与商品经济断绝的几亿中国大陆读者所不能理解的吧。我于是感到宿命地在文学上被阻隔在民族之外的，深刻的寂寞。然而，70 年代后期开始，中国大陆巨大的社会经济变革，竟而打开了那些作品被大陆同胞读者所理解与批评的大门。”[①] 因此，考察和理解陈映真在历史和现实的交错中对于自我身份的定位，有助于理解思想界当下的身份和思想分化的原因和应对之道。

二

在此前提下，“身份认同”成了我们切入陈映真写作的理论出发点。身份认同来源于英文“identity”。“identity”包含着两重含义：一是在“身份”层面上，是对“我是谁”的认知；二是在“认同”层面上，是对与自己有相同性和异质性的事物以及两者关系的认知。

---

① 《陈映真文集・小说卷》，中国友谊出版公司 1998 年版，序言。

有相同必有差异，因此对于身份的研究也就是对个人与社会、个人与集体之间关系的研究。

把身份认同放回西方学术史的历史性语境中来看，我们现在所说的“身份认同”和启蒙主义以及现代性的开展是密切相关的。现代哲学的开创者从笛卡尔、洛克到莱布尼茨，虽然他们的身份观有所不同，但是有一点是相同的，那就是建立在这样一个信念之上，即认为存在着一个自我和内核，像灵魂或本质一样一出生就存在，虽然过程中会有发展，但是在人的一生中基本保持不变，并由此生发出连续感知和自我认知。到了康德，主体呈现出更抽象、更超验的特征，不再只是实在的个体，主体成为意识本身。从《纯粹理性批评》的逻辑来看，“先验统觉”的概念表明，对象的统一性来源于构造它们的主体意识的综合同一性。“我”证明再现的表象与消逝的表象是同一的时候，便已先行假定了现在的自我与过去的自我是同一的。这种倒逼式的逻辑最终把知识的合法性落实在了人对于“自我”的统一性的确证。同时，先验统觉还基于直观的形式即空间、时间的综合统一性，它是先验统觉的基础。所以在康德那里，主体观是建立在绝对时空的基础上，是非历史、超时间和抽象的。

这是西方身份认同的第一个阶段，也就是以主体意识为核心的身份观。当马克思颠覆了黑格尔的哲学以后，这种主体意识的自我确证也随之瓦解。在马克思那里，人的存在本质和合法性，不是来自自我的体认，而是来自社会存在。虽然主体的社会性得到了大部分社会学家和心理学家的承认，也因此认识到自我具有高度的复杂性和多变性，但是总的来说，完整的自我——这个在社会中形成的内核，通常被认为多少成功地整合了各个方面，因此其倾向和行为是连贯的、始终如一的。到了现代社会后期，连这个假设都受到了后结构主义和后现代主义理论的质疑和颠覆。

对身份问题的关注随着结构主义、后结构主义和后现代主义成为主流思潮迅速被凸显出来。主体的消解必然会被当作身份的危机来感受和体验。总的来说，在霍尔看来，现代文化认同问题与现代西方主体性演变密切相关。从启蒙主义开始，西方哲学衍生了三大主体模式：以理性自我为核心的启蒙主体，以马克思主义为代表的社会学主体，以及后现代主义强调的多元、差异、历史化和不确定性的主体。从启蒙哲学中主体的诞生，一直到后现代主义中主体的死亡，主体越来越被压缩和边缘化，最后指向文化研究中的差异论和身份政治。

在《文化身份与族裔散居》中，霍尔提出了关于“文化身份”的两种立场：第一种立场是把“文化身份”定义为一种共有的文化，集体的“一个真正的自我”，他指涉的是一种在历史中的标志性的特征以及永恒不变性。还有另一种相关却不同的特点，这种立场认为，“除了许多共同点之外，还有一些深刻和重要的差异点，它们构成了‘真正的现在的我们’，或者说，由于历史的介入，构成了‘真正的过去的我们’。我们不可能精确地、长久地谈论‘一种经验、一种身份’，而不承认它的另一面：即构成某一种群体独特性的那些断裂和非连续性。在这第二种意义上，文化身份既是‘存在’又是‘变化’的问题。它属于过去同样也属于未来”。[①]

霍尔总结说：“从主观视角出发，文化身份根本就不是固定的本

① 霍尔：《文化身份与族裔散居》，《文化研究读本》，中国社会科学出版社2000年版，第211页。

质，即毫无改变地置身于历史与文化之外的东西。它不是我们内在的、历史未给它打上任何根本标记的某种普遍和超验精神。……文化身份就是认同的时刻，是认同或缝合的不稳定点。而这种认同或缝合是在历史和文化的话语之内进行的。不是本质而是定位。因此，总要一种身份的政治学，位置的政治学。”①

霍尔主要是以民族身份为主要指涉来总结文化身份的主要特点的，但两种倾向同样可以适用于其他类型和领域的身份问题，比如阶级、种族、性别等身份领域。霍尔的看法很具启发性，揭示了历史语境下的身份认同问题的本质。认同问题也从“我们是谁”和“我们从哪儿来的问题”转变成“我们会成为谁”“我们如何重现（represent）自己”。认同似乎是在诉诸过去历史中的某种本源，实际上是使用有关资源的问题。

总的来说，关于身份认同，有几个理论特征可以作为重新研究陈映真的写作和身份认同关系的基点：

1. 身份不是一个具备本质性特征的基点，不是固定不变的，而是一直伴随时代、历史、文化和权力的“嬉戏”而变化，它具有一种变动和未完成性，它一方面指向过去，同时指向未来。

2. 身份认同的内涵在现代以来基本是基于差异的身份政治。是人们根据自身在当下语境下的需求而做出的寻求、链接和定位。差异伴随着连续，并且伴随着连续持续存在，要想把握连续中的差异，可以参照德里达的“延异”观念：意义的不断扩散和永不完成性，以及不同影响来源的“在场”关系。

① 霍尔：《文化身份与族裔散居》，《文化研究读本》，中国社会科学出版社2000年版，第212页。

3. 身份认同和文学话语之间有密切的联系。文学作为构建身份认同的主要话语实践，在构建身份认同、进行身份认同的话语权争夺和身份政治的斗争中都起到重要的作用。

三

陈映真作为华文文学领域的知名作家，他的影响力遍及海峡两岸和世界各地。大陆从 1981 年开始出现的以陈映真为专门研究对象的单篇论文有 200 多篇，以陈映真为题的博士论文有 2 篇，硕士论文从 2001 年到 2022 年有 30 篇。台湾以陈映真为题的硕士论文有 6 篇。海峡两岸召开的关于陈映真作品的研讨会有 3 次。分别是 1988 年在香港召开的“陈映真的文学创作与文化评论国际研讨会”，2009 年在北京召开的“陈映真先生创作 50 年学术研讨会”，在台湾新竹交通大学召开的“陈映真思想与文学学术会议”。

从陈映真的写作和身份认同的关系来观照目前的研究成果，已经有一些值得总结和具有启发性的研究和结论。很多研究都从不同的侧面和角度逼近或说明陈映真的作品中呈现出来的某种身份意识。

徐复观在《海峡东西第一人》中给陈映真以高度评价，称他为“海峡两岸第一人”。 给予这种高度评价并不是因为陈映真的创作才华，而是陈映真透过创作展示了台湾其他作家都没有能认识到或者即使认识到却没有艺术地表现出来的问题：“因为他透出了中国绝大多数人是没有根的人的真实。这种无根，对于台湾人来说是历史与地域的，对于大陆来说，是政治与文化的。”[①]是一种“两脚腾空”的状况。徐复观的看法无疑是敏锐且高远的，他基本说出了贯穿陈映真创作历程的根本的驱动力和表现对象。在大时代的播弄之下各种阶层、族群的身份感都遇到了或大或小的挑战。无论是从大陆来台的外省人，还是在台湾的本省人，在特定的政治环境下都曾遭遇身份感的迷失。

宋东阳（即陈芳明）较早触及陈映真作品中另外一类关于身份认同的重要问题：省籍矛盾。宋东阳在《缝合这一道伤口——论陈映真小说的分离与结合》中指出：“无论是他的小说或理论文字，都贯穿了一个重要的主题：分离与结合。”宋东阳从多个侧面展现了陈映真的小说世界中呈现出来的外省人和本省人面临的不同性质的身份认同的危机。“从幻灭到绝望的本地人”在战后初期的“祖国之梦”遭受的沉重打击在《乡村的教师》中得到了公然的描写。而在《故乡》这篇小说里，“以巨大的象征手法企图表达台湾本地人双重落空的心境”[②]。

值得一提的是，日本学者松永正义在对写于20世纪80年代的两篇“政治小说”《铃铛花》和《山路》的分析中指出隐藏于小说叙事逻辑中的“二二八”事件。松永正义说：“在这个过程中有成千上万的人被捕、被杀。这一连串的经过，终于在台湾的战后史上留下

---

① 徐复观：《海峡东西第一人》，《陈映真作品集14·爱情的故事》，人间出版社1988年版，第64页。

② 宋东阳：《缝合这一道伤口——论陈映真小说的分离与结合》，《陈映真作品集14·爱情的故事》，人间出版社1988年版，第134页。

了深刻的伤痕，也迫使台湾的人们从此缄默。”[1]在松永正义看来，台湾本省人因为这个腐败政权的实权都握在外省人手里，所以本来应该是反政府的意识，便也被意识为反外省人的意识，终至酝酿成为一种以反大陆为形式的感情。这件事对台湾人的中国民族认同感的形成，留下了一大片阴影。[2]

除了以一个中国为取向的民族主义的民族认同（“要堂堂正正做不龟缩的中国人”），刘绍铭在《陈映真的心路历程》中特别提出另外一种陈映真一直坚守且和民族认同形成某种张力的认同对象：“寻求安身立命的信仰。”可以这样说，单纯的民族身份的认同不能构成陈映真完整的心灵图谱。一定有更深层次的价值体系构成超越单纯的民族主义成为陈映真安顿身心的依靠。宗教曾经是陈映真的人道主义的主要出发点，但是最终却因为和世俗的脱离而淡出了他的世界。“有良心的知识分子，怀抱人溺己溺的淑世精神。面对各种不平现象挺身而出，也是这种人的天性。”[3]刘绍铭简短的话语，却道破了陈映真倾向于社会主义和大陆革命的最内在的原因。以此为出发点，左翼的理念因此成为陈映真一生都难以割舍的情结。

大陆较早研究陈映真的专著是黎湘萍的《台湾的忧郁——陈映真的写作与台湾文学精神》。他进入陈映真的写作世界的切入点是台湾文学写作中的“自由意识”以及“自由意识”受到压抑之后产生的

---

① 松永正义:《透视未来中国文学的一个可能性》,《陈映真作品集14·爱情的故事》，人间出版社1988年版，第178页。

② 松永正义:《透视未来中国文学的一个可能性》,《陈映真作品集14·爱情的故事》，人间出版社1988年版，第178页。

③ 刘绍铭:《陈映真的心路历程》,《陈映真作品集15·文学的思考者》，人间出版社1988年版，第209页。

“苦恼意识”。通过对日据时期的殖民压迫、光复以后至20世纪七八十年代国民党的专制统治以及80年代中期以来的消费主义时代对人性的压抑和异化这三个时期的不同性质的压抑机制的刻画，黎湘萍勾勒出台湾文学自近代以来的“苦恼意识”的文学表现。黎湘萍把陈映真的写作置于这样一个压抑机制下苦恼意识的不断漂移的历史中。

赵刚的专著《求索——陈映真的文学之路》以及系列文章在陈映真的写作和身份认同的关系上有了更清晰的认知和理解。赵刚认识到在陈映真的身份认同的结构中，存在着不同因素之间的复杂张力。比如早期写作中呈现出来的左翼青年的理想主义和两性关系之间的辩证纠结，也即作为青年男性的性别身份对青年陈映真的左翼身份既拆解又促进的复杂张力。赵刚的研究以单篇论文为主，偶尔有几篇合论（比如《“老六篇”论——在历史、思想与文学交会处的书写》），主题也相对集中，这就出现一个问题，就是对于时间跨度较大的文本世界，相对缺乏内在的勾连和联系。

这一点在贺照田的研究中得到了方法论上的补充。贺照田《当信仰遭遇危机——陈映真20世纪80年代的思想涌流析论》的独特之处在于贺照田有意绕过80年代陈映真正面展开的诸具体知识、思想、文学、文化论述实践，透过种种蛛丝马迹勾勒出陈映真没有正面展开的——大陆对“文革”的反思而引发的对陈映真的冲击和他因之产生的思考、观念的调整与决策。以贺照田的说法：“在我自己，这论文确有关‘我是谁？我从哪儿来？要到哪里去？’——这样一个让我的心发疼、发紧却无法绕过的问题群。”[①] 对于我们来说，这恰恰

① 贺照田：《当信仰遭遇危机——陈映真20世纪80年代的思想涌流析论》，《开放时代》2010年10月。

就是陈映真对自身的身份认同进行再认识和再调整的过程。陈映真80年代以后面对“文革”真相的揭露遭受巨大心理冲击，对于大陆的社会主义实践的认同遭到了沉重打击。但是这种认同的解构并没有使陈映真走向“转向”的道路，而使他走向了一条艰难的民主主义、民族主义的重构和建立于“爱与希望”基础上的理想主义的重构之路。陈映真的一系列主要观点都因此而受到震荡和重组。在小说创作中也有鲜明的体现。这在其他学者的研究中是没有得到足够重视的。

赵刚对陈映真早期作品中的身份认同的复杂张力的探讨和贺照田对80年代的陈映真在身份认同方面的研究都富有深度，在他们的研究基础上，我们将以历史的“中间物”意识作为线索，以“文革”的发生、结束作为主要契机，把赵刚和贺照田所开拓的工作在逻辑上进一步打通，并在历史的维度上加以深化。

四

我们将从历时性的角度考察陈映真的写作与身份认同的关系，其中的身份认同既包含陈映真通过他的写作体现出来的他本人的身份认同，也包含作品中作为写作对象的身份认同，也就是说，身份认同既是表现的主体，也是表现的客体。通过这种在写作中双重呈现的主客体的综合性探讨，分析以下两个方面的问题：第一，陈映真的身份认同和他所处的时代环境的关系是怎样的？第二，陈映真的身份认同除了在和外在的时代环境的互动之外，有没有其他的动力机制？并且呈现出怎样的一种历史变化？

无论是左翼的意识形态对当代知识分子的塑造，还是革命意识形态瓦解以后知识分子对世俗社会既拥抱又拒斥的复杂心态，陈映真都具有典型意义。而且，陈映真的创作、文论以及杂文正是这一心路历程以及身份认同的历史性的具体表现。这一考察可以作为当代中国知识分子的身份认同的个案，具有跨越海峡的典型意义。陈映真在体现当代知识分子思想转化和身份认同的转变的典型性的同时，又体现出自身独特的个性。

从根本上来说，讨论陈映真的写作及其与身份认同的关系，目的在于逼近这样的一个问题意识：在后发展国家对于现代性的追求的框架之下，后发展国家的知识分子在这种现代性的追求中面临着怎样的机遇和挑战，又如何应对其中结构性的矛盾与困惑？

其中的矛盾与困惑呈现出历时性与共时性的纠缠。陈映真的思想结构中存在着两种不同范畴然而却相互联系的身份意识：阶级、政治身份和民族身份。这两者之间呈现出勾连和分离的复杂的纠缠，对于陈映真来说，他不仅要面对阶级身份自身所遭遇的历史困境，更要同时处理民族身份所面临的挑战，甚至有时不得不身处这两者之间的冲突之中。在后发展国家的现代性进程之中，知识分子不仅要处理历时性的思想、主义与制度的变迁给他们带来的挑战与机遇，同时要处理共时性的民族国家之间的不平等的霸权关系。而且这两者往往呈现出一种两难的悖论。陈映真对这些问题的思索同时也是我们所关心的核心问题。

第一章

陈映真与批判知识分子的主体身份

第一节　“知识分子”的身份与彻底的批判性

陈映真批判思想的建构过程及其内在矛盾深刻揭示了他所面临的历史变迁和冲突。伴随着20世纪中叶以来美苏对抗的冷战秩序的形成，台湾在鸦片战争之后经历了50年殖民统治，在短暂的回归之后，重新进入和祖国大陆“分断”的局面。由此形成了台湾和大陆在意识形态和地缘政治上的双重割裂和对立。在美国的庇护下，政治上，国民党当局用军事戒严的方式对台进行高压统治，几乎所有左翼的政治力量被一扫而空。经济上依附美国和日本形成三角关系发展资本主义经济。在文化方面则以“反共爱国”的宗旨为官方主旋律。也就是说，陈映真所谓的“冷战—内战”[①]的双重构造是台湾战后意识形态的基础。陈映真的思想特点在于，一方面他以左翼思

① “冷战—内战”双重构造是陈映真对战后台湾政治和文化状况的独特的高度概括性和精确性定位。虽然陈映真往往以左翼的视角来使用这个概念，但是毋庸置疑的是，这个概念本身是超越左与右的政治立场的，基本是一种事实性的描述，也就是说，即使是从右的或者资本主义阵营来看，这个概念也是成立的。

想资源突破国民党的“反共”的冷战结构；另一方面，他以“祖国”为基础的民族团结和民族认同超越由于内战造成的两岸分断的政治和文化现实。对于“冷战—内战”构造的超越构成了陈映真批判思想的基础和出发点。这也构成了陈映真早期创作和评论的主要主题和关切。

纵观陈映真的写作历程，无论陈映真本人的批判资源和批判对象经历过怎样的历史性的挑战和变动，批判精神永远是陈映真面对外在世界的主旋律。正如《陈映真作品集·出版缘起》中所说的：“三十年来，他呈现在无数访谈、议论、随想和争论中的思想，如今回顾，他一直孤单却坚定地越过一整个时代对于现实视而不见的盲点，截穿横行一世的捏造、歪曲和知性的荒废，掀起日本批评、现代主义批判、乡土文学论战、第三世界文学论、中国结与台湾结争论、台湾大众消费社会论、依赖理论和冷战民族分裂时代论等一个又一个纷纭的争议，在战后台湾思想史上，文学家的陈映真成为备受争议，无法忽视的存在。”[①] 可以说，缺少了陈映真的台湾，就是一个思想史残缺不全的台湾。陈映真，是观察台湾不可或缺的“左眼”。

对于现实世界的外在指向的批判固然是陈映真的主要文化实践和身份标识，但是更能显示出陈映真的思想批判的深度和彻底性的，却是他的向内的自我反思和自我批判。陈映真的批判风格是：在批判的同时能坦率承认对方的合情合理之处，而作同情性的理解。在建立自己的批判资源和方法的同时却又保持着内省。陈映真批判思

---

① 《陈映真作品集·出版缘起》，《陈映真作品集》，人间出版社 1988 年版，第 3 页。

想的辩证性贯穿着他的批判历程的始终。纵观台湾社会，乃至当代中国文学和思想史，能自始至终地坚持彻底的批判立场的也屈指可数。所以有研究者称陈映真为“台湾的鲁迅”。我们认为正是在坚持批判的彻底性方面，陈映真继承了鲁迅的精神内核。

在很多情况下，陈映真的敏感的批判视野往往超越于时代。他的很多批判实践往往要在过去几年，甚至十几年之后才在社会上有较大的讨论。比如对于台湾现代主义文学的批评，对于全球化背景下跨国公司的反思，等等。这种超越同时代人的批判力度和前瞻性不禁让我们深思：陈映真的批判动力来自何处？在面对社会发言时他是如何自我定位和如何看待自己的身份的？弄清楚这个问题，不仅是理解他的批判实践和动力的基础，也是我们进一步讨论“身份”问题的立足点。

在 1975 年的一篇自我回顾和总结性的文章中，他说自己基本上“是市镇小知识分子的作家”[①]。这是陈映真对自己的第一次明确的身份定位。在这篇文章中，“市镇小知识分子”这个身份很大程度上是作为陈映真分析自己的文章风格的形成及其变化的原因的方法论而使用的。也就是说，“市镇小知识分子”是一个带有阶级话语性质的自我定位。“市镇”位于城市和乡村之间，“小知识分子”位于上层社会的统治者和下层社会的普通百姓之间。这个地域和社会身份的双重中间状态成为陈映真分析自己的小说风格的恰当理由：“在现代社会的层级结构中，一个市镇小知识分子是处于一种中间的地位。当景气良好，出路很多的时候，这些小知识分子很容易向上爬升，

---

① 陈映真：《试论陈映真》，《陈映真文选》，生活·读书·新知三联书店1999年版，第1页。

从社会的上层得到不薄的利益。但是当社会的景气阻滞，出路很少的时候，他们不得不向着社会的下层沦落。于是当其升进之路顺畅，则意气昂扬，神采飞舞；而当其向下沦落，则又往往显得沮丧、悲愤和彷徨。陈映真的早期作品，便表现出这种闷局中市镇小知识分子的浓重的感伤情绪。”[①]结合整篇文章以及同时期发表的文章来看，陈映真自觉运用了马克思主义的基本观点作为自己的理论武器和方法论，不过相对于“资产阶级”或“无产阶级”这样的概念，陈映真更愿意用“知识分子”来进行自己身份的建构和自我命名。从长远来看，正是因为对于“知识分子”身份的坚持，以及对这一身份的性质、作用的认识，陈映真才表现出其异于他人的独特性。并且，正是对“知识分子”的自觉认同，才能保证陈映真的批判思想和批判实践的彻底性。在一次访谈中，陈映真这样谈论自己关于文学的大众性和知性的辩证关系：“一方面作家要在一定认识上丢弃个人的东西，努力去理解民众的愿望和要求，一方面是民众主动接受文化，并提高自身的认识水平，而其绝对可以提高自己在文化艺术的文学上的创造力和鉴赏力……台湾的情况，恐怕是知识分子的教育占着急切的重要性。我们的知识分子，普遍在知识、批判力、文化和思想上很贫困。他们应该读一点费脑筋的东西。没有觉醒的知识分子，就没有大众性的文学。”[②]从这样的言论来看，陈映真是自觉地把知识分子作为一种社会功能的有效载体。知识分子具有独立于社会各阶

① 陈映真：《试论陈映真》，《陈映真文选》，生活·读书·新知三联书店1999年版，第1页。

② 陈映真：《写作，是一个思想批判和自我检讨的过程》，《陈映真作品集6·思想的贫困》，人间出版社1988年版，第87页。

层和群体的身份特征，并要发挥自己不可替代的社会作用。

在陈映真那里，“知识分子”的身份是和他的批判性的思想结构紧密联系在一起的。在陈映真的批判实践中，无论陈映真面对的是何种领域的问题（比如政治的、经济的、文化的或者文学的），以哪种身份说话（比如民族身份、政治身份），都离不开“知识分子”的身份认同作为底色。也就是说，无论陈映真在政治领域还是民族话语中如何自我定位，他都是以“知识分子”作为思考的基础和出发点。那么，陈映真是在何种意义上理解“知识分子”这个概念的呢？这种理解又是在何种程度上影响了陈映真的批判实践？

陈映真在何种意义上理解“知识分子”，取决于“知识分子”这个概念本身提供了哪些可供理解和使用的意义。正如任何一个被广泛使用的概念，“知识分子”具有十分丰富且复杂的内涵。要探析“知识分子”在现代的意义，必须对它进行历史化的分析，放在历史语境中进行梳理。

虽然中国传统文化中也有类似于“知识分子”群体的“士”的阶层，但我们现代以来所使用的“知识分子”一词实际上来源于西方。从词源学意义上来说，“知识分子”在英文中用“intellectual”表示，根据丹尼尔·贝尔的研究，“intellectual”一词最初被正式录入词典是在 20 世纪 30 年代出版的《牛津英语词典》，它的词源是“intellect”，意指分辨和理解能力。而“intellectual”则是表示有分辨和理解能力的人。1934 年美国《韦氏词典全本》中“intellectual”则是这样定义的：“通信息、有知识的人的群体；受过教育、有专门技能的团体、阶级或党派——这些人的言行通常是幼稚可笑的。”1936 年出版的《牛津英语词典》对该词的注释是：“由人民总体中有教养的部分组成的阶级，被认为有能力形成公众舆论。”而 1993 年出版的《英汉大词典》对“intellectual”的定义是“知识分子；脑力劳动者；有很高智力的人；（炫耀知识而不能解决实际问题的）空谈家……”①

从语用学上来说，“知识分子”的内涵在西方有两个来源：一个是 19 世纪的俄国。当时的俄国社会中的贵族阶层虽然身处落后的俄国，接受的却是西方教育。他们所接受的民主自由的西方价值观和他们所处的封建农奴制的社会现实产生了必然的冲突。在他们以西方现代社会的价值观反观俄国社会的前提下，对俄国社会的落后、愚昧和社会制度的不合理就产生了强烈的厌恶和反叛。这样的一群具有强烈批判精神，特别是道德批判精神的人就被称为知识分子。另外一个来源是 1894 年的法国。当年，发生了一起著名的“德雷福斯事件”，德雷福斯是一个犹太炮兵上尉，原本无辜的他莫名被指控涉嫌叛国，而真正的叛国者法国军官艾斯特哈齐却于 1898 年被判无罪。是年，法国作家左拉于《曙光报》上愤然发表《我控诉》，左拉这样写道：“我只有一个目的：以人类的名义让阳光普照在饱受折磨的人身上，人们有权享有幸福。我的激烈抗议只是从我灵魂中发出的呐喊。若胆敢传唤我上法庭，让他们这样做吧，让审讯在光天化日下举行！”② 在法国，知识分子一词原本带有贬义，原本是巴雷斯（反犹主义者、狭隘的民族主义者）等人指责左拉等人是“半吊子知

① 陆谷孙主编：《英汉大词典》，上海译文出版社 1993 年版，第 195 页。本段对于“知识分子”的英文释义的源流的梳理参考了李小桃《俄罗斯知识分子问题研究》的导论部分《何谓知识分子？》，黑龙江人民出版社 2009 年版。

② ［法］迈克尔·伯恩斯：《法国与德雷福斯事件》，郑约宜译，江苏教育出版社 2006 年版，第 100—101 页。

识分子”的贬词，含有“不爱国的左派”的讥讽之意。1895 年 1 月 23 日，左拉发表《知识分子宣言》，索性宣称“我就是知识分子”，从此，他成为近代知识分子的最初和最杰出的代表。以“德雷福斯事件”为标志的法国“知识分子”的实践实际上是现代知识分子诞生的标志。“为德雷福斯上尉的辩护就某种方式而言就是 20 世纪知识分子一切行动的起点。”[①]

关于知识分子的定义，从不同的视角和领域出发，往往得出不同的理解。著名知识分子研究专家爱德华·希尔斯从社会学角度定义知识分子：知识分子就是社会中那些频繁地运用一般抽象符号，去表达他们对人、社会、自然和宇宙的理解的人。换句话说，知识分子就是那些创作和传播抽象的价值符号的一群人。这样的定义自然不能令某些人满意，例如马克斯·韦伯就把知识分子仅限于那些被誉为“文化瑰宝”的人，他们是社会群体的精神领袖。路易斯·科塞明确宣称，大学教授也不一定是知识分子，知识分子须是“为了思想而不是靠了思想而生活的人”。

总的说来，对于知识分子众说纷纭的理解归根到底可以归结到“知识分子”和社会的关系上来。怎么理解知识分子和社会的关系，决定了对知识分子内涵的理解。有几种与此相关的不同的理论框架。首先是卡尔·曼海姆的“自由漂移”论。对于曼海姆而言，知识分子的最大特征应该是“非附属性”，也即阿尔弗雷德·韦伯所说的“无社会依附的知识分子”。他并不附属于社会中任一阶级，从而可以“自由漂移”。“自由漂移”论的核心观点建立在他对知识分子的

---

① ［法］让-弗朗索瓦·西里奈利：《知识分子与法兰西激情》，刘云虹译，江苏人民出版社 2001 年版，第 1 页。

两个特质的区分上：同质性和异质性。同质性意指知识分子都是受过教育者，分享共同的教育遗产，并“会逐渐消除他们在出身、身份、职业和财产上的差别，并在各人所受教育的基础上把他们结合成一个受过教育的个人的群体”。[①] 与此同时，他们能独立并超越于社会各阶级，并且有能力独立地观察、综合各阶级的政治观念。所谓异质性，是指知识分子可以选择自己的政治主张，依附于不同的社会阶级。“知识分子加入他们从来不属于的阶级的能力，之所以成为可能，是因为他们能适应任何观点，还因为只有他们能适应依附谁，而那些本身就属于某一阶级的人很少有例外能超越他们的阶级范围。”[②]

曼海姆所说的“自由漂移”的知识分子和社会的关系是松散的，他们可以依照自己对政治的理解依附于社会构成中的某一阶级，而自身并不构成一个独立的阶级。而阿尔温·古尔德纳的理解恰恰相反，他认为，知识分子正在形成一个独立的阶级，即所谓的“文化资产阶级”。在《知识分子的未来与新阶级的兴起》中，古尔德纳把西方和当时的苏联社会的知识分子都划入“文化资产阶级”的范畴，认为他们都正在变成统治者。在他看来，这些知识分子存在一个共同的文化背景，即“批判性知识话语”，以此为基础，知识分子从总体上控制了知识的生产和分配。因为文化和科技在社会发展中越来越成为关键因素，所以掌握“文化资本”的知识分子都正在上升为

---

① ［德］卡尔·曼海姆：《意识形态和乌托邦》，黎鸣、李书崇译，上海三联书店2011年版，第156页。

② ［德］卡尔·曼海姆：《意识形态和乌托邦》，黎鸣、李书崇译，上海三联书店2011年版，第158页。

统治阶级。

和上述两种理论框架不同的是，葛兰西对知识分子的分类更广为人知。“第一类是传统知识分子，例如老师、教士、行政官吏，这类人代代从事相同的工作；第二类是有机的知识分子，在葛兰西眼中，这类人与阶级或企业直接相关，而这些阶级或企业运用知识分子来组织利益，赢取更多的权力，获取更多的控制。”[①]

以此观点反观曼海姆和古尔德纳的观点，曼海姆所说的“自由漂移”的知识分子，正是葛兰西所说的传统知识分子不依附于某一阶级或者体制的特性，而古尔德纳的“文化资产阶级”，则更吻合“有机知识分子”和体制的关系。葛兰西对于知识分子的分类，不仅看到了曼海姆所谓的异质性，即知识分子在政治观念上的分野，也看到了古尔德纳注意到的他们在专业领域里的分工所带来的权威。更重要的是他是对知识分子的社会分化的认识的开端。

相比之下，爱德华·W.萨义德的看法似乎超越了知识分子观的发展、变迁而回到了法国“德雷福斯事件”发生时“知识分子”所被赋予的内涵。当然，他的观点是审慎的。在《知识分子论》中，萨义德首先比较了葛兰西的知识分子观以及与之截然不同的班达的知识分子观。葛兰西的看法我们上面已经谈到，班达认为，知识分子是一小群才智出众、道德高超的哲学家——国王，他们构成人类的良心。萨义德的知识分子观实际上统合了上述两种相对立的观点。萨义德在理智上承认，现代世界的知识分子随着社会分工的细化，难以避免地要融入社会各阶层和职业之中，然而他仍然认为知识分

---

① ［美］萨义德：《知识分子论》，单德兴译，生活·读书·新知三联书店2002年版，第11页。

子应该发出自己特殊的声音。他说：“但我也坚持主张知识分子是社会中具有特定公共角色的个人，不能只化约为面孔模糊的专业人士，只从事她 / 他那一行的能干成员。我认为，对我来说主要的事实是，知识分子是具有能力‘向（to）’公众以及‘为（for）’公众来代表、具现、表明讯息、观点、态度、哲学或意见的个人。”[①] 以此为基点，知识分子与其说是专业知识的拥有者，不如说是具有公共关怀的批判者，所以往往知识分子和社会现实以及现存体制存在着不协调以及矛盾。因为“知识分子这么做时根据的是普遍的原则：在涉及自由和正义时，全人类都有权期望从世间权势或国家中获得正当的行为标准；必须勇敢地指证、对抗任何有意无意地违犯这些标准的行为”[②]。所以，“现代意义的知识分子也就是指那些以独立的身份，借助知识和精神的力量，对社会表现出强烈的关怀，体现出一种公共良知、有社会参与意识的文化人”[③]。

可以说，正是在这个意义上，陈映真使用了“市镇小知识分子”这个概念来命名自己。纵观陈映真的写作生涯，虽然他的创作风格和创作主题随着时代的变迁发生了很多变化，然而没有一部作品不是深刻关切现实，关怀生活在台湾的普通人。进一步说，陈映真的关怀不仅局限于台湾地区，祖国大陆的社会现实也是他密切关怀的对象。而且，在深刻认同祖国大陆的同时，陈映真依然坚持自己的独立身份和批判立场，这是尤其值得我们注意的。总的来说，陈映

① ［美］萨义德：《知识分子论》，单德兴译，生活・读书・新知三联书店2002年版，第16页。

② ［美］萨义德：《知识分子论》，单德兴译，生活・读书・新知三联书店2002年版，第17页。

③ 许纪霖：《中国知识分子十论》，复旦大学出版社 2003 年版，第 4 页。

真完全具备“独立的身份”、“借助知识和精神的力量”以及“公共关怀”这三个“知识分子”的核心要素。

然而，我们要追问的是，陈映真的坚定的卓尔不群的批判精神的源泉在何处？这种批判精神和他作为知识分子的身份建构之间具有怎样的关系？

第二节 永远的革命者——“鲁迅左翼”与陈映真的批判意识

回溯陈映真的写作历程，应该说陈映真甫一写作，便下笔不凡。透过青年陈映真的文学世界里弥漫着的苍白、抑郁的表层，在深层蕴藏着一股貌似绝望然而却有力的批判意识。无论是《我的弟弟康雄》中的康雄，还是《故乡》中的哥哥、《将军族》中的三角眼和小瘦丫头，虽然他们无一例外地选择了自杀作为结局，然而透过主人公的死亡，特定时期对于体制的抗争和批判意识却悲剧性地传达给了读者。从他的创作所体现的批判风格来看，陈映真的批判意识以及知识分子的公共关怀的形成要追溯到他的青少年时期。

从陈映真为数不少的文章、演讲和访谈中，我们可以清晰地了解到陈映真精神结构的建构过程与其青少年时期读书经历密切关联。总的来看，陈映真青少年时期所读之书大致分为如下几类：一是以鲁迅为代表的中国大陆20世纪30年代左翼作家，包括茅盾、巴金等人的作品。二是旧俄以及日本小说，包括屠格涅夫、契诃夫、冈察洛夫、托尔斯泰，以及夏目漱石、芥川龙之介等人的作品。三是马克思主义的文史哲著作以及列宁的著作，包括《联共（布）党史简明教程》、《政治经济学教程》、《中国的红星》（日译本）、《马列选集》、毛泽东的小册子、列宁的《国家论》《帝国主义论》等等。[①] 可以确定的是，正是大陆20世纪30年代的左翼文学作品，引领陈映真走上文学创作之路，尽管这个阅读之路是隐秘而禁忌的。进一步地，马克思主义的著作拓宽了他的视野，坚定了他的马克思主义世界观。马克思主义的观点、方法是陈映真的批判思想的最初也是最主要的观点来源和方法论。

陈映真怎么看待自己写作风格的形成呢？他说：“作为一个文学家，作为一个思想家，我想鲁迅先生一定没有想到，他死了以后，在遥远的台湾，有一个少年读了他的书，不知不觉走上创作与思想的道路。”[②]“影响我比较大的有三个作家，一个是鲁迅，一个是芥川龙之介，一个是契诃夫。”[③]“随着年岁的增长，这本破旧的小说集，终于成了我最亲切、最深刻的教师。我于是才知道了中国的贫穷，的愚昧，的落后，而这中国就是我的；我于是也知道：应该全心地去爱这样的中国——苦难的母亲，而当每一个中国的儿女都能起而

① 陈映真：《后街——陈映真的创作历程》，《陈映真文选》，生活·读书·新知三联书店2009年版，第20页。

② 陈映真：《鲁迅与我——在日本〈文明浅说〉班的讲话》，《陈映真文选》，生活·读书·新知三联书店2009年版，第30页。

③ 陈映真：《我的文学创作与思想》，《陈映真文选》，生活·读书·新知三联书店2009年版，第39页。

为中国的自由和新生献上自己，中国就充满了无限的希望和光明的前途。”[①]对于陈映真的精神资源的源泉以及精神结构的形成所起的作用，相比其他左翼的社科著作以及中外文学作品，鲁迅的作品显著地占着主要地位。

结合陈映真自己的言论以及文学创作，总的来说，在思想倾向和精神结构方面，鲁迅对陈映真的影响体现在两个方面：一是鲁迅对于从传统向现代转型时期的中国社会尤其是农村社会的描写，为陈映真提供了一个关于“祖国”的观念和想象。基于鲁迅的“乡土中国”，陈映真得以建立自己坚定的民族认同。他和“台独”分离主义的论战所依据的理论和情感基础，正是源于鲁迅。二是以鲁迅为代表的20世纪30年代左翼文学引导陈映真从左翼的观点理解鲁迅所处的转型期的中国，乃至于观察60年代自己所处的冷战—内战构造下的台湾。正是从鲁迅的小说集《呐喊》开始，从文学到哲学、政治经济学，陈映真逐步建立起自己的左翼视角和左翼身份。

说陈映真的批判思想主要来源于鲁迅是不为过的。因为从陈映真批判实践的两个主要出发点——左翼思想和主张两岸的统一论的民族认同都可以追溯到鲁迅那里。而且，正是由于从鲁迅的文学进入左翼，而不是从哲学、政治经济学进入左翼，陈映真形成了自己独特的对于左翼的思考以及文学和批判风格。对此，陈映真有这样的回忆：“我的文学青年的个性可能是比较强的，我后来想，比起现在能自由读马克思的年轻人来说，从文学出发的左倾，从艺术出发的左倾，恐怕是会比较柔软，比较丰润，不会动不动就会指着别

---

① 陈映真：《鞭子和提灯》，《陈映真散文集（一）· 父亲》，洪范书店2004年版，第11—12页。

人说，是工贼，是叛徒，是资产阶级的走狗，说鲁迅的阿Q破坏了中国农民的形象，像那种极左的。我想我比较不会走向枯燥、火柴一划就烧起来的那种左派，所以这一连串的发展我只能说是一种偶然。”[①]陈映真所说的偶然是指他年轻时如果没有接触到这些禁书，可能就去当医生了。因为他家庭的基督教氛围以及《史怀哲自传》的影响，他曾一度立志要到偏远地区做医生救死扶伤。我们只能说虽然台湾山区少了一位悲天悯人的医生，但是台湾地区乃至整个中国、第三世界却多了一位思想深邃、灵魂深刻的大师级知识分子。他的写作和批判实践具有类似于鲁迅的时代意义。

回到陈映真上述那句颇有意味的话，很明显，在陈映真那里，存在着对于左翼的两种不同的理解。而对这两种左翼的自觉的区分以及选择，于他有着重要意义。一种是他所说的比较柔软、丰润的“从艺术出发的”左翼，另一种是枯燥、火柴一划就烧起来的左翼。陈映真对左翼的这种内在的紧张的自觉首先是文学风格上的体味。他对鲁迅的风格有独到的理解：“我一直到今天都是鲁迅迷：他不但文字好，连他的标点符号，我都觉得充满了生命力。除了他的现实主义，革命主义之外，还有他的散文诗，在他的小说里面，那种象征主义的手法，使他的现实主义更加丰润，在审美上更加丰富。”[②]在陈映真早期的创作中，鲜明地表现出对鲁迅这种丰润的现实和丰富的审美的继承。

---

① 陈映真：《我的文学创作与思想》，《陈映真文选》，生活·读书·新知三联书店2009年版，第38页。

② 陈映真：《我的文学创作与思想》，《陈映真文选》，生活·读书·新知三联书店2009年版，第39页。

需要指出的是，鲁迅对于陈映真的意义不仅体现在文学以及文学风格方面。上述有关陈映真对左翼的两种定义和区分显然来源于鲁迅在20世纪30年代的文坛和太阳社、创造社以及“左联”领导人之间的论争。在一系列的论战之中，逐渐形成了两条路线，也即对左翼的两种不同理解和不同的立场。钱理群对当时两种不同的立场用“党的左翼”和“鲁迅左翼”来命名。“党的左翼”以太阳社、创造社的成员包括郭沫若、成仿吾以及“左联”的党的领导人周扬等为代表。“鲁迅左翼”以鲁迅为主要代表，包括鲁迅的一些学生、朋友如萧军、萧红等。“党的左翼”和“鲁迅左翼”既有联系又有区别。他们的联系在于：两者在当时的形势下，在基本的意识形态上，都在某种程度上以马克思主义的观点和方法作为理论基础；都反对国民党的一党专政，支持中国共产党领导的工农革命运动。他们的区别在于：“党的左翼”坚持党对文艺工作的绝对领导，坚持一个原则，也即“党性原则”。具体到文艺思想的分歧，大致表现在以下几个方面：其一，对于阶级和阶级斗争以及人的阶级性和文学的阶级性的理解。其二，对于文学和政治的关系的理解。其三，对于文学本身的若干问题的理解。比如作者和作品的关系，文学的宣传作用以及写作的技巧问题等等。① 从他们之间的论战来看，鲁迅虽承认文学的阶级性，但反对以阶级性作为压倒一切的标准。在文学和政治的关系上，鲁迅反对把文学作为政治的工具，而坚持文学的相对的独立性。鲁迅关于文学和政治的关系的立场和他的“立人”思想有着深刻联系。

---

① 王得后：《鲁迅文学与左翼文学异同论》，《鲁迅研究月刊》2006年第2期。

鲁迅的“立人”思想体现在他的《人之历史》《科学史教篇》《文化偏至论》《摩罗诗力说》《破恶声论》等文言论文之中。“立人”思想融合了达尔文的进化论、科学主义、19 世纪以来的包括施蒂纳、尼采、克尔凯郭尔等人的思想的非理性主义，自成一体。面对中国封建政治和文化传统的沦落以及东西方列强威胁下的民族存亡之危机，和主张实业救国的洋务派、主张政治制度改良的改良派以及主张政治革命的革命派都不同的是，鲁迅的选择是基于思想文化层面的人的解放：“是故将生存两间，角逐列国是务，其首在立人，人立而后凡事举；若其道术，乃必尊个性而张精神。”[①]对于鲁迅来说，最重要的是要唤醒国人的自觉意识，然后才有可能以此为基础进行国家和民族的改造：“外之既不后于世界之思潮，内之仍弗失固有之血脉，取今复古，别立新宗，人生意义，致之深邃，则国人之自觉至，个性张，沙聚之邦，则是转为人国。”[②]由是观之，和革命派主张政治革命夺取政权再造国家的愿景不同，“鲁迅的‘人国’的建立不是政治革命的结果，也不是一种国家形式或政治制度的建立，而是一种伴随所有人的自由解放而自然产生的联合体……鲁迅的人国是对中国专制制度及其传统观念和资产阶级民主政治及其公认价值的双重否定”[③]。可以进一步地说，鲁迅建立在人的解放基础上的“人国”的理想颇类似于马克思理想中的消灭了阶级的无阶级社会，也即共产主义社会。鲁迅的“立人”思想的突出特征就是继承了施蒂纳“唯

① 《鲁迅全集》第 1 卷，人民文学出版社 1981 年版，第 57 页。

② 《鲁迅全集》第 1 卷，人民文学出版社 1981 年版，第 56 页。

③ 汪晖：《反抗绝望——鲁迅及其文学世界》，生活·读书·新知三联书店 2008 年版，第 65 页。

一者”、尼采“超人”的对人的个性、人的精神力量的张扬。因此，鲁迅是以人的自觉意识为基础设计他的民族解放和社会解放蓝图的。“居于他的意识中心的，不是政治与经济的变革，而是人的主体性的建立及其与人类解放的关系，因此，可以说这是一种建立在主体性思想基础上的批判理论。”[①]由是观之，鲁迅理解的“革命”不是一种政治制度范畴的概念，而是一种基于人的主体精神的永无止境的批判精神。这也是鲁迅所说的“永远不满足于现状”，要做“永远的革命者”的真实而丰富的含义。

对于把陈映真定义为“台湾的鲁迅”，研究者有着不同的理解，但都集中在陈映真小说和鲁迅小说在创作风格、创作母题等方面的继承性和一致性。如黎湘萍的《台湾的忧郁》第四章“沉重的遗产——论中外文学对陈映真文本的渗透”第二节“鲁迅的血肉”就主要从鲁迅小说和陈映真小说的对比入手，分析了两者在风格、叙事结构、母题等方面的深刻联系。台湾的文学评论家吕正惠也深入比较了鲁迅小说《狂人日记》中的“吃人”主题，《狂人日记》的狂人和陈映真《乡村的教师》中的吴锦翔都生活在吃人的世界中，并且都意识到自己曾经“参与吃人”。“我们可以肯定地说，陈映真如果没有真正吟味过《呐喊》，是不可能写出《乡村的教师》的。”[②]与此同时，吕正惠在文章结尾总结道：“鲁迅认识封建社会的方式，成

① 汪晖：《反抗绝望——鲁迅及其文学世界》，生活·读书·新知三联书店2008年版，第63页。

② 吕正惠：《陈映真与鲁迅》，《战后台湾文学经验》，生活·读书·新知三联书店2010年版，第227页。

为陈映真在白色恐怖时代批判台湾社会的基础。”[①]

相较于在文学层面对于鲁迅和陈映真的比较，深入到批判思想的继承，显然更能接触到陈映真和鲁迅之间的深刻联系的核心。鲁迅的批判思想体现出了彻底的批判性，并由此呈现出一种复杂的内在的紧张。他以西方的科学主义、进化论和个性解放作为资源来批判中国传统社会的封建主义的等级压迫、历史循环论以及对个性的压抑，同时对于当时流行于中国的西方启蒙主义所标举的“平等”“自由”等价值观念以及资产阶级民主制度却有着深刻怀疑，这固然是18世纪的启蒙思想和19世纪以来的非理性主义之间本身的分裂在鲁迅思想结构上的体现，同时也是鲁迅自身对于一切不平等关系的反抗和批判意志的表现。正是对于一切压迫和不平等的反抗，促使鲁迅一次次处于四面为敌和灵魂分裂的处境。一方面，在鲁迅看来，封建意识及其传统文化作为不平等秩序固然需要扫荡，但西方资产阶级民主制度同样构成了“以众虐独”的新型压迫。另一方面，对于中国传统文化的批判却无法掩盖鲁迅强烈的民族主义情感。对此，他甚至不惜把批判的锋芒触及自身。鲁迅对于传统文化的批判是包括自己在内的，因为他意识到传统对于自身的渗透是不可消磨的。“只有意识到自身与社会传统的悲剧性对立，同时也意识到自身与这个社会传统的难以割断的联系，才有可能产生鲁迅的包含着自我否定的‘中间物’意识。”[②]民族主义感情和“立人”思想所包含

---

① 吕正惠：《陈映真与鲁迅》，《战后台湾文学经验》，生活·读书·新知三联书店2010年版，第230页。

② 汪晖：《反抗绝望——鲁迅及其文学世界》，生活·读书·新知三联书店2008年版，第185页。

的对人的个性的尊重，必然导致以鲁迅为代表的转型时期的知识分子形成历史的“中间物”意识，这种意识代表着彻底的批判精神以及这种批判精神的内在紧张。

陈映真所面临的时代环境和鲁迅固然不同，他所借用的批判资源和鲁迅也不尽相同，然而除了从鲁迅那里学会写小说以及“获得一个祖国”之外，陈映真在自己的批判实践中体现了鲁迅所代表的彻底的批判精神，并且因为对于这种彻底的批判精神的继承，面对20世纪中叶以来台湾社会以及整个中国的复杂的历史和社会现状，陈映真也形成了带有不同于鲁迅的，具有鲜明地域、历史和文化特征的“中间物”意识。

第三节　陈映真的批判视野、身份认同与“中间物”意识

鲁迅所处的时代环境是现代性在中国的发端，也即由传统社会向现代社会的转型时期，而陈映真所处的环境显然和鲁迅所处的时代不同。深刻理解陈映真所处的时代环境，有助于我们掌握陈映真的批判视野的内在逻辑。就像理解鲁迅不能局限于中国语境，理解陈映真也不能局限于台湾。把陈映真纳入跨越大陆与台湾，甚至不局限于中国的世界社会主义运动史进行考量，显然更有助于我们理

解陈映真的更深层次的意义。

鲁迅所处的时代正是中国的现代性开始寻求适合中国历史语境的确切形式的探索时期。这里的历史语境包含着帝国主义的扩张对中国的压迫以及资本主义现代性危机的历史展现。中国现代化运动中的知识分子和有识之士都不难看到中国的现代性发展的困境和同时存在的机遇。也就是说，面对必须向西方现代性靠拢，然而又不愿重蹈西方现代性危机覆辙的局面，他们极力试图构建出带有两全之策特征的现代性方案。“康有为的大同思想、章太炎的平等观念、孙中山的民生主义，以及中国各种各样的社会主义者对资本主义的批判，是和他们在政治、经济、军事和文化等各个领域构筑的各种现代性方案（包括现代性的国家政治制度、经济形态和文化价值）相伴随的。甚至可以说，对现代性的质疑和批判本身构成了中国现代性思想的最基本的特质。”[①]鲁迅的批判思想对于传统与现代的双重超越是转型时期的中国现代性对于现代性的批评本身的突出表现，并且由此展现出传统与现代之间的“历史的中间物”的既外向性又内向性的批判风格。

在此意义上，中国的社会主义运动实际上是“中国应该采用何种形式与面貌的现代性”这一问题的历史答案。这一历史答案理所当然地继承了上述对于现代性的质疑和批判。从理论和实践的双重历史来看，中国的社会主义实践正是中国寻求现代性历程的一脉相承的历史运动。中国的现代性进程在内部的动力和外来的刺激所形成的复杂环境下，蕴含着不同的思想倾向和路径选择，并且不可避

① 汪晖：《当代中国的思想状况与现代性问题》，《去政治化的政治——短20世纪的终结与90年代》，生活·读书·新知三联书店2008年版，第65页。

免地存在着矛盾、妥协或者斗争，国共两党的合作与斗争的历史正是这种现代性进程的复杂与斗争的政治表征。而中国共产党取得胜利最终决定了中国的现代性进程在20世纪50年代之后以一种汪晖所说的“反现代的现代性”的面貌出现。从1978年开始，一场改变中国面貌的社会主义改革拉开序幕。这场改革以极大的力度改变了中国的经济制度，改造了原有的社会结构。然而我们必须看到，社会主义改革运动放弃的是激进的理想主义的方案，却继承了中国现代化的目标，并且加以明确和加强。“四个现代化”就是在这样的思想前提下提出来的。经济领域的市场化和市场领域的全球化是这场社会主义改革的主要特征，也是“改革与开放”的微缩表征。

厘清鲁迅所属的传统向现代的转型时期的现代性追求和中国社会主义的“反现代的现代性”以及社会主义改革之间的历史联系，有助于我们理解陈映真对于鲁迅的一脉相承的意义。也就是说，他们的批判思想都紧密围绕着这样一个历史命题：如何才能建立一个民主、自由、富强的现代化中国。他们的思想在这样的一个命题上体现出遥远的联系和继承性。然而却也呈现出诸多相异之处。陈映真所面临和思考、批判的很多问题是鲁迅所没有经历过的。这正说明了具有中国特色的现代性在他的历史进程中所经历的发展、调整和变化。只有把陈映真放入这个跨度甚大的中国现代性进程之中进行思考与定位，才能揭露出他和鲁迅的深层联系，同时才能理解陈映真本人的批判实践的价值及其内在困境。

鲁迅和自己所处的转型时期的时代是一种分裂的关系。对于处于传统与现代之间的“历史的中间物”来说，他与传统和现代的关系仿佛是一座拱桥连接在双方之间。他既反传统，又在传统之中；

他既倡导现代价值，但又对所谓的现代充满警惕。他和传统与现代的关系是双重的“在”而“不属于”的社会文化关系。“正是这种‘在’而‘不属于’的生存状态构成了鲁迅文化心理上的创造性欲求：对所‘在’的双重文化体系进行革命性改造，从而在孤独与反叛的基础上形成自己的独创性思想。”[①]

从“在”而“不属于”的特定视角来观察陈映真的思想文化实践，陈映真呈现出和鲁迅相似的特质。鲁迅作为“中间物”处于传统和现代之间，陈映真的思想矛盾的主要核心是和中国由“革命”向“改革”转型的时代变迁密切相关的。当然，相对于鲁迅的“中间物”特征，陈映真的“中间物”的精神结构的形成有自身的特点。首先，转型时期知识分子借助西方现代性的意识形态以及思想体系作为改造中国传统社会的文化资源，这是面对西方现代列强的压迫所采取的一种积极主动的态度，而陈映真由于地缘政治的隔绝，是以一种被动的姿态迎接大陆的改革。其次，伴随着新文化运动的大潮，鲁迅最初把西方的科学、民主等价值准则作为批判传统的有力武器，而陈映真面对社会主义改革却犹疑重重。陈映真在中国现代性进程中的再一次时代转型中体验了类似于鲁迅的“中间物”的文化心理状态：1979年之后他对于“文革”期间大陆的一些乱象也进行了反思。然而，自始至终，陈映真都坚持自己的左翼立场。他以左翼的身份旁观大陆以及台湾在发展资本主义经济的同时所带来的贫富分化、社会的重新阶层化、全球化对于中国当代文化认同以及民族认同的影响等种种问题。陈映真批判思想的基本特征就是处于

---

① 汪晖：《反抗绝望——鲁迅及其文学世界》，生活·读书·新知三联书店2008年版，第113页。

这样一个“在”而“不属于”这两个时代的文化心理所形成的对于这两个时代的双重反思。因此，和鲁迅相似的是，陈映真基于“在”这两个时代的状态生发出对于这两个时代的革命性的改造的欲求，由此形成自己的孤独而又具有独创性的批判思想。同时“不属于”这两个时代的特征可以替换为对此双重文化体系的“超越”，确实可以说，陈映真“在”而“超越”了从革命到改革的双重文化体系。然而这种“在”和“超越”之间的互相牵制形成的张力说明了陈映真批判思想的内在困境和矛盾。

与此同时，陈映真的“中间物”意识相比鲁迅更多了一个层面。他的这种“在”而“不属于”也体现在海峡两岸之间。上述和鲁迅一脉相承的关于双重文化体系的“中间物”意识表现出带有时间意识的历史特征。而海峡两岸的“中间物”意识则具备鲜明的地缘特征。当然这种地缘特征包含着不同地域内在的不同的政治、文化状况。鲁迅的关于传统与现代的文化双重批判出发点来源于强烈的民族主义感情以及对于民族危亡的忧患意识。他说：“现在许多人有大恐惧；我也有大恐惧。许多人所怕的，是‘中国人’这名目要消失；我所怕的，是中国人要从‘世界人’中被挤出。”[①]这种忧患意识直接促成了对于传统文化的全盘性批判以及对于现代价值的反思。比鲁迅晚生 56 年的陈映真自然免于民族危亡的忧患，然而却又体会了鲁迅所无从体验的国家和民族分裂的创伤。大陆体会到的是主权和领土的被分裂，然而台湾却必须直接面对殖民者的统治。这种统治既有政治、经济层面的压迫和压榨，又有文化层面的强制同化。所谓

① 《鲁迅全集》第 1 卷，人民文学出版社 1981 年版，第 307 页。

的“皇民化”就是对于台湾民众的民族认同的强制性改造。在两岸分离的情况下，大陆对于台湾的一体化的认同不会受影响，而台湾对于大陆以及祖国的国家、民族层面的认同却难免受到各种因素的影响、分化和扭曲，并且随着战后冷战格局的形成及其变化而更加复杂化。

以民族的发展进步为旨归的陈映真既要面对中国现代化进程的转型给他带来的问题，同时又必须面对因为复杂的历史原因在台湾内部生长出来的分离倾向。也就是说，前者是“中国应该发展怎样的现代性”的问题，而后者的问题是“身在台湾的中国人如何再做中国人”，不能小视后者的意义，因为后者几乎可以构成前者的基础。如果成为一个中国人都是悬而未决的问题，那么还有什么资格与必要去谈论中国的现代性发展呢？因此，我们认为这两个问题对于陈映真的批判思想来说具有同等重要的意义。

身在台湾，却坚持以统一为旨归的民族认同，使他在台湾的文化氛围中被视为异类。他虽然热切地关注大陆的发展，并以此为己任，然而他外在于大陆的“外位性”观察视角和独特批判思路又往往得不到应有的理解和回应，并且常有错位。为此他同样深感孤独。他身在台湾，却心系大陆；然而对大陆的实践他确实并不熟悉，台湾的历史和文化是他批判实践的出发点和立足点。陈映真“在”而“不属于”台湾，同时也“在”而“不属于”大陆。他一面批判台湾的“分离意识”和“台独”言论，同时又不完全认同大陆开启的市场化改革，海峡两岸都难寻知音。类似于连接不同时代的“中间物”意识，他同样不得不面对自己跨越海峡的“中间物”状态。“在”两岸，促使他发展出自己独特的批判意识和身份认同。“不属于”状态形成了他对于两岸文化体系的双重超越。

时代和地缘的双重“中间物”文化心理状态是陈映真批判思想形成的基础，也是陈映真批判思想独特性和意义之所在。正是这种“中间物”状态使陈映真的身份意识尤其敏感，并对此倾注了大量心力。对陈映真而言，身份问题直接关系到他批判思想的立场、态度和方法。而这种“中间物”状态也使他在身份认同方面表现出了极为丰富的复杂性，并且在此基础上发展出跨越阶级、政治以及族群的认同倾向。对于他而言，“中间物”的存在状态使他的身份认同的建立不得不面对抉择的困难，而这种困难又促使他向深层掘进，发展出更为包容和深刻的认同基础和认同逻辑。

双重的“中间物”文化心理状态根源于陈映真从台湾出发的对于中国现实的深切关怀和高度敏感。缘此，他的批判思想呈现出分头向两个方向发展和开掘的态势：一方面以左翼身份为出发点，充分挖掘左翼资源，积极开展对于国民党威权统治的各种形式的批判和反抗，以及对于大陆社会主义实践的认同。同时，在左翼身份的建立和实践过程中，因为思想内部的张力和现实本身的剧变，他的左翼思想和身份认同的过程展现出丰富的复杂性。另一方面，以同一而不是分裂为旨归的民族身份为基础①，陈映真从批判“省籍矛盾”开始，到对台湾地区的大陆人的深切关怀和描写（尤其是下层士兵和普通人），再到 20 世纪 80 年代以后对于台湾“本土意识”、“分离

---

① 此处用“同一”而不是“统一”，是因为“统一”侧重于一种行为或动作，而“同一”意指一种心理状态。两岸的分裂虽然是政治现实，但是对于陈映真来说，台湾从来和大陆就是一体的，他的思想结构和批判也都立足于这种“同一”，而不是“分裂”以后的再“统一”。

意识”和“台独”思想的激烈批判，无不表现出一如既往的对于两岸关系的坚定立场和对于民族身份的清醒意识。当然，民族身份的认同必然牵涉到台湾和大陆之间的复杂关系，这种复杂关系也使陈映真的民族身份认同展现出丰富的复杂性。

可以说以左翼身份和民族身份为基点展开的批评实践是陈映真批判思想的集中表现。①然而需要进一步说明的是，随着时代的发展、变化，不同时代的突出的社会问题和主题也在不断改变，因此，左翼的批判实践和民族主义的批判实践在不同时代也体现出不同的强度。同时，这两个方向的批判实践时常表现出深刻的内在联系，表现出深刻的内在逻辑的统一。这两个方面犹如两条相隔不远的河流，它们时而并流而下，时而合流一处，咆哮喧腾，遥相呼应。可以说，表面上的合流与分流之下隐藏着的是陈映真力求对不同范畴的身份认同进行整合以达到思想结构的统一的巨大努力。虽然在追求这种整合的路径中遭遇到种种理论与现实的困境，然而我们可以发现，这种整合的努力可以说是贯穿始终的。

---

① 当然，对于密切关注现实以及台湾人生存状态的陈映真来说，随着时代的发展变化，陈映真的批判锋芒和视角涉及面非常广泛，比如对于被深度纳入全球资本主义的台湾来说，美国、日本等资本主义国家的文化对于台湾的影响是难以忽视的，陈映真对此当然耳闻目睹。此外，以跨国公司为载体的经济力量又在政治经济学的层面影响台湾人的文化认同。这些批判实践虽然可以笼统地纳入“左翼”的批判视角，但是不可否认的是，这些具体、现实的文化批判具有丰富和细致的内涵，是对“左翼”批判思想的丰富和发展。

第二章

青年陈映真的写作与左翼身份（1959—1965）

陈映真批判思想的明显特征是以左翼身份和民族身份为基点在两个方向上分头展开，同时又呈现出历史性的深刻联系。因此，从身份认同的角度切入讨论陈映真的批判思想，有助于厘清陈映真批判思想的基础、理路以及方法；有助于统率其内容丰富而涉猎广泛的小说、杂文、文论等各种文体；有助于理顺其思想发展、变化的内在逻辑；有助于揭示其文学与思想的内在深度及深远意义。

进一步要说明的是，把身份认同作为切入的角度，包含了两个既有区别又有联系的方面。一方面是作为批判知识分子的陈映真本人的身份认同及其历程，在此，身份认同是主体性的行为和体验；另一方面是陈映真把身份认同作为思考和描绘的对象，既体现在文学作品中，也体现在一些思想性的杂文、文论之中。在此情况下，身份认同对于陈映真来说是客体性的思考、言说的对象。当然，这两者有时也是重叠的。他也常把自己当作客体对象进行思考和批判。这种主体和客体的交叉性通常通过特殊的文学风格（比如早期创作的寓言特色），或者不同文体（比如杂文、文论）来展现。

第一节　青年陈映真左翼身份的建构与文学写作

一、作为启蒙与反抗——左翼身份的建构

台湾文学在20世纪60年代的总体趋势是“现代主义文学”与理论的风行。陈映真对当时的文学思潮对他的影响也毫不讳言：“我们也曾花过很多力气，把还看不太懂的西方文学评论吃力地翻译过来，然后登了出来，同时又介绍作家和流派等……我在《文学季刊》开始写些随想的东西，当时也曾把一些不必要的英文字眼夹在文章里，显然是崇洋媚外。”[①] 对于60年代台湾文学的风貌的成因，陈映真有清醒的认识：“五四新文学的传统中绝了，他们就在西洋文学中找传统，去模仿西方文学的内容和形式，从事创作。这样说，绝不是在批评或嘲笑他们，在社会经济全面附庸于西方的时代，文学艺术不向西方‘一面倒’，才是不可能的。”[②] 这段话既点明了60年代台湾文学出现现代主义风潮的缘由，又把自己和所谓的“现代主义文学”区分开来。也就是说，虽然陈映真在“现代主义文学”大行其道的大环境下不由自主地熏陶了一些现代主义文学的气味，然而他和七等生、欧阳子、陈若曦等人却有着本质区别。虽然陈映真早期作品在内容和形式上和他们一样也表现出一些现代主义色彩：在内容上的性、颓废、死亡，形式上的象征、意识流、叙事的去历史化

① 陈映真：《文学来自社会，反映社会》，《陈映真文选》，生活·读书·新知三联书店2009年版，第107页。

② 陈映真：《文学来自社会，反映社会》，《陈映真文选》，生活·读书·新知三联书店2009年版，第107页。

等，但是套着同样的迷彩服却难以掩盖他们的“同床异梦”。正如吕正惠指出的那样，王文兴、七等生以及陈映真小说中关涉“性”问题的内容书写无法不在西方倡导的现代主义文学的框架下进行，也就是“我们曾经有一批人（约于1937—1955年出生的那些人）硬用美国推销的方式来思考或表现我们青春期的痛苦”[①]。七等生、王文兴等人把“知识青年在面对保守、封闭、扼杀青春活力的巨大社会力的困境‘哲学化’，把这些经验看成是人的存在处境，或是人的命运问题”[②]。陈映真则不然。

正如赵刚所说：“陈映真早期作品的价值被以现代主义误认误捧，最重要的一个原因就在于这些小说的曲折的历史脉络与社会背景，都被粗心或偏见的阅读者所忽视了，而这个忽视是有作用的，即是成全了他们想要从陈映真小说里看到的现代主义。寓言期的陈映真小说的主调是内指的，是一个自反的、怀疑的、忏悔的主体对自己的无情的剖析，但这个主体不是一个抽象的人，而是一个特定时代下的特定思考者与行动者，承受了特定历史与社会条件的焦点压力。”[③]和王文兴、七等生等人不同的是，陈映真在偶然的情况下接受了鲁迅小说以及30年代左翼文学对他的启蒙，这种启蒙既是文学的，也是思想的。这就注定了他的“现代主义”和王文兴、七等生等人的“现代主义”有着本质的不同。

---

① 吕正惠：《青春期的压抑与“自我”的挫伤——六十年代台湾现代文学的反思》，《战后台湾文学经验》，生活·读书·新知三联书店2008年版，第67页。

② 吕正惠：《青春期的压抑与“自我”的挫伤——六十年代台湾现代文学的反思》，《战后台湾文学经验》，生活·读书·新知三联书店2008年版，第62页。

③ 赵刚：《求索——陈映真的文学之路》，联经出版事业股份有限公司2011年版，第43页。

也就是说，和“表里如一”的现代主义者不同，陈映真早期小说的现代主义色彩也许仅仅是不得已的伪装，而这种伪装的直接背景就是国民党在文艺领域的白色恐怖。在美国的庇护之下，蒋介石自1950年开始在台湾大规模镇压和扫荡左翼力量，1937年出生的陈映真在少年时期亲身体会了那种恐怖、压抑的氛围。他的小学六年级吴老师、邻居外省人陆家姐姐都被军警带走，而在台北上初中和高中时期，台北火车站的告示和成功中学隔壁的台湾省警备总部看守所给他的少年时代留下了不可磨灭的痕迹：“他的初中生的生活，便是在白色的、荒芒的岁月中度过。”[1]

陈映真由少年到青年，由中学到大学，在这白色、荒芒的青葱岁月里，经由读书进行和完成了自己的世界观、价值观的自我形塑。他所读之书范围甚广，有文学、历史、哲学、政治经济学等等。由鲁迅开始，到旧俄小说，再到20世纪30年代左翼文学，进而进入《大众哲学》《联共（布）党史》《马列选集》等政治学哲学著作。可以说，经由阅读，陈映真自己接续上了中国20世纪30年代左翼文学以及左翼思想的传统，这种继承是个人并且秘密的。他似乎被命运之手牵引着，不知不觉完成了对马克思主义的认同。这里所使用的“认同”和绪论提到的文化身份的“认同”（identity）似乎还有一些细微的差别。当我们说陈映真逐渐“认同”了马克思主义，是指他对马克思主义所提供的理论体系经过阅读、思考、辨析和消化，并把它作为指导自己认识和思考外在世界的基本原理。毫无疑问，历史唯物主义和辩证唯物主义有其雄辩的说服力，对于物质世界和

---

① 陈映真：《后街——陈映真的创作历程》，《陈映真文选》，生活·读书·新知三联书店2009年版，第19页。

人类社会的发展机制和前景有着严密的理论图谱。这对于一个对世界和社会有着强烈求知欲的外文系大学生来说具有足够的吸引力。这种由“认知”达到的“认同”（也就是信服）基本符合他由少年到青年时期逐渐接近马克思主义的路径。他的回忆中提到：“艾思奇的《大众哲学》在这文学青年的生命深处点燃了激动的火焰”[①]，“有一次他们给我看一本艾思奇写的《大众哲学》，任何青少年都认为他自己一定会懂得哲学，所以我就买回来了。买回来一看，对我的影响非常非常地大，好像一夜之间这个世界都改变了。”[②]从他的回忆来看，他接触以《大众哲学》为代表的马克思主义著作的实践是在1958年到1959年之间。由《大众哲学》开始，《联共（布）党史》、《政治经济学教程》、斯诺《中国的红星》（日译本）、莫斯科外语出版社《马列选集》、出版于抗战期间的纸质粗粝的毛泽东写的小册子（可能是《论持久战》《新民主主义论》《在延安文艺座谈会上的讲话》《论联合政府》等小册子）逐渐丰富和深化了青年陈映真对于马克思主义的理论认识。

斯图亚特·霍尔说：“用共识语言讲，身份认同建立在共同的起源或共享的特点的认知基础之上，这些起源是与另一个人或团体，或和一个理念，和建立在这个基础之上的自然的圈子共同具有或共享的。与‘自然主义’这个定义形成对比，散发性态度把身份

① 陈映真：《后街——陈映真的创作历程》，《陈映真文选》，生活·读书·新知三联书店2009年版，第19页。

② 陈映真：《我的文学创作与思想》，《陈映真文选》，生活·读书·新知三联书店2009年版，第42页。

认同看作是一种建构，一个永远未完成的过程——总是在建构中。”①因此，陈映真对于思想和理论的内化过程是一个建立在共同的理念（马克思主义）之上的身份的建构过程。从陈映真的自我认识和别人对他的评价来看，这一点是基本可以确定的，他所写的社会、政治评论所采用的原理和方法也是马克思主义的政治经济学。然而正如前文所说，由文学进入政治的陈映真，对马克思主义的理解自有其特殊之处。陈映真对马克思主义的理论体系是信服的，然而除此之外，他的文学青年的思大于行的特质、家庭的基督教氛围、史怀哲的人道主义使他的马克思主义信仰显现出自身的独特性。因此，我们用“左翼知识分子”来定位陈映真。

在当时的政治气氛下，这种带着明显的左翼倾向的“豹变”带给他的不是精神的解放，相反，带给他的是更深的压抑、焦虑和孤独。此时，文学给他如火山一样的沸腾而压抑的精神世界打开了一个出口。正如他自己所说：“在反共侦探和恐怖的天罗地网中，思想、知识和情感上日增的激进化，使他年轻的心中充满着激忿、焦虑和孤独。但创作却给他打开了一道充满创造和审美的抒泄窗口。他开始在创作过程中，一寸寸推开了他潜意识深锁的库房，从中寻找千万套瑰丽、奇幻而又神秘、诡异的戏服，去化妆他激烈的青春、梦想和愤怒，以及更激进的孤独与焦虑，在他一篇又一篇的故事中，以丰润曲折的粉墨，去嗔痴妄狂，去七情六欲。”②

---

① ［英］斯图亚特·霍尔：《是谁需要“身份？”》，载斯图亚特·霍尔、保罗·杜盖伊编著：《文化身份问题研究》，庞璃译，河南大学出版社 2010 年版，第 4 页。

② 陈映真：《后街——陈映真的创作历程》，《陈映真文选》，生活·读书·新知三联书店 2009 年版，第 21 页。

青年陈映真的创作说明，即使他自己在理论上完全服膺于他自学的马克思主义，然而他自己的精神世界不是马克思主义这么“单纯”。他的创作相对于后期的评论和杂文表现出更丰富、复杂甚至是悖论式的思想世界。在他的早期作品中，不仅有社会、历史和时代的投影，也有青春、性、死亡等私人性的呢喃。后者的现代主义的面目时时渗入前者的轮廓之中，常常使得作品的历史和时代的真相模糊不清。然而，正因此陈映真的左翼青年的身份被巧妙地隐藏起来。同鲁迅一样，陈映真早期发表小说频繁地更换笔名，也是为了更好地保护自己，不引起注意。陈映真激进的政治理念、犹如即将喷发的火山一样的倾吐欲望，和 20 世纪 60 年代反共气氛紧张的政治环境、天罗地网一般的文学检查制度，在陈映真早期的作品中造成一种独特的张力，最终形成一种奇特的文学景象。陈映真的创造力在这种张力之下爆发出来，使他的早期小说呈现出极具内涵的文体特色。

二、压抑与释放的纠结——早期作品中的左翼身份

政治理念上的觉醒和左翼身份感的确立，给青年陈映真戴上了一副具有透视功能的眼镜，他以左翼的眼光检视着台湾日据以来的云诡波谲的历史，同时也在这历史当中寻觅着左翼力量的身影。因此，左翼青年作为主要人物类型成为青年陈映真的作品中最重要的人物图谱。这里的左翼青年怀抱朦胧或者明确的左翼理想，对现实和历史持有迥然于众人的看法，并且表现出异于常人的行为。在陈映真笔下，有两种类型的左翼青年：一种是带有自传性质的陈映真自身的投影；另一种是裹挟着历史的风雷，带着政治禁忌的台湾历

史中的左翼力量的代表。前者以《我的弟弟康雄》中的康雄为典型，后者以《乡村的教师》中的吴锦翔、《故乡》中的哥哥为典型。

无论是康雄，还是吴锦翔与“哥哥”，他们在小说中的性格、遭际与命运都呈现出不同程度的不可理解，再加上小说中弥漫着的绝望、性与死亡的交织，难怪许多人都把这些小说定义为“现代主义”风格。然而如果我们结合陈映真的思想发展，来考量这个时期的小说人物的话，“现代主义”式的挖掘人物内心以及把人物命运哲学化的理解就不能令人满意了，相反，只有在左翼思想的背景与框架下，他们的不可理解的绝望、挣扎与最终的死亡才变得可以理解。

比如《我的弟弟康雄》，小说以康雄的姐姐作为第一人称叙述者，讲述了一个上大学的十八岁青年无缘无故的自杀。对于康雄的自杀，周围所有人，神父、父亲，甚至包括“我”都无法理解。带领读者进入康雄内心世界的，是“我”发现的康雄的三本日记。在日记当中，“我”逐渐发现了康雄的秘密。康雄是怎样的人呢？是一个“虚无者”，是一个在“等待”中的虚无者。而这个“虚无者”的自杀竟然源于和一个“妈妈一般的妇人”的偷情。“我没有想到长久追求虚无的我，竟还没有逃出宗教的道德的律规。”[①] 如果康雄真是因为触犯了基督教的禁忌——不准通奸而自杀，那么自杀同样是基督教所严厉禁止的。这难道不是自相矛盾吗？所以，“通奸”即使不是作者有意铺设的一个幌子，也不可能是最重要的原因。文中有这样一句：“那三本日记的一本多时光，就是这样的等待、等待，而终至于仰药去了。这年轻的虚无者就是这样童稚地等待着，也同样童稚

① 陈映真：《我的弟弟康雄》，《陈映真文集 · 小说卷》，中国友谊出版公司1998年版，第12页。

地吞下了他的氰化钾。”[1]在这里的叙述中，康雄的死是因为对一个不知名的事物的等待而终至于绝望，所以，“虚无者”以及“等待”是解开康雄身份之谜的关键。如同密码一般，没有密码提示，不可能看懂经过作者加密的内容。那么“虚无者”到底所指为何？既然是一个“虚无者”，还有什么好等待的？到底在苦苦“等待”什么？以至于因为等待的绝望而走上绝路？

所有密码的编写都有解码的工具，在解开“虚无者”的身份上，文中有一个不起眼的人名，可以作为我们理解“虚无者”的工具，那就是“雪莱”。“我这虚无者，却没有雪莱那样狂飙般的生命。雪莱活在他的梦里，而我只能等待一如先知者。一个虚无的先知者是很有趣的。”[2]文中特地提到“雪莱”，正给我们提供了一个透视这个“虚无者”的身份的参照。也就是说，这个“虚无者”正是具有雪莱一样的特质。显然，陈映真选择雪莱作为解开密钥的线索，是经过深思熟虑的。这位出生于18世纪末的英国浪漫主义诗人，最大的特质就在于其对现存制度和现实环境的反抗精神，以及其空想社会主义理念。他的大部分作品都是宣告其特定政治理念的政治诗，包括以伊斯兰黄金城的革命来比喻法国大革命的《伊斯兰的起义》（1818）、以罗马贵族钱起的暴戾比喻现实压迫的历史剧《钱起》，写于1819年彼得卢大屠杀之后，号召工人团结起来争取自由的《无法无天者的假面舞会》，更为流行的《致英国人之歌》与《1819年的

① 陈映真：《我的弟弟康雄》，《陈映真文集·小说卷》，中国友谊出版公司1998年版，第11页。

② 陈映真：《我的弟弟康雄》，《陈映真文集·小说卷》，中国友谊出版公司1998年版，第11页。

英国》[①]，以及著名的《解放了的普罗米修斯》。雪莱的诗歌最典型地体现了法国大革命的氛围之下浪漫主义文学的风潮。这样一位带着风雷气息的反抗者与革命者，对于雪莱一贯反对的基督教来说，似乎可以说是对现实怀抱藐视和反抗态度的“虚无者”，这一点更增进了我们对康雄的特质的判断，康雄不是也一直抗拒着基督教吗？所有有着革命精神和反叛意志的理想主义者对于既定的社会秩序必然持反对态度。因此，我们可以这样理解，康雄有着和雪莱一样的理想主义和反抗意志，然而现实环境不允许他像雪莱那样付诸行动。因此，康雄只能“等待”！而且如一位“先知者”。所谓的先知，不正是怀抱左翼理想，盼望激烈的社会革命改变恐怖的压迫体制的左翼知识分子——陈映真自己的写照吗？小说中还有一幕“别有用心”的环境描写令人遐思，以互文的方式透露康雄的真实身份：“葬礼以后的坟地上留下两个对坐的父女，在秋天的夕阳下拖着孤零零的影子。旷野里开满了白绵绵的芦花。乌鸦像箭一般的刺穿紫红色的天空。”[②]联系鲁迅《药》中革命者夏瑜的母亲为他上坟的场景，无论陈映真作此仿写是出于有意还是无心，“乌鸦像箭一般的刺穿天空”已经构成两部小说的对话，使这里悲凉、压抑的环境描写构成了对于康雄身份的暗示。

陈映真努力地想暗示康雄的身份，然而却又不得不在人物性格及情节安排上极力掩饰。因此，陈映真往往采用一些暗语式的曲笔来透露人物的真实面貌。这种暗语式的解密游戏在《乡村的教师》

① 参见李赋宁：《欧洲文学史》第二卷，商务印书馆 2001 年版，第 72 页。

② 陈映真：《我的弟弟康雄》，《陈映真文集·小说卷》，中国友谊出版公司1998年版，第 13 页。

《故乡》等作品中屡次出现，成为我们重新解读这些作品的关键性因素。

《乡村的教师》和《故乡》《我的弟弟康雄》不同，《我的弟弟康雄》书写的是白色恐怖时代背景下左翼青年主体的“激进—等待—幻灭”的生存状态，而《乡村的教师》《故乡》却给我们提供了一个隐约而又波澜壮阔的历史，在大时代的纷纭变幻中，左翼主体的命运也跌宕起伏。

在当下找不到出路的情况下，陈映真把眼光向后，努力挖掘台湾自日据以来的左翼运动史以及左翼主体的生存史。虽然左翼力量自 20 世纪 50 年代以来从肉体到精神都被国民党以暴力手段横扫一空，左翼的历史是台湾 60 年代最大的禁忌，然而对于陈映真来说，台湾曾经的左翼历史在精神上就好比是从未谋面的故乡，陈映真对那段历史的追寻就是对精神故乡的寻觅，是一种令他魂牵梦萦的乡愁。

陈映真对这种乡愁的书写并非来源于想象，相反，《乡村的教师》的主人公的人物原型即来自他的少年生活：“一九五〇年夏天，他上六年级。级任老师在升学辅导自修课上，捧着中央日报看韩战的消息。那年秋天，一个从南洋而中国战场、而复员、因肺结核而老是清苍着脸、在五年级时为了班上一个佃农的儿子摔过他一记耳光的吴老师，在半夜里被军用吉普车带走，留下做陶瓷工的白发母亲，一个人幽幽地在阴暗的土屋中哭泣。”[①] 相当明显的是，这里的吴老师不仅是《乡村的教师》中吴锦翔的原型，而且是他 80 年代创作

① 陈映真：《后街——陈映真的创作历程》，《陈映真文选》，生活·读书·新知三联书店 2009 年版，第 18 页。

的《铃铛花》中高东茂老师的原型。通过这个有着现实原型的历史人物，陈映真在《乡村的教师》中勾勒出台湾自日据后期（自 1941 年太平洋战争爆发）到战后初期（1950 年国民党开始对左翼力量进行恐怖镇压）这十几年间风云跌宕的历史，这段地区性的断代史浓缩了 20 世纪东亚乃至世界历史的重大变动：第二次世界大战亚洲战场的鏖战、日本战败、台湾光复、“二二八”事变、中华人民共和国成立，到 1950 年朝鲜战争爆发，白色恐怖笼罩下，冷战—内战格局的确立。主人公吴锦翔是串联起这一系列历史事件的线索。吴锦翔作为被派到南洋战场的台湾人日本兵，战争结束以后回到台湾，成为一名乡村教师，在经历了初期的热情之后，他逐渐失去热情竟而堕落，最终以自杀结束了自己的生命。吴锦翔是残酷的战争的受害者，这里的受害不仅是战争对他的肉体的折磨，更严重的是对他的精神和人性的扭曲。透过小说中的细节和暗示，吴锦翔不仅参与了轮奸婆罗洲土女，更为了活命而吃过人心。而导致他自杀的直接原因就是这种地狱一般的经历的再现吞噬了他。然而和《我的弟弟康雄》类似，康雄的死暗藏玄机，对于吴锦翔来说，事情同样蹊跷。问题不在于战争梦魇对他的戕害，问题在于，为何他初回台湾时对未来充满信心，看不出一点战争后遗症，小说写到：“在他里面，有一种他平生初次的对于祖国的情热。‘这是个发展的机会呀’，他自语地说着，从小学的大而明亮的窗口望着对面的山坡：那些梯子一般的水田；那些一任坡上的太阳烘烤着褐黑色的背脊的农民们；那些窗下山脚的破败但仍不失其生命的农家四月的风，糅和着初夏的热，忽忽地从窗子吹进来，又从背后的窗子吹了出去。一切都会好转的，他无声地说：这是我们自己的国家，自己的同胞，至少官宪的压迫将永远不可能的了。改革是有希望的，一切都将好转。”[①]

陈映真初次书写战后台湾的知识分子的普遍心情：无论经过怎样的苦难，始终是重新当家做主人了，可以重新建设我们的家园了。而且由于台湾的光复，开始萌发对于“祖国”的认同与热情。至少在吴锦翔回到台湾之初，我们可以断定，他决意埋藏自己不堪回首的过去，好好地为台湾的重新建设出力，把自己的学生教育成才，担负起建设的重任。然而这个梦想终于破碎。而且小说对此的交代是语焉不详的，吴锦翔的转变令人费解：“逐渐地，过了三十岁的改革者吴锦翔堕落了。”[②]而后就是形势急转直下，在送他的学生去参军的送别会上吴锦翔终于崩溃，心中的梦魇再次爆发，终于以自戕结束。对于吴锦翔的理想主义的凋落，我们在小说中找不到合理的解释。然而陈映真并非没有给细心的读者预留解读的线索。为了“携带红色秘密通过白色检查哨，他苦心孤诣地、艺高胆大地、‘敌后工作’地，将一些难以言说的时代背景与同志档案，以代码藏在文本之内”。[③]其中最重要的代码就是主人公吴锦翔的年龄。以吴锦翔“堕落”和自杀的三十岁为线索，他三十岁的那一年是哪一年呢？小说正是以主人公的年龄作为历史事件的暗示。回过头去，我们猝然发现，作者已经为我们的求索准备了答案。然而这需要我们细心地把小说散落在不起眼的角落中的几句话串联起来：“青年吴锦翔自南方的战地归国的时候，台湾光复已经近于一年。他评论着二十六岁

---

① 陈映真：《乡村的教师》，《陈映真小说集》，洪范书店 2001 年版，第 156 页。

② 陈映真：《乡村的教师》，《陈映真小说集》，洪范书店 2001 年版，第 157 页。

③ 赵刚：《“老六篇”论——在历史、思想与文学交会处的书写》，《求索——陈映真的文学之路》，联经出版事业股份有限公司 2011 年版，第 233 页。

的儿子好像他仍然是个虚弱的孩子。”[①]1945 年台湾光复，由前一句话我们可以得知他是 1946 年归国的，而 1946 年的吴锦翔二十六岁，因此可以确定他是 1920 年出生，而“逐渐地，过了三十岁的改革者吴锦翔堕落了”。[②] 此时，应该正是 1950 年！陈映真把吴锦翔的意志的消沉和理想主义的破灭，定位在 1950 年，含义已经逐步清晰起来。1950 年正是国民党在台湾作为冷战格局中西方阵营的桥头堡地位确定以后，放手镇压包括中共在台地下党以及革命群众的关键性年份。陈映真对于这个关键性年份的有意掩饰，正突出了白色恐怖对左翼力量的镇压对于吴锦翔的摧毁性的打击。小说中还有一处细节证明这里的分析不是孤证，那就是吴锦翔之所以被送往南洋战场，是因为他的思想倾向：“由于读书，少年的他曾秘密地参加过抗日活动；由于读书，由于他的出身贫苦的佃农，对于那些劳力者，他有着深的感情和亲切的同情；而且也由于他的读书和活动，锐眼的日本官宪便特意把他征召到火线的婆罗洲去。”[③]

陈映真把自己的成长经历投射到吴锦翔身上，并且已经最大限度地暗示了吴锦翔的左翼青年身份。由此，我们对于吴锦翔的遭际、理想以及最终的萎谢就有了更透彻的理解。这正是为数不少的一代台湾青年受到大陆左翼运动和思想的影响，走上自觉地追寻更合理的社会秩序的道路，然而在大时代的播弄之下，身世浮沉，饱受坎坷。支撑他在战争中坚持下来的也许是人的本能的求生意识，然而让他重新燃起生命热情的却是左翼理想，也正是左翼理想的实现的

---

① 陈映真:《乡村的教师》,《陈映真小说集》，洪范书店 2001 年版，第 156 页。
② 陈映真:《乡村的教师》,《陈映真小说集》，洪范书店 2001 年版，第 157 页。
③ 陈映真:《乡村的教师》,《陈映真小说集》，洪范书店 2001 年版，第 157 页。

可能性让他能深藏战争梦魇，而国民党对于左翼的彻底的无情的打击以及两岸冷战—内战的分断格局的形成，使他们的左翼理想破灭，大部分被杀被关，少数漏网的也如寒蝉，自我消音。而绝望者如吴锦翔，就走上自绝之路。《乡村的教师》篇幅虽不长，却展现了那特殊历史和年代下“台湾乡村”的众生相，然而这一切却必须结合吴锦翔的真实身份，才能真切理解作者有意表现的“无法实现的现实主义”。

和《乡村的教师》同年发表的《故乡》无论是在人物、情节还是主旨上都有很多相似和可比性。《故乡》同样以隐晦的笔法揭露了那段幽暗的历史中被隐藏的火光，只不过地点改换成了一个小市镇，主人公变成了一个从日本学医归来的知识分子。哥哥带着基督教的人道主义和精湛的医学知识回到光复后的台湾，他放弃执业医师的社会地位和优渥收入，自愿进入一家焦炭厂做厂医。然而在经过一系列的家庭变故之后，哥哥性情大变，从此由天使变成了一个纵欲的赌徒。哥哥的转变和吴锦翔一样突兀，虽然文中交代直接原因在于家道衰败，然而哥哥既然能够放弃执业医生的前途而自甘清贫，就说明经济问题不可能对他造成致命打击。因此，哥哥的堕落和精神的崩溃必然另有原因。和《乡村的教师》类似，我们同样找到了进入哥哥的精神身世的钥匙。而这钥匙也极为类似。这把钥匙就是叙事者“我”的年龄以及入学年份。“哥哥自日本回台湾的时候，我才是个甫上初中的小子。”[①] 这是线索的第一个环。“到了我考取高中的时候，我的家里，便起了相连不辍的风暴了。”[②] 这是线索的第二

① 陈映真：《故乡》，《陈映真文集·小说卷》，中国友谊出版公司1998年版，第23页。

② 陈映真：《故乡》，《陈映真文集·小说卷》，中国友谊出版公司1998年版，第24页。

环。而正是在这风暴之下，我的哥哥在最初的狂暴之后，一天天堕落下去，以至于在乡间的风传之中，“变成了放纵邪淫的恶魔”。哥哥自日本回台，最早不会超过1946年，而1946年前后上初中的我，在我考取高中的时候，算起来也就是1949到1950年。因此，类似于吴锦翔，哥哥同样是一个怀抱左翼理想回到台湾却遭到打击，终于崩溃的典型。不，也许我们还可以有另一个猜想，哥哥的放浪形骸，也许是在那风声鹤唳的恐怖年代的一种自我保护？无论如何，哥哥的行迹只有在左翼身份的框架下，才能得到合理的解释。文中有一处不经意的景色描写，那是哥哥突然发狂痛打我之后，紧接着的一段：“大太阳落了。远处的山顶，因着背光，变成暗紫色的断带了。”[①]从左翼在台湾的陨落的视角出发，这段景物描写的象征意义几乎是过于明显了。左翼在台湾的被清除，也意味着两岸重新分断的开始，“暗紫色的断带”不正是这冷战—内战格局下海峡两岸的绝佳写照吗？

《我的弟弟康雄》《乡村的教师》和《故乡》作为陈映真早期表现左翼青年的身份和命运的代表作，主要的写作技法是采用伏笔和暗示留下线索，曲折地透露主人公的左翼身份以及那段不能言说的历史。除此之外，早期小说中还有另外一种类型的作品，运用象征手法，以寓言或神话的方式表现类似的主题。这类作品以《祖父与伞》《猎人之死》《安大略人犹大的故事》为代表。

《祖父与伞》是一篇奇特的文本，和以上几篇小说有很大的不同。《乡村的教师》等几篇小说虽然掩饰了主人公的核心身份以及禁

① 陈映真：《故乡》，《陈映真文集·小说卷》，中国友谊出版公司1998年版，第23页。

忌的历史事件，然而时空背景仍然是落实的，但是《祖父与伞》几乎完全抽离了时空背景，成为一篇架空历史的小说。虽然如此，小说的叙述对象仍然重点突出：那就是小说的标题——祖父与伞。小说虽然以“我”为叙述人，并且以“我”的回忆作为小说的背景，然而毫无疑问，祖父以及那把伞才是真正的主角。我们刚才分析的三篇小说，叙述者和主人公均存在一定的距离。《我的弟弟康雄》的叙述者是康雄的姐姐，《乡村的教师》是以全知视角的第三人称为叙事角度，《故乡》的主人公是“我”的哥哥。可以发现，康雄有意地把作为左翼主体的主人公和叙事者分离开来，以外在的眼光观察、塑造完整的左翼主体的人格特征和命运遭际。小说《祖父与伞》在这一点上同样如此。

《祖父与伞》因其历史架空的特色呈现出意义的难解，所以很少引起研究者的注意，这篇独创性的文本作为特定创作条件下的产物，要求研究者必须大胆假设、小心求证，才能挖掘出小说的潜在面貌，准确定位他在陈映真创作中的地位和作用。首先，小说的第一句：“我尽力摈弃一切的杂念，一心要去想那一支伞的故事了。这一向之间，那一支伞的回忆，常常要成为我无端的悲愁的契机。”[①] 小说开头就奠定了本文的真正的主人公——伞，以及相关的格调——悲愁。而伞，和祖父又有密切的关系。因此，祖父与伞，共同构成了这篇小说的主要书写对象。祖父和我是从外地搬到矿区的，从此祖父也成了一个老矿工。这个矿区作为故乡，周围“卫护着三个母亲：

---

① 陈映真：《祖父与伞》，《陈映真文集 · 小说卷》，中国友谊出版公司1998年版，第41页。

一个尤加里树林和两山的相似树苗”。[①] 老矿工的身份成为解读这篇小说的关键，而“伞”又成为解读祖父的身份的钥匙。小说对伞的描写显然是刻意的：“那真是再也不曾见到过的一支美丽的伞子。它的模样要比现今的一切的伞大些，而且装潢以森黄发亮的丝绸。它的把柄像一只双嘴的锹子，漆着鲜红的颜色，因着岁月和人手的把持，它是光亮的像一颗红色的玛瑙了。”[②] 对伞的描写特地突出黄红二色，并且“我说不上我多么地爱着它，不但因为它是我祖父的雨伞，也实在因为它有着一种尊贵的魅人的亮光。晚饭的时候，伞就挂在左首的墙上，在一颗豆似的油灯光之中，它像一个神秘的巨灵，君临着这家穷苦命乖的祖孙两代了”[③]。除非对伞的颜色、所挂位置都是毫无意义的书写，那么这个散发着“尊贵的魅人的亮光”的“神秘的巨灵”就不能不令人联想起左翼思想——马克思主义及政治组织力量——共产党。无论是苏共还是中共，党旗的颜色都是红黄二色。陈映真阅读并且翻译过《共产党宣言》，以“神秘的巨灵”象征共产主义思想及组织，毫不奇怪。

因此，类似于上述几篇小说的情节，老矿工作为台湾第一代老左翼，在国民党的镇压风暴之下折戟沉沙。“两个新的春天过去了，尤加里树林开始有砍伐的人。”[④] 而祖父，正是因为这“尤加里树林”

---

① 陈映真：《祖父与伞》，《陈映真文集·小说卷》，中国友谊出版公司1998年版，第42页。

② 陈映真：《祖父与伞》，《陈映真文集·小说卷》，中国友谊出版公司1998年版，第42页。

③ 陈映真：《祖父与伞》，《陈映真文集·小说卷》，中国友谊出版公司1998年版，第43页。

④ 陈映真：《祖父与伞》，《陈映真文集·小说卷》，中国友谊出版公司1998年版，第43页。

的被砍伐，而精神遭受重创一病不起。“我”在为祖父外出寻医的途中，伞被风吹翻，成为“尸骨”，而埋葬祖父的时候，我把伞的尸骨也一起陪葬。因此，“伞”和“尤加里树林”构成一个互相呼应的连环符号，共同构成了这篇寓言式文体的象征基础。也使得那段左翼的力量——包括其组织（尤加里树林）及思想（伞）被镇压、摧毁和扫除的历史通过这样一种特殊的文体得以保存和展现。

以寓言式的文体再现台湾左翼凋零的历史，对于陈映真是一个创造性的尝试，在台湾文学史上也是独一无二的。如果把这类隐含着内在的现实主义关怀和政治倾向的作品归入“现代主义文学”的范围，那就完全失去了对陈映真在20世纪60年代的创作的理解的可能性。

与此类似，1961年发表的《苹果树》和1964年发表的《猎人之死》在关键性角色身份方面都运用了象征手法，以极具想象力和表现力的意象成为陈映真早期小说中的经典。《苹果树》中的大学生林武治离弃自己的地主家庭，混迹在社会底层，表现出离经叛道的思想倾向。这个思想倾向只有从左翼的价值观来理解才能得以成立。而小说中的核心意象“苹果树”可谓点睛之笔。

> 这些都会有的，只要我们的苹果树结了实。那时候，男子们再也不会酗酒，再也不野蛮。那时候母亲都健康美丽。那时候宝宝们都有甜甜的奶，都有安稳的怀抱。那时候我们的房子又高又巧，红的墙，绿的瓦。那时候老头儿都有安乐椅，那时候拾荒的老李的眼病会好好的。……那时候，夜莺和金丝雀们都回来了。它们为了寻找失去的歌声离开我们太久太久。当夜

莺和金丝雀唱起来的时候，唉唉，人的幸福即完全了。[①]

在林武治的愿景之中，苹果树的果实是一切幸福的源泉，代表着一种平等、自由、富足的社会乌托邦，并且正是因为林武治知道这个理想乌托邦无法实现，苹果树才显现出完美无缺和福音一般的特质。这和《我的弟弟康雄》中康雄的“安那琪”的社会理想如出一辙。

《猎人之死》和《安大略人犹大的故事》是一类从神话和圣经故事取材，以架空时空背景的寓言型小说。在《猎人之死》中，代替“苹果树”的象征意义的是猎人阿都尼斯一直在追狩的“被囚禁的篝火”，而因为对于“被囚禁的篝火”的追寻，这个怀抱左翼禁忌理想的猎人也因此处于必然的危险性之中：“因为我一直被宙斯和他的仆从们追狩着，像一只猎物一样。”[②]《安大略人犹大的故事》中的犹大在陈映真笔下被创造性地改写，那个因为钱财而出卖耶稣的第十三名门徒成为一个为了社会革命信念而出卖耶稣的理想主义者。在这类特殊的文体中，小说的旨趣因为文体的脱离现实的象征性而呈现出复杂难解的意义，但因此为理解陈映真关于左翼身份的思考的复杂性提供了一个契机。

陈映真作为一个怀抱特殊政治理念的思想者，对于左翼理想的认同以极其隐秘而又热烈的文学形式表现出来。同时，文学创作几

---

① 陈映真：《苹果树》，《陈映真文集・小说卷》，中国友谊出版公司1998年版，第68页。

② 陈映真：《猎人之死》，《陈映真文集・小说卷》，中国友谊出版公司1998年版，第124页。

乎是 20 世纪 60 年代台湾左翼青年进行身份建构和表达的唯一形式。陈映真是通过文学的形式表现思想的典型，因此，青年陈映真的小说既可以看作台湾文学史中的一页，也同样可以看作台湾思想史特别是左翼思想史不可忽视的重要史料。

第二节　宗教与性：左翼身份的内在张力

上一节对于陈映真隐藏在文学作品中的左翼身份进行了较为细致的分析和检索，由此初步在我们的脑海中镌刻下陈映真的身份图谱和肖像：这是一个怀抱左翼的社会理想和革命理念，而在右的政治高压之下难以发抒，只能经由文学进行自我表达和宣泄的左翼文学青年。他通过文学进行左翼身份的自我确证，并通过各种方式和方法纪念那曾经的先辈和他们光荣悲壮的历史。在思想倾向方面，陈映真的政治理念非常鲜明，他是一个众人皆知的“老左派”。因此，虽然这样一种对于青年陈映真在特定年代的禁忌理想的解读带有解读密码式的快感，但我们的解码也似乎无非是对这显而易见的结论再添加一个注脚。

如果陈映真早期作品中蕴含的左翼身份是如此简单、明快，以至于和他的一贯的政治立场形成因果式的呼应关系，那么显然对于青年陈映真的左翼身份的讨论就应该到此为止。然而，陈映真蕴藏于左翼身份内部的丰富的思想及其形成的巨大张力却让我们的讨论有了进一步拓展的可能性与必要性。甚至可以说，在我们看来，陈映真之所以成为陈映真，并不是因为他的“简单明快”的左翼思想和抱负，相反，恰恰是因为他在建立他的左翼思想的同时发展出来的极其丰富的复杂性。因此，构成陈映真的独特性的不仅是贴在他身上的左翼标签，更是隐藏在这个标签背面的关于左翼以及左翼主体的更深层次的思考。

这个更深层次的思考表现在：左翼主体通过各种方式建立自己的身份和理想的同时，却又总有来自异域的力量阻止和化解这个左翼主体的昂扬的理想状态，并且这个异域的有时是阴暗的力量并不都来自外界，而恰恰来自左翼主体内部，内在于左翼主体的思想结构之中。因此，我们发现，青年陈映真笔下的左翼主体往往处于双重紧张状态：一方面来自外界的现实政治的压力，另一方面来自左翼思想内部本身的紧张。来自现实政治的对于左翼思想的压力使陈映真只能通过文学进行身份的建构与表达，并创造出了多样性的文体。而来自左翼思想内部的张力则进一步丰富了陈映真的左翼理念，使他的左翼理念和思考具备了高度的独创性。这种独创性进一步提升了陈映真左翼思想和实践的价值和意义，并且使之能够超越特定时代，成为当下反思和重建包括左翼视角的批判思想的重要资源。

当然，这些深层次的思考是通过文学的形式展现出来的，因此，从某种程度来看，陈映真在文学的形式中展现出的思想的复杂性甚至高于后期的专门的政治和社会评论。在青年陈映真的文学作品中，对左翼主体的存在状态和左翼思想构成辩证的制衡以及深化作用的因素主要来自两个方面：宗教和性。而这两者之间往往也是相互勾连的。

一、灵魂与现实的分裂

在陈映真笔下，20世纪60年代左翼主体的双重紧张状态首先表现在人物形象的对立与分裂。以1960年发表的《我的弟弟康雄》为例，康雄作为陈映真塑造的第一个自我投射性的左翼角色，就已经奠定了他早期作品中关于左翼主体生存状况的基本格调。这个格调的色彩是压抑而阴暗的，因为他无往而不在枷锁之中：既要面对理想与现实的巨大落差与压抑，又要面对自身内在的分裂和紧张。

从这个角度出发，康雄和“我”（康雄的姐姐）都是陈映真自身投影的一部分。陈映真把自己内心最隐秘纠结的灵魂投射到康雄身上，然后又灵魂出窍般地化身为他的姐姐，旁观和见证着他压抑的生与死。也就是说，陈映真在《我的弟弟康雄》中就充分表现了他重要的创作特色：在表露自己的思想倾向的同时又保持着清醒的自我反观，反身性的自省成为人物最主要的性格特征。因此，陈映真的创作是他作为批判知识分子彻底的批判性的最重要实践，因为彻底的批判性最突出的特征，必须体现在首先把自己进行主体的客体化，再作为解剖和批判的对象进行审视。小说中“我”和“康雄”一体两面的人物设置正是这种批判和自我批判的思想结构的体现。

“康雄”是他的左翼信念的载体，也是他对不合理的社会现实进行批判与反抗的依托。而“我”呢？显然，“我”和那禁忌的图腾并非毫无关系。康雄的死对他打击甚大，这种打击并不仅仅来源于他们的姐弟亲情。实际上，“我”和“康雄”有着共同的出身，以及类似的思维视角：“我的安那琪的弟弟康雄自杀了，我的远远的小画家也因贫困休学，而竟至于卖身给广告社。而我这个简单的女孩子，究欲何为呢？”[①]很显然，“我”是自动地把自己归类于康雄以及他的朋友之属，并且，因为受到他们的影响，“不知不觉中，我竟也跟着鄙夷那些富有的人们了”[②]。“我”和“康雄”拥有相同的阶级视角，并且在决定嫁给他所鄙夷的富人的时候，“我是存着一份最后的反叛意识，掷下我一切少女时代的梦的……这些都使我感到一种反叛的快感。固然这快感仍是伴随着一种死灭的沉沉的悲哀——向少女时代、向我的所没有弄清楚过的那些社会思想和现代艺术的流派告别的悲哀。然而这最后的反叛，却使我尝到一丝丝革命的、破坏的和殉道者的亢奋。这对我这样一个简单的女子已经足够伟大的了”[③]。因此，如果对于陈映真来说，康雄是一个“显性”的左翼身份，那么“我”的左翼身份则是“隐性”的。康雄死了，在无望的等待也在对自己的失望中死了，而“我”恰恰相反，很快和这个我曾经厌恶的社会现实妥协了。康雄死后，“我”很快地嫁入富贵之家，并且“变得懒散、丰满而美丽。我的丈夫温和有礼，而且誉满他们的社会。做弥撒的早上，当他扶着我走上圣堂门口的台阶的时候，我的丈夫显得尤其体贴温柔”[④]。而且康雄之死所造成的哀恸甚至也消散了，康雄以及康雄所代表的理想几乎成为急于摆脱的幽暗的噩梦，“于是我一心要为他重修一座豪华的墓园。此愿了后，我大约也就能安心地

① 陈映真：《我的弟弟康雄》，《陈映真文集·小说卷》，中国友谊出版公司1998年版，第10页。

② 陈映真：《我的弟弟康雄》，《陈映真文集·小说卷》，中国友谊出版公司1998年版，第10页。

③ 陈映真：《我的弟弟康雄》，《陈映真文集·小说卷》，中国友谊出版公司1998年版，第11页。

④ 陈映真：《我的弟弟康雄》，《陈映真文集·小说卷》，中国友谊出版公司1998年版，第14页。

耽溺在膏粱的生活和丈夫的爱抚里度过这一生了吧”[1]。

因此，“康雄”和“我”实际上构成了左翼主体的硬币的正反两面，也代表了20世纪60年代的隐蔽的左翼主体所面临的现实困境。这种困境主要来源于两个方面，一方面是国民党当局在政治上的弹压；另一方面要回到60年代台湾的社会经济状况来分析。60年代台湾农村农业经济的稳定和增长，以及城市经济在美援之下的快速增长，使此时的状况大大不同于四五十年代。在这样的社会政治经济格局之下，左翼青年，尤其是以陈映真为代表的“市镇小知识分子”面临着风险与机遇并存的局面。也就是说，“市镇小知识分子”在社会经济快速发展的情况下，并不是没有社会上升的空间，相反，有相当一部分“市镇小知识分子”可以通过考学（台湾大专联考）获取文凭，然后进入社会中等阶层以上。[2]因此，一方面是现实政治的高压，另一方面是现实社会的召唤，左翼知识分子所感受到的压抑与困扰就可想而知了。毫无疑问，必定有部分曾经怀抱愿景的左翼放弃了理想，而投入现实生活的怀抱。陈映真把这两种困扰化为“康雄”和“我”，康雄代表了坚持自己的理想，然而终究绝望，而“我”，则最终难敌“膏粱的生活”的诱惑，选择了与曾经对抗的现实妥协，虽然这种妥协有不情愿的成分。但是“我的懒散、丰满而美丽”不正代表了现实生活的诱惑力吗？“康雄”死了，“我”的

---

① 陈映真：《我的弟弟康雄》，《陈映真文集·小说卷》，中国友谊出版公司1998年版，第15页。

② 当然，台湾的大专联考初期录取率不高，而且竞争激烈，进入以台大为首的类似好学校并非易事，相反，如果只能考入师范类学校，那么前途也同样暗淡。陈映真联考成绩并不佳，只好以较高的学费进入淡江英专学英文，该校后改制为淡江文理学院。养父去世、家境的衰败以及联考的失意也许是青年陈映真的小说充满忧郁哀伤的部分原因。

一部分也随他死去。而“康雄”和“我”则内在于陈映真自己，他把自己感受到的左翼青年的时代困惑和精神分裂通过一分为二的姐弟俩进行艰难的表现。这种基于密切关系的反身性二人结构在青年陈映真的小说中屡次出现。如《故乡》中的“我”和“哥哥”，《祖父和伞》中的“祖父”和“我”，《猎人之死》中的“阿都尼斯”和“维纳斯”，以及《哦，苏珊娜》中的“我”和“苏珊娜”。

在《故乡》中，这种关系表现为兄弟。“哥哥”是“一个由理性、宗教所合成的壮烈地失败了的普罗米修斯”[①]，而“我”则是一个“懒惰而荒嬉的青年，但也不知道为什么考取了大学”[②]。因此，《故乡》展现了左翼主体在20世纪60年代的生存状态的另一种可能性。《我的弟弟康雄》体现的是绝望地自戕和带着复仇意味的妥协，而《故乡》则更多地意味着玩世不恭和堕落。和康雄不同，“哥哥”虽然是和康雄类似的左翼青年，然而相对于康雄的脆弱，“哥哥”的生命力似乎更顽强，他在遭受打击之后并没有选择去死，而是以疯狂和堕落表达自己内心绝望的反抗。也许在“哥哥”看来，自杀只能说明被打败，而且自己承认了失败。而玩世不恭地堕落象征着对日常生活秩序和社会现实的反叛与背离，他以这样一种放荡的姿态宣告自己和这个世界的决裂。和哥哥一样，我“投进了繁华的、恶魔的都市，支用着平生第一次归自己安排的金钱，过起拉丁式的堕落的生活。留着长发，蓄着胡须，听着悲愁的摇滚乐，追逐着女子”[③]。和哥哥一样，我也过起了堕落的生活。虽然兄弟俩的堕落表面相似，然

① 陈映真：《故乡》，《陈映真文集·小说卷》，中国友谊出版公司1998年版，第25页。
② 陈映真：《故乡》，《陈映真文集·小说卷》，中国友谊出版公司1998年版，第25页。
③ 陈映真：《故乡》，《陈映真文集·小说卷》，中国友谊出版公司1998年版，第27页。

而不一样的是，哥哥的堕落是自己对现实世界的主动弃绝，而我则不同，我“投进了繁华的、恶魔的都市”，并且是在“金钱”的支持下，过起都市的浪荡生活。

因此，《故乡》进一步发展了《我的弟弟康雄》中隐含的资本主义现代性所代表的繁华、富裕却又是“恶魔”般的都市生活对于左翼主体的诱惑和腐蚀的可能性。如果说康雄的姐姐只是无奈之下和现实妥协，那么《故乡》中的“我”则有着被这繁华所吞没的可能。因此，20世纪60年代台湾隐蔽的左翼青年很有可能由“天使”变为“恶魔”，这正是“我”体会到的“哥哥”的前后的巨大差距：“传说中的我的哥哥，变成了放纵邪淫的恶魔。这是我突然想到那个据说比创造的太初还要早的故事来：魔鬼不也是天使沦落的吗？思索之间，一向在观念中狰狞恐怖的魔鬼，便也有着深阔如海般智慧的额和清苍的脸，穿着一身玄黑的伊丽莎白的英国紧身……突然间，这魔鬼振翼而飞了，扑着阴冷的风，带着如钟鸣般的叛逆的笑声，向云涌的、暗黑的天际，盘旋着飞起。”[①]由天使而沦落为魔鬼，这有可能是一种叛逆，但也有可能自愿做了魔鬼而不自知。所幸在夜深人静的时候，“我”仍然记得我曾经有个“家”。然而这个曾经的“家”却让我倍感压抑与焦躁，因此，出离的愿望便油然而生：“我不回家，我没有家呀……我要坐着一列长长的、豪华的列车，驶出这么狭小、这么闷热的小岛，在下雪的荒寂的旷野上飞驰，驶向遥远的地方，向一望无际的银色世界，向满是星星的夜空，像圣诞老人的雪橇，没有目的地地奔驰着……”[②]面对着相对于左翼理想的外忧内患，左翼青年的压抑

---

① 陈映真：《故乡》，《陈映真文集 · 小说卷》，中国友谊出版公司1998年版，第25页。
② 陈映真：《故乡》，《陈映真文集 · 小说卷》，中国友谊出版公司1998年版，第28页。

在这段富有诗意的逃离幻想中得到了尽情的宣泄。

《我的弟弟康雄》和《故乡》中的“我”既是“康雄”和“哥哥”这类或压抑地自戕或愤怒地自弃的左翼主体的最亲密见证者，同时也代表了左翼主体有可能滑向和现实妥协的另一种可能性。相对于这种一分为二、辩证结合的二人结构，陈映真早期作品中还有一类人物，他们越过左翼身份的见证者的角色设计，直接走上前台，表现出台湾 20 世纪 60 年代在政治封闭、经济发展的畸形社会格局下，青年人面对自身与社会的另一种不由自主的选择。这类小说以《家》和《死者》为代表。

《家》的主人公“我”是一个没考上大学而北上复读的中学生，他在放假回家和母亲、妹妹交谈之后，经历了从不愿意复读到重新打起精神投入复读的心理过程。根据赵刚的分析，这篇小说和《我的弟弟康雄》等小说的格调有着明显的区别:《我的弟弟康雄》《故乡》的基本格调是挽歌式的悲剧，而《家》则是嘲讽的喜剧:“陈映真说的是一个矛盾的、脆弱的，而且是虚伪的年轻人的故事。这个‘我’想要和还有些不安、不服，有些反叛的过去的自我做彻底告别，从而半意识或是无意识地回到家来排演了一出话剧，或一场成人礼，好让他之后能全心全意地投入竞争体制。”[①]因此，和康雄的姐姐,《故乡》中的“我”同中有异，相同的是他们都曾经有过的反叛意识，并且都和现实有了不同程度的妥协。而不同之处是，康雄的姐姐,《故乡》中的“我”反映了左翼主体与现实斗争的失败，而《家》中的“我”的这种斗争的痕迹则大大减少，在社会竞争体制的

---

① 赵刚:《“老六篇”论——在历史、思想与文学交会处的书写》,《求索——陈映真的文学之路》，联经出版事业股份有限公司 2011 年版，第 266 页。

压力之下，“我”实际上是最大限度地抛弃自己幼稚的过去，扮演起“成人”的新角色，好顺利地融入这个体制并且承担起这个角色所规定的任务。因此，经历了这个并不困难的心理转型和身份角色的重新定位以后，那曾经象征着竞争体制的“血湖”“再也不至于撕裂我了”[①]，并且“在对恶无可如何的时候，恶甚或就成了一种必需……即欲对恶如何，必需介入于那恶之中……我把日记锁在抽屉里，乘着这一丝唐吉可德的英武，霍然而起，以明日我将大有作为的意思决定去睡了”[②]。“我”最终以一种自欺的方式完成自我的转型。这种自欺表现在以一种积极姿态去拥抱僵化的政治体制和联考竞争体制。

这种在60年代对于逐渐起飞的台湾经济的拥抱和投入，集中表现在《死者》所塑造的林钟雄身上。林钟雄是一个在宜兰经营着流动影剧院的小老板。他从宜兰回桃园镇奔外公生发伯的丧，然而到了以后，才知道“死者”短暂还阳，直到清晨才咽气。林钟雄自己是个螟蛉之子（义子），对生发伯及其家族并无多深情感，他真正在意的是他的“正赶着景气”的事业。对于弥留之际的生发伯，林钟雄的到来只是源于情理，是不得不回来的，他“……公公、公公地叫着，觉得自己的声音里，竟酿起一层薄薄的悲哀来了。但这又无非是剧情中的一种自我悲悯，无论如何，总不是实际的悲戚吧”[③]。对于奔丧回来的人，他耳目所见，心心念念的却是他的姊子及其作风不良、做了妓女的女儿——秀子对他的性诱惑：“他重又切实地感到那种噬人的蛊惑了，伊的确是个强健的女人，在短薄的衣物中，伊

① 陈映真：《家》，《陈映真文集・小说卷》，中国友谊出版公司1998年版，第20页。
② 陈映真：《家》，《陈映真文集・小说卷》，中国友谊出版公司1998年版，第20页。
③ 陈映真：《死者》，《陈映真文集・小说卷》，中国友谊出版公司1998年版，第31页。

是粗犷而结实的……他想起秀子了。矿坑的罗曼史在他脑里面引起了新的蛊惑。隔着一层板壁，便是他的强健的舅妈，今夜伊得通夜守着老人呢。”[①]林钟雄和康雄等左翼青年是截然不同的两种类型。他们属于同一个时代，然而却有着迥异的追求和烦恼。赵刚对此分析道：“早在1960年，陈映真就在资本主义才刚刚崭露头角的台湾社会里，敏锐观察并掌握到一种新兴的主体状态：有一群年轻人横在兴奋繁华起来的城市的各种新兴行业里寻找发财头路……这群人在努力追求个人‘自由’的同时，却也无奈地陷在一种从来不曾领受过的‘异化’状态中，而核心症候就是生命严重缺乏‘真实感’，在波波相连的欲海中此起彼落……”[②]林钟雄在陈映真早期作品所塑造的左翼青年群像中是一个异类，代表了台湾20世纪60年代资本主义经济的发展对于青年人的“征召”和“质询”，在林钟雄身上，陈映真所隐含的态度是辛辣的嘲讽。

青年陈映真几乎在同一时期塑造了两类反差巨大的人物，一类是吴锦翔、康雄、《故乡》中的哥哥，另一类是康雄的姐姐、《故乡》中的弟弟以及《家》中的“我”。两类互相对立的人物是陈映真对于60年代初台湾社会的左翼青年所面对的复杂局面以及更复杂的选择的立体式展现。

二、性—爱主题与左翼身份

左翼主体在社会现实面前所感受到的是双重困惑：政治上的压

---

① 陈映真：《死者》，《陈映真文集·小说卷》，中国友谊出版公司1998年版，第34页。

② 赵刚：《“老六篇”论——在历史、思想与文学交会处的书写》，《求索——陈映真的文学之路》，联经出版事业股份有限公司2011年版，第269页。

力与社会经济上的逐渐资本主义化。然而这并不能构成青年陈映真笔下的左翼主体的全部心灵图谱。实际上，相对于外在现实所施加的压力，陈映真在早期作品中通过一些特定的主题，深入左翼主体的内在的精神结构，表现出更幽微而深沉的内在困境。这主要表现在性—爱这对复杂的生命体验与情感结构所代表的主题中。

以康雄为例，他自杀的原因扑朔迷离，然而并不是没有线索。小说极力委婉地表现蕴藏在这个柔弱的青年火山一般心胸中的复杂与矛盾："至少我已经知道我的弟弟康雄死前挣扎的线索了……他们都不知道这少年虚无者乃是死在一个为通奸所崩溃了的乌托邦里。基督曾那样痛苦而又慈爱地当着众犹太人赦免了一个淫妇，也许基督也能同样赦免我的弟弟康雄。然而我的弟弟康雄终于不能赦免他自己罢了。初生态的肉欲和爱情，以及安那琪、天主或基督都是他的谋杀者。"[①]这段话是解开康雄死因的最重要文本依据，同时也是进入康雄这个左翼青年内心世界的一把钥匙。

在康雄的死因之中，有三个关键要素，第一个是"性"，第二个是安那琪，第三个是宗教——具体地说是基督教。安那琪实际上就是不可明言的左翼理想的代名词。因此，康雄实际上死于这几股力量之间难以调和的矛盾与冲突。所以重要的并不是康雄的死，而是康雄没能解决的矛盾与冲突是什么，这种冲突的意义何在。

首先，对康雄来说，左翼信念及其愿景只是一种在他心中持续发酵的理想。因为现实政治的环境，不可能有实现的途径及其可能性，所以代表着平等与公平的左翼理想对于他来说只能是一种乌托

---

① 陈映真：《我的弟弟康雄》，《陈映真文集·小说卷》，中国友谊出版公司1998年版，第13页。

邦：“我的弟弟康雄在他的乌托邦里建立了许多贫民医院、学校和孤儿院。”[①] 因此，首先的冲突在于左翼乌托邦的理想与现实之间的矛盾。然而这并非康雄的主要死因，因为乌托邦之所以成立，正在于其幻想性以及对主体的召唤与安慰，而这种幻想的破灭，乌托邦的坍塌才是致命的——“这少年虚无者乃是死在一个为通奸所崩溃了的乌托邦里。”[②] 支撑着康雄精神大厦的乌托邦何以崩溃？从文中来看，他直接的死因是因为和一个年龄如他“妈妈一般的妇人”，也就是他的房东之间的通奸造成的。

现当代文学（包括台湾文学）并不缺乏关于左翼主体的描写，也并不缺乏性意识的刻画，甚至不乏这两者的结合，然而青年陈映真的小说中这两者进行深入渗透和结合的方式及其内涵却非常独特。20 世纪 30 年代左翼文学中“革命加恋爱”的写作模式是一个很好的参照对象。

在“革命加恋爱”的叙事逻辑当中，恋爱（包括情爱与性爱）具有和革命同样的性质。在某种程度上，性解放同样具有革命意义。对于继承了追求民主、自由，反对封建枷锁的“五四”精神的革命者来说，性的自由和解放本身就具有反封建的象征意义。追求两性的和谐的情爱关系和谋求人类的解放的革命并行不悖，这种革命和情爱的和谐关系表现在如郁达夫所说的“革命生涯的出现有可能仅仅是因为一些激情，那种无法分割的对一个女人的爱的陶冶。那种

---

① 陈映真：《我的弟弟康雄》，《陈映真文集・小说卷》，中国友谊出版公司 1998 年版，第 12 页。

② 陈映真：《我的弟弟康雄》，《陈映真文集・小说卷》，中国友谊出版公司 1998 年版，第 13 页。

激情，如果延展它，其热情足以烧毁暴君的天堂，其强有力足以摧毁巴士底狱”[①]。

当然，在20世纪30年代的左翼文学中，革命与情爱的关系并不是一直都是和谐的，“在20年代末和30年代初，个人情爱与革命激情的和谐关系中也存在着分裂的人格，或者确切地说，在狂热地追求这一创作潮流的作家中存在着分裂的现代意识。那些左翼作家，被建立富强中国的乌托邦理想所驱使，不仅在小说中也在现实中热情地拥抱革命和爱情，但是却很快就感到沮丧与彷徨，因为他们发现自己处于理想与现实、自我和民族、进步和传统、阳刚的革命精神与阴柔的感伤主义的两难困境中”[②]。这种矛盾象征着中国社会转型时期左翼作家在现代性的追求和民族情感、个人幸福与左翼理想的集体话语之间的内在分裂。在延安时期和“十七年”时期，毛泽东的延安讲话基本重塑了“革命加恋爱”的叙事模式，30年代多样性的情爱叙事明显地感受到了政治话语的压力。毛泽东虽然推崇革命的浪漫主义，然而却反对个人主义，因为稳定和纯粹的革命理念排斥个人观念与个人情感。这种革命与情爱的对立在巴金30年代的小说中就已经有鲜明体现。“《灭亡》《新生》《爱情三部曲》中的杜大心、陈真、李佩珠等青年革命家，都只把自己的身心献给‘革命’，而把情爱的力比多冲动看作是对革命意识形态有害的一种‘小资产阶级情调’——一种可能将革命者引向私人生活、身体快乐而使他

---

① 转引自夏济安：《黑暗的闸门：中国左翼文学运动研究》，*Gate of Darkness : Studies on the Leftist Literary Movement*，University of Washington，1968. 第185页。

② 刘剑梅：《革命与情爱：中国二十世纪小说史中女性身体和主题重述》，上海三联书店2009年版，第18页。

们放弃拯救人民的精神宏愿的东西。”[①]

陈映真在早期作品中呈现的左翼主体和性—爱主题的关系进一步发展了刘剑梅所概括的理想与现实的现代分裂意识、左翼理想与情爱力比多之间的冲突，并赋予现代文学史中“革命与情爱”的主题以特殊的时代与地域特色。从这个意义上来说，陈映真通过早期的文学实践继承了二三十年代现代文学史中最富张力的文学图谱。然而我们需要进一步辨析陈映真笔下的左翼主体与情爱的关系和现代文学史上革命与情爱关系的细微差别。

陈映真早期多篇作品中的左翼青年常常耽溺于情欲，并在左翼理想与情欲之间沉浮纠葛，甚至出现了因为情爱与性的问题而直接自杀的左翼青年典型。康雄之死，最显著的导火索就是和“如她妈妈一般的妇人”的通奸，这种性关系何以导致康雄革命乌托邦的坍塌？康雄在和女房东通奸之前，还能保持着对于乌托邦理想的渴望与等待，严格地说，他在两性关系方面过的是一种禁欲生活。在别尔嘉耶夫看来，“禁欲生活是内部力量的集中和对自己的控制。人需要锻炼，需要和环境隔绝和集中，以便他能成为自己的主人……人的尊严与此相关。人既不应该成为自己的奴隶，自己低级本质的奴隶，也不应该成为周围世界的奴隶。禁欲生活意味着人的解放”[②]。因此，不同于30年代“革命加恋爱”小说中男女爱情与革命事业的互惠，对于康雄来说，反而是这种禁欲生活维持着他作为左翼主体身

① 方维保：《文学书写的情感祛魅与知识分子的主体隐身——对二十世纪红色罗曼司的一种理解》，《海南师范学院学报（社会科学版）》2007年第1期。

② ［俄］尼古拉·别尔嘉耶夫：《精神与实在》，张百春译，中国城市出版社2002年版，第98页。

份的紧张状态，在这种紧张状态当中，左翼主体保持着一种带着理想主义色彩的崇高、利他精神以及完美性。也就是康雄的遗言中所描述的："圣堂的祭坛上悬着一个挂着基督的十字架。我在这一个从生到死都没有和人间的情欲有分的肉体前，看到卑污的人所不配享受的至美。我知道我属于受咒的魔鬼。我知道我的归宿。"[①]对于初尝禁果的左翼青年康雄来说，情欲不但没有给他带来多少欢乐，反而让他觉得"卑污"，并不仅是这种近于乱伦式的性关系本身的"卑污"，更多的是他曾涉身于这种性关系而觉得自身的"卑污"。

"当这个由禁欲主义和理想主义所共筑的城堡一旦因欲情的溃堤而崩陷一角时，康雄绝望地知道他把自己的信仰与信念也搞丢了，这使他完全失去了生命意志的危机，而终只有一死。"[②]赵刚的逻辑是把性当作左翼主体必须加以拒绝的"此时此地的文化价值"的最难以克服的一部分[③]，对性的拒绝具有对乌托邦理想的坚持的心理和象征意义。因此，康雄的禁欲主义与理想主义存在密切的共在关系。然而问题是，理想主义者就一定永远要做一个禁欲主义者吗？如果硬要把禁欲主义和理想主义勾连起来，那么 30 年代左翼文学中革命与情爱的和谐关系又如何解释呢？相对于"革命加恋爱"中的革命与情爱的共振与互惠关系，康雄体验过的性关系为何是"卑污"的呢？产生这种区别的原因是什么？

---

① 陈映真：《我的弟弟康雄》，《陈映真文集·小说卷》，中国友谊出版公司 1998 年版，第 12 页。

② 赵刚：《颉颃于星空与大地之间——青年陈映真对于理想主义与性/两性问题的反思》，《求索——陈映真的文学之路》，联经出版事业股份有限公司 2011 年版，第 52 页。

③ 赵刚进一步地在对另一篇小说《死者》的分析中把"性"当作资本主义现代性的标志性的核心内涵。以此为出发点，确实容易厘清禁欲主义和左翼理想主义的内在关联，然而这也是我们进一步思考的起点，而不是终点。

两性关系具有复杂的双重性质：“人的天性中的深刻矛盾与性的自发力有关。人体验过性的低级奴役。性折磨人，催生了许多人生的不幸。但与此同时，生命的张力却维系于性，性的能量是生命的能量，或许，它还是生命创造激情的源泉。无性的生存是生命能量衰弱的生存……”[①]在别尔嘉耶夫看来，有必要把性欲和爱欲进行区分。首先，“性欲和性行为完全是非个性的，都不包含任何特殊的人性，它们只是把人与一切动物世界联合起来而已。性，意味着人的亏缺和不圆满，是种族对个性的统治，是普遍对个别的统治。人在把自己交给性生活的同时，也失掉了对自己的控制”[②]。因此，动物性的本能性的性关系对于人的存在是一种“侮辱和损害”，因为在这种情况下，在性关系中人找不到自己，找到的只有自己动物的本能的一面，是一种本能的奴役。只有在这种意义上，禁欲主义才具有正面意义和积极作用。然而在另一种情况下，性如果和“爱”紧密地联系起来，主体就能在这种本能的奴役中得到解放：“在人的尘世生存中，性意味着人的整体生存向外抛出、客体化、外化和碎裂……性是人的无个性存在，是普遍的、种族的统治，唯有爱才具有个性。个性生存不是性欲，是爱欲。”[③]和动物本能的性关系相对，具备爱欲性质的性关系必须是带着个性的爱的性关系。在结合了爱的条件下，性关系和性能量反而能够成为激发生命激情的正面能量。也只有在

---

① [俄]尼古拉·别尔嘉耶夫：《精神与实在》，张百春译，中国城市出版社2002年版，第99页。

② [俄]尼古拉·别尔嘉耶夫：《精神与实在》，张百春译，中国城市出版社2002年版，第103页。

③ [俄]尼古拉·别尔嘉耶夫：《精神与实在》，张百春译，中国城市出版社2002年版，第104页。

这种情况下，理想主义的革命和情爱才能有共振和互惠的可能。

在弗洛伊德的理论结构中，由于文明和性欲满足之间的对立，人的性欲受到文明持续不断的驯化，人的“快乐原则”必须接受“现实原则”的支配，文明就是对性欲的压抑和升华。在弗洛伊德那里，性欲和爱欲并没有明确的区分，而马尔库塞试图区分这两者，并证明文明社会的发展动力和“性欲转变为爱欲”的关系。在马尔库塞看来，存在着一种区别于弗洛伊德的“压抑性升华”的“非压抑性升华”，而这种“非压抑性升华”的动力来源于爱欲，因为爱欲与性欲的区别在于“爱欲作为生命本能，指的是一种较大的生命本能，而不是一个较大的性欲范围”[①]。爱欲的“非压抑性升华”具备一种不对人进行压抑的文化的建设力量：“爱欲的目标是要维持作为快乐主—客体的整个身体，这就要求不断完善有机体，加强其接受性，发展其感受性。这个目标还发展了爱欲自身的实现计划：消除苦役，改造环境，征服疾病和衰老，建立安逸的生活。所有这些都直接源于快乐原则，同时，它们也是把个体联合成‘更大的统一体’的努力。”[②]

因此，从这个意义上来说，左翼理想的乌托邦冲动，就像康雄所幻想的“贫民医院、学校和孤儿院”可以理解为根源于爱欲以及爱欲的升华。也就是说，康雄所代表的爱欲升华的左翼理想，在与“如妈妈般的妇人”的没有爱情成分的性行为中被严重地挫伤。在马

① ［美］马尔库塞：《爱欲与文明：对弗洛伊德思想的哲学探讨》，黄勇、薛民译，上海译文出版社2005年版，第150页。

② ［美］马尔库塞：《爱欲与文明：对弗洛伊德思想的哲学探讨》，黄勇、薛民译，上海译文出版社2005年版，第155页。

尔库塞看来，作为人的本能的爱欲的扩散与升华应该导向一种“非压抑性升华”，包括父母与子女之间的柔情，朋友之间的友情以及来自性吸引的婚姻中的情感关系。而性欲的直接满足则有可能导致爱欲的升华过程被切断，退回到以性行为的发生与完成为满足的模式当中。因此，回到康雄的自戕上来，康雄所不能解决的矛盾和冲突，乃是性和爱的分裂。

不难看出，陈映真所塑造的折翼的左翼天使形象所面临的性与爱的分离都源于“无爱的性关系”，无论是康雄和“如妈妈般的妇人”的女房东，还是《猎人之死》中阿都尼斯和维纳斯。《猎人之死》中的阿都尼斯的心路历程有助于我们理解康雄被遮蔽的内心世界。在这篇陈映真式的“故事新编”中，爱神维纳斯流浪于众多男神之间，在与“追狩着一盏囚禁的篝火”[①]的猎人阿都尼斯偶遇之后，和阿都尼斯春风一度，第二天，阿都尼斯就自沉于湖水之中。阿都尼斯是一个“因着在资质上天生的伦理感而吃力地抑压着自己的那种意志薄弱的男子”[②]。当维纳斯向他倾诉自己的情史，他却以一种“不十分能令人了解的严肃”问她：“然而你始终未曾爱过的吗？”[③]维纳斯在希腊众神的世界中的生活是一种“集中地生活在感官的悦乐”的生活，然而同时这种充满着淫乱、嫉妒、离弃的生活让他感觉“那么单薄又那么空茫”，于是，发生了这样的对话：“然而我真是流浪

① 陈映真：《猎人之死》，《陈映真文集·小说卷》，中国友谊出版公司1998年版，第124页。

② 陈映真：《猎人之死》，《陈映真文集·小说卷》，中国友谊出版公司1998年版，第124页。

③ 陈映真：《猎人之死》，《陈映真文集·小说卷》，中国友谊出版公司1998年版，第127页。

的厌了。”“那么你也是个无能于爱情的了。”[①]阿都尼斯这里所说的“也”是什么意思呢？潜台词中这个“无能于爱者”除了维纳斯还有谁呢？当在维纳斯的引诱下发生了性关系之后，丧失童贞的阿都尼斯并没有欲望满足之后的幸福，反而有“一种泥泞的感觉。下雨的时候，泥泞的感觉”[②]。“泥泞的感觉”意味着厌恶而又因为置身其中的无法自拔，一种难以轻易解决的矛盾与冲突。这非常恰当地道出了阿都尼斯在经历一次无爱的性关系之后的那种恶心与自我厌恶，因此，不难理解他说：“我其实只不过是虫豸罢了。”[③]因此，阿都尼斯以自杀来结束自己对自身“虫豸”状态的厌恶与拒绝，并再次表明了自己的左翼理想的出发点：“我得回到一个起点去，那里有刚强的号声，那里的人类鹰扬。”[④]以及对于自身与社会的圆满状态——性欲与爱欲的和谐状态的展望：“那时辰男人与女人将无恐惧地，自由地，独立地，诚实地相爱。”[⑤]

康雄和阿都尼斯作为陈映真自身左翼身份的投射性人物，以一种彻底的批判和自我批判的精神揭示出这样一个问题：左翼主体如何面对自身的“爱无能”？康雄和阿都尼斯无法解决的问题是：当他们在本能的性欲望驱使下和无爱的对象发生了性关系，恍然之中

① 陈映真：《猎人之死》，《陈映真文集·小说卷》，中国友谊出版公司1998年版，第127页。

② 陈映真：《猎人之死》，《陈映真文集·小说卷》，中国友谊出版公司1998年版，第132页。

③ 陈映真：《猎人之死》，《陈映真文集·小说卷》，中国友谊出版公司1998年版，第133页。

④ 陈映真：《猎人之死》，《陈映真文集·小说卷》，中国友谊出版公司1998年版，第133页。

⑤ 陈映真：《猎人之死》，《陈映真文集·小说卷》，中国友谊出版公司1998年版，第133页。

发现，自己并不爱这个和自己发生关系的对象，不仅没有爱，甚至是厌恶，厌恶对方，也厌恶自己。这种无爱的性带来的影响很自然地扩散开来，也就是说，左翼主体势必在这种无爱的性关系的阴影下反思自己的左翼理想，这种看似崇高、伟大、利他的理念和精神也许只不过是一具徒有其表的空壳？康雄和阿都尼斯被这种无爱的禁果所摧毁的，不仅是他们在禁欲中维持的紧张状态，更是自己和左翼理想之间的原本脆弱的一致性。康雄所代表的这类左翼主体的命运折射出陈映真在绝望的环境中以左翼理想作为反抗的精神资源的同时，作为精神支柱的左翼理念和自身没有能力真正爱他人之间有着无法调和的冲突。所以，难怪阿都尼斯会概叹：“这种薄弱的理想主义，也无非是颓废的一种，无非是虚无的一种罢了。”[①] 或者说，陈映真敏感地感受到了左翼主体的激情之下隐藏着的可能是自身都难以觉察的虚伪状态。

三、青年陈映真的“中间物”意识

陈映真何以在 20 世纪 60 年代的台湾对左翼乌托邦就能有如此深刻的反身性思考？一方面，正如上文提及的他从文学进入左翼，使他形成一种“柔软”的左翼状态；另一方面，基督教对塑造他反身性的左翼主体状态也起到了不可忽视的作用。

陈映真的孪生兄弟[②]的早夭给这个家庭带来过重大打击。他的父亲和母亲曾长时间沉浸于无法自拔的痛苦之中，是基督教的信仰消

---

① 陈映真：《猎人之死》，《陈映真文集 · 小说卷》，中国友谊出版公司 1998 年版，第 124 页。

② 陈映真本名陈永善，陈映真是他孪生哥哥的名字。

弭了这个家庭的创伤。陈映真的父亲写的《我的突破》一文中，详细记述了他们一家怎样走上基督教信仰之路。陈映真的儿童与少年时代浸润于基督教的氛围之中，是可以确定的。无论陈映真选择了什么样的政治理念，也无论他对台湾基督长老教会是怎样的评价，保持了怎样一种若即若离的关系，他都无法回避这样一个事实：自小的基督教家庭氛围对他的人格的塑造、身份的认同乃至文学创作都产生了隐秘而深远的影响。

基督教的基本教义作为一项重要的精神资源，是构成陈映真精神结构和身份意识的重要组成部分，也构成了陈映真的精神结构的独特性。基督教和马克思主义，这本来不能共存的两套思想系统，在陈映真那里，却以一种独特的方式互相激荡，在互相渗透和制约的张力中呈现出陈映真左翼思想的独特风貌。从时间上来说，陈映真接触基督教早于接触马克思主义，幼年的基督教家庭氛围给他带来的是感性的被动的潜移默化，而不是自觉、主动地认知。因此，不同于他的父亲对于基督教的接受历程——成年人历经苦痛无法自拔而投入上帝的怀抱，陈映真在青年时期对基督教开始了“反叛”的历程。关于陈映真对于基督教的“出走”，一方面，是陈映真对于基督教会的反智、自私、傲慢的不满[①]；另一方面，这种不满的观察视角和思想资源不可能是别的，只能是青年时期接受的马克思主义的左翼思想。这种以追求平等、改变世界为己任的理论，不可能容忍一个寄生的高高在上的教会。因此，马克思主义构成了陈映真对于台湾基督教会的批判思想的重要来源。然而，基督教的浸润也

① 陈映真：《台湾长老教会的歧路》，《陈映真作品集 11 · 中国结》，人间出版社 1988 年版，第 65 页。

影响了他的左翼思想的建构和对马克思主义的理解。虽然陈映真对台湾以及西方国家的基督教会多有批判，然而他的精神底色始终保留着基督教留给他的印记。因此陈映真对于基督教形成了自己独特的看法。他把作为一个有着真正宗教信仰的基督教和作为一个组织的基督教会分离开来，以此解决他对基督教的矛盾心态。因此，虽然他“出走”了，但他的精神和灵魂并没有完全摆脱基督教的影响。非但如此，基督教的基本教义在陈映真心中留下的烙印是深刻的，直接影响甚至是重塑了他的左翼精神结构。

在基督教思想中，人的“罪性”或“原罪”是一个很核心的概念，无论非基督教徒如何看待这个观点，“原罪”意识对于基督教来说是深入和牢固的。人的存在，必须和必然是有罪的，而且这种罪并非后天习得，而是先天就具备的。这一点是对上帝的信仰的基础。“如果考察一下原罪的教义，也许可以最清楚地看出我们如何能够把人想成仍然是负责任的。这里原罪的概念在事实上的罪以及个人甚至社会的罪的倾向后面，指出了某种基本的罪的倾向。这个观念就是，我们并非从无罪出发而后堕入有罪的，而是本来就已经处于罪中。”[①] 关于人的罪性以及忏悔意识，青年陈映真及其文学对此有清晰的回应。在基督教家庭氛围长大的左翼青年康雄那里，和房东妇人的性关系，必定属于“摩西十诫”所禁止的“邪淫”范畴。而这种“邪淫”关系唤起的原罪感，连同左翼理想的破碎，共同把康雄推向死亡。早期作品中这种无法避免的左翼青年的“死亡”实际上凸显了青年陈映真透过康雄等人所展现的精神困境，这种困境我们

① ［英］约翰·麦奎利：《基督教神学原理》，何光沪译，上海三联书店2007年版，第263页。

可以称之为一种精神结构的“中间物”意识。这里的“中间物”意识是指：陈映真自觉接受了左翼革命理想的乌托邦的召唤，而他同时又敏锐地体察到人的“罪性”和这种理想主义的乌托邦之间的尖锐矛盾，他处在理想的完美的彼岸和现世的残缺、丑恶的此岸之间，虽然对完美的彼岸心向往之，但同时又深刻地体会到自身与此世的现实世界无法轻易抹杀与割裂的深刻联系。这种现实与理想之间的“中间物”意识，构成了青年陈映真早期作品的风格与批判实践的特色的基础。

因此，人的“罪性”作为基督教神学的一个重要精神维度，渗透进他的左翼思想结构之中，为他的关于左翼主体的反身性思考与批判提供了背景、契机和资源，并且开启了这样一个问题视域：怎样看待和处理改革（革命）运动的道德性质？对于陈映真来说，这是一个重要问题，不仅是他自己一贯思索的重心，也是他的思想结构的重要特色。他的散文《父亲》中，身为基督教神父，并且同情左翼革命的父亲对此有清晰的问题意识：“对于中国的社会主义道路，他有深的同情，也有一份期许。但作为一个虔敬的基督徒，看着当时‘文革’的骚乱，他有很深的宗教的忧虑。父亲说，他皈向基督以后，才认识了人原有的罪性。而这人的罪性如果没有解决，终竟会朽坏了人出于最善良愿望的解放和正义的运动。”[①]“父亲注重改革运动的道德性质，还表现在不止一次地说到所谓‘堕落干’（日音 darakan）的问题。三十年代的日本迅速奔向了军国主义。在法西斯的酷烈的政治压力下，不少日本的左翼各派知识分子，文化人和

① 陈映真：《父亲》，《陈映真文选》，生活·读书·新知三联书店2009年版，第63页。

党的干部，纷纷公开宣言背弃自己的思想，而‘转向’（思想、政治上的投降）之风，把当年被穷人和青年们奉为导师的革命家纷纷扫下神坛，灰飞烟灭。”[①]陈映真的父亲对他的影响是深入血液中的，越是到晚年，陈映真越感觉到父亲对于他的巨大意义。这暂且不论，重要的是陈映真借助于对父亲的回忆，借助于父亲之口，表现出的对于革命、改革、社会运动这类以公平、正义为目标，意图凭借自身的力量改造、建设人类社会的愿景，和作为革命主体的人类个体的自身道德之间的重要关系。

陈映真通过康雄等人的死亡所揭示的是他面临的一个思想困境：左翼的理念和资源为他提供了一个完美的乌托邦愿景，然而投身这个乌托邦的主体的含混的道德性质却是这个完美的乌托邦所不能抹去的暗影。在这样一种纠结的关系中，基督教的博爱精神的浸润使他能够接受左翼理念的公平、正义以及人类解放的远景。然而，基督教关于人的罪性以及原罪意识又使他对于在不能解决人的罪性的前提下进行革命运动的前途深感怀疑。这是 60 年代前期的陈映真所不能解决的，也是一直深刻困扰他的问题。一直到 1966 年以后，陈映真才从思想上找到这个问题的出口。

马克思主义的政治思想与基督教的宗教信仰始终如一的相互影响、相互制衡贯穿着陈映真的创作与思考。马克思主义对历史和社会的唯物主义的解释使他能够走出基督教描述的僵化的创世论与天国图景。而基督教提供的“罪性”意识以及博爱、谦卑让他具备了自我反省的能力。马克思主义者和基督徒在陈映真身上的复杂的对

① 陈映真：《父亲》，《陈映真文选》，生活·读书·新知三联书店2009年版，第64页。

抗而又相互渗透的关系使他的人格和创作都极具张力。对此，有研究者这样说："陈映真身上，有两个人的影子，一个是内在于他的精神、血肉、充满了感性力量的耶稣，这个耶稣使他可以借艺术作品进入人的灵魂深处，挖掘人内心的罪性，写出了人最深刻的不安和慈悲；另外一个则是在世界近代思想史上具有知识和理性高度的马克思，借助马克思，他试图解释并解决人在历史和现实社会中的困境和人性桎梏。如果说，耶稣构成了'想象的陈映真'之小说的血肉和感性，那么马克思则成为'现实的陈永善'之知识和理性，这两者结合，难分彼此。"①

① 黎湘萍：《思想家的孤独？——关于陈映真的文学和思想与战后东亚诸问题的内在关联》，《励耘学刊》2010 年第 1 期。

第三章

青年陈映真的写作与民族身份

陈映真第一阶段的文学创作具有不完全吻合他的“自我评价”的深度和丰富性。其深度在对他左翼身份以及复杂张力的探析中已经得到体现。需要注意的是，在其文本所涉及的主题以及问题意识的广度方面，这段时期的创作“展现的议题非常宽广，有贫穷、家庭、资本主义消费社会的萌芽、对战争的反思、理想的沉沦、苦难者的道德状态、性、女性、禁欲主义、死亡、男性的狰狞、左翼男性、（耶稣的）爱、内战、冷战、白色恐怖、流离、精神病、省籍、阶级、乌托邦想象、人道主义、中产阶级的非人……”[1]我们可以发现，这些丰富的议题基本来自两种和身份意识密切相关的观察视野和角度，其一是左翼的阶级视野，其二是国家和民族视野。建立于左翼身份的阶级视野和主张民族团结的民族视野犹如两道光柱，时而并行，时而交叉，显示出 20 世纪 60 年代台湾社会的幽暗世界的诸多阴影。从陈映真之后的创作实践来看，无论是七八十年代的“华盛顿大楼”系列对于以跨国公司为代表的后殖民文化的反思，还是 80 年代“白色恐怖三部曲”对革命先烈的招魂，以及世纪之交的“归乡三部曲”

---

① 赵刚：《颉颃于星空与大地之间——左翼青年陈映真对理想主义与性 / 两性问题的反思》，《求索——陈映真的文学之路》，联经出版事业股份有限公司 2011 年版，第 39 页。

对于国家统一与民族团结的期盼，都能在第一阶段的创作中找到先声与雏形，并且同样是围绕着阶级身份和民族身份的问题视域展开的。本章将主要分析陈映真早期作品中的民族身份及其问题意识、表现形式和特点。

第一节　陈映真民族身份的建构

对于陈映真来说，民族身份是他诸多创作主题的出发点，也是他的文化批判以及参与的多次台湾文坛重要论战的焦点。[①] 这里所说的“民族身份”，与其说是基于“族裔”基础上的民族，不如说更多的是建立于民族—国家框架下的“国族”身份。无论是台海两岸，还是台湾的“统独”双方，“民族”作为一个族裔的概念，并不是问题的焦点，焦点是互不承认对方所宣称和坚持的“国族”身份。因此，我们所说的“民族身份”，实际上更贴近“国族身份”的内涵，但由于在双方的论战乃至自我定位中的习惯性用法，我们依然沿用“民族身份”的概念。与之相应，“台湾人是不是中国人”以及“台湾人如何再做中国人”的问题意识贯穿了陈映真的写作生涯，不仅构成了他作为批判知识分子的文化批判的重要问题视域，也几乎成为他的政治身份的标志。

---

① 如乡土文学论战，“台湾结”与“中国结”论战，与陈芳明之间的双陈论战等。

在霍尔看来，“文化身份根本就不是固定的本质，即毫无改变地置身于历史与文化之外的东西。它不是我们内在的、历史未给它打上任何根本标记的某种普遍和超验精神。它不是一成不变的。它不是我们可以最终绝对回归的固定源头。当然它也不是纯粹的幻影。过去继续跟我们说话，但是我跟过去的关系是一种断裂之后的关系。它总是由某种记忆、幻想、叙事和神话建构的。文化身份就是认同的时刻，是认同或缝合的不稳定点。而这种认同或缝合是在历史和文化的话语之内进行的。不是本质而是定位”[①]。霍尔对于“文化身份”的建构性特征的分析对我们理解陈映真民族身份的本质、特征以及表现有着方法论的意义。这方法论的意义在于：首先，陈映真的民族身份认同本身是建构的产物。“从非本质论的角度言，陈映真的‘身份’更主要的却是‘建构’的——它是作家在时代、社会关系场域中的生活经历和创作实践中所建立起来的。”[②]它是在特定的时空条件下，通过特定的“记忆、幻想、叙事和神话”，也即特定的话语构建起来的。因此，即使在同样的地缘和时代大环境之下，不同主体的“小环境”的不同也能够决定他们所接受的“经验、幻想和叙事”的不同性质，从而发展出不同的历史和文化的话语框架和逻辑。其次，同一主体的文化身份因其建构特征，必然呈现出变动的可能性：“和一切有历史的事物一样，它们也经历了不断的变化。它们绝不是永恒的固定在某一本质化的过去，而是屈从于历史、文化

---

① ［英］斯图亚特·霍尔：《文化身份与族裔散居》，《文化研究读本》，中国社会科学出版社 2001 年版，第 133 页。

② 朱双一：《论陈映真的身份建构》，《厦门大学学报（哲学社会科学版）》2008年第5期。

和权力的不断‘嬉戏’。”[①] 身份不是一个具备本质性特征的基点，不是固定不变的，而是具有一种变动和未完成性，它一方面指向过去，同时指向未来。陈映真的民族身份的认同也伴随着“历史、文化和权力”的变化而变化。

因此，关于陈映真民族身份的特定立场、原则的建立需要回到他所处的历史和时代环境下所接受的特定的“记忆、幻想、叙事和神话”，以此来分析这些话语系统对于他的民族身份的建构与认同的本源性意义。厄内斯特·盖尔纳按照“权力、教育和共同的文化”三个标准对民族主义进行分类，他说：“我们的模式的出现，得益于引入了三个真正有意义的因素：在我们希望意义上的权力、教育和共同的文化。”[②]因此，我们大致可以把陈映真民族身份认同的背景分为以下几个方面：一是两岸分断的时代和历史背景。二是陈氏家族源流下的家庭环境。三是以鲁迅小说为代表的文学作品。上述这些历史、时代以及文化环境互相牵扯和影响，形成交叉合力，共同造成了青年陈映真民族身份认同的原初形态。

首先，陈映真关于民族身份的关切和特点形成于台湾和大陆的特殊地缘政治当中。台湾人的民族身份作为一个“问题”而存在，肇始于 1895 年中日甲午战争之后台湾被割让于日本。从 1895 年到 1945 年台湾回归，这 50 年间，日本人作为殖民者对台湾人的民族身份进行了不遗余力的改造与同化。从 1895 年开始，台湾民众对日本

---

① ［英］斯图亚特·霍尔：《文化身份与族裔散居》，《文化研究读本》，中国社会科学出版社 2001 年版，第 134 页。

② ［英］厄内斯特·盖尔纳：《民族与民族主义》，韩红译，中央编译出版社2002年版，第 128 页。

殖民统治的反抗从来没有停止过。从丘逢甲与刘永福成立“台湾民主国”反抗日军的占领到台湾高山族“雾社起义”，日本人残酷的镇压和屠杀激起的是连绵不绝的反抗以及更加鲜明的民族意识。因此，日本对于台湾的殖民统治不得不采取“怀柔政策”。从1931年开始，日本为了配合全面侵华，把台湾变成侵华战争的军事基地，在台湾进行了所谓的“皇民化”运动。所谓“皇民化”，就是“岛民皇民化”，也即把台湾人改造成日本人的文化政策。其“第一步就是汉文的废止，任何学校、商业机关，都不准使用汉文，同时台湾各报纸杂志的汉文版也一律停办。第二步就是强迫台湾人民学习日语日文，使每一个台湾人因此忘却自己是中华民族的一员，而误认为自己是‘日本人’”[①]。与之相配套的是在政治、经济、教育、文化、文学等各方面都推行“皇民化”的民族身份改造运动，如成立“皇民奉公会”，提倡“皇民文学”。比较突出的是鼓励甚至强迫台湾人改用日本姓名。吴浊流的短篇小说《先生妈》就对改换日本姓名的台湾人进行了辛辣的嘲讽。

不可否认的是，台湾人的民族认同在日本殖民统治期间就埋下了日后成为“问题”的隐患。经历了日本50年的殖民统治以及汉文的禁止使用、日文的强制性推行，台湾人不可避免地遭受了人格殖民化的创伤。在强大的压力下，部分台湾人的民族意识和立场遭碾碎，肯定奴役自己的殖民统治，并鄙视在苦难中奋斗的祖国同胞，例如辜显荣就说：“台湾今日之设施，非常发达，假似廿年前哪有这公会堂、哪有此整然的台中市？由天理而言，今日支那各省不但民

---

① 中华全国台湾同胞联谊会编：《台湾同胞抗日50年纪实》，中国妇女出版社1998年版，第19页。

不得安，而官亦不得安稳啦……他们是有资格，不可与他争辩了。”[①]日据时期的台湾文学对于此类助纣为虐的“三脚仔”有着入木三分的描写。如杨云萍的《光临》、陈虚谷的《荣归》、杨守愚的《罚》以及上述的吴浊流的《先生妈》。“很多台湾知识分子在日本国内和台湾岛内，处于跟日本人几乎无法区别的状态下，和日本人并肩活跃。前往中国和满洲、南洋打天下的台湾人，被当地人视为日本人，体味到优越感。这种自以为‘优越感’的‘体味’，正是五十年日本殖民统治对台湾灵魂的最大摧残，而产生了严重的民族认同的扭曲。”[②]

然而，需要指出的是，虽然日本人的殖民统治及其“皇民化”政策产生的后果影响极其深远[③]，但到1945年台湾“光复”时，绝大部分台湾民众对于重新回到祖国怀抱，重新“做回中国人”是欢欣鼓舞的。这种既欢欣鼓舞但又带着点隔膜的复杂态度在陈映真的《乡村的教师》中有真切的描摹。总的说来，1945年以后，两岸重新连通，两岸的政治、经济和文化重新成为一体，文化交流也非常频繁。大部分台湾民众都对建设一个新的中国怀抱希望和热情。转折发生在1947年的“二二八”事件。1945年国民党接收台湾以来，实行军事独裁统治，行政长官公署集全省行政、司法、立法、军事大权于一身，并且绝大部分管理职位都被大陆来台人士（所谓“外省

① 王晓波：《重建台湾人灵魂的工程师——论陈映真中国立场的历史背景》，《陈映真作品集11·中国结》，人间出版社1988年版，第19页。

② 《陈映真作品集11·中国结》，人间出版社1988年版，第23页。

③ 日本的殖民统治对于台湾人民族认同和人格的创伤在战后一直没有得到认真的清理和严肃的对待，陈映真通过一系列文章对此予以整理和评论，并且在小说《忠孝公园》里作了深刻反映。

人”）掌控，台湾本地人（所谓“本省人”）几乎没有政治地位。在经济上，国民党接收大员忙于接收日产，搜刮民财，贪污腐败横行，本来就已经残破的台湾经济千疮百孔。加之受到内战影响，国民党金融崩溃，物价飞涨，台湾民众怨声载道。各种因素叠加，岛内冲突不断。1947 年 2 月 28 日，军警打死烟贩，事态逐渐扩大，终于发展成全岛暴动。蒋介石调动驻上海的整编第 21 师赴台武力镇压，全岛腥风血雨，死伤逾万。“二二八”事件使台湾民众的民族认同受到沉重打击，也是台湾日后的“省籍矛盾”和族群冲突的由来。“二二八”事件所造成的创伤影响深远，不仅在台湾岛内部形成了所谓“省籍”之间的鸿沟，对于台湾“分离主义”和“台独”意识的发展也起到了推动作用。

1949 年以后国民党败退台湾，1950 年朝鲜战争爆发，台湾在全球冷战格局中被组织进入西方阵营，台海两岸的“冷战—内战”格局形成。

纵观台湾百年历史风云，台湾、大陆、日本乃至美国，所有这些“在场”的民族认同的因素形成复杂交叉的张力，共同塑造了台湾人民族认同的悲壮而又曲折的历史。而这些复杂的历史轨迹仍然以各种形态存在于台湾的现实之中。正是因为历史的复杂和介入力量的多元，才形成了台湾岛内多元化的民族认同的倾向。“省籍矛盾”、统独之争正是这种历史影响的表现。

从另外一个方面来说，正是因为民族（国族）认同的多元化的呈现，民族身份才有可能成为一个“问题”；正是因为有来自外部力量对于台湾人民族身份认同的参与、改造甚至是压迫，台湾才生发出强烈而又独特的民族、族群身份意识，甚至成为一种“身份政治”。这个斑驳的背景为陈映真提供了一个反思、建构的契机和平台，而且我们发现，那些关于民族身份的不同声音不仅没有在陈映真的民族身份的建构中造成相应的困惑和纠缠，反而更加坚定了他的选择和立场。

对于1937年出生的陈映真来说，历史给他提供的民族身份的历史和文化场域是复杂而纠缠的：既经历了日本帝国主义的殖民统治对台湾人民族身份的压迫和改造，又亲身体验了“光复”、“二二八”事件、白色恐怖等一系列令人目不暇接的民族身份的回归、中挫与重建。陈映真何以能在台湾如此复杂的历史和文化场域中建构起特定的民族身份意识并且终身无悔？我们认为，“大环境”下的多元倾向必须诉诸“小环境”的直接影响才能得到澄清。对于陈映真来说，他的家族、家庭、父亲等一系列因素形成的“家族谱系”对此发挥了重要作用。

台湾是一个以中国大陆汉族移民为主体发展起来的地区，“从十七世纪初期到十九世纪中叶，曾经出现三次汉族移民高潮”①，然而虽然是移民社会，却不同于世界上其他地区的移民社会，比如美洲新大陆的移民社会，台湾具有自身的特点：其一，台湾的移民是由本国经济发达、人口稠密地区向开发迟缓、人口稀少地区的移民，在性质上不同于美洲新大陆由殖民宗主国向殖民附属国的移民。其二，台湾的移民来自同一母国、同一民族甚至同一地区，具有同样的国籍归属和同一的文化母体，在这一基础上形成了台湾统一的社会结构方式。其三，台湾的移民不论出于何种移民原因，都以自己的故

① 参见陈碧笙：《台湾地方史》，中国社会科学出版社1982年版；陈孔立：《清代台湾移民社会研究》，厦门大学出版社1991年版。

国家园为旨归，在政治上都隶属于祖国的统一管辖。其四，在和原住民族的关系上，由于汉族移民和台湾原住民族都是祖国多民族大家庭的成员，历代中央王朝为了保持局势的稳定，往往对原住民族采取某些保护性的隔离政策，对原住民族的文化也有较好的保存。[①]

因此，“台湾移民社会与其他移民社会的这些区别说明，台湾移民社会是统一的中华民族社会的一部分。移民社会与大陆母体社会比较具有的某些特殊性，都是在这一前提之下存在的”[②]。这种政治、文化的统一和归属感使得台湾人原本就具有浓烈的民族认同与“寻根”意识。陈映真的家族是跟随清朝乾嘉年间第三波移民浪潮，从福建来到台湾，开枝散叶的。对于原乡的铭记和怀念一直传承于家族的有意识的教育之中。在陈映真 1992 年的散文《祖祠》中这样描述：“就是这位大伯，在很小的时候，就要我背诵一个神奇的地址：大清国，福建省，泉州府，安溪县，石盘头，楼仔厝……没有能比在他老人家跟前背诵这个地址更能讨他欢心的了。”[③] 移民虽然因为种种原因远赴台湾，然而中国人的乡土意识和宗族观念并没有随着空间的距离和时间的推移而衰歇，时空的阻隔反而更激起移民对于原乡的深刻感情，也许这就是台湾文学“漂泊意识”和“寻根意识”的文艺社会学的来源。这种深刻的“寻根意识”浓缩在原乡的地名之中，一代代传承，是陈映真有着统一倾向的中国认同的民族意识的家族渊源。

---

① 参见刘登翰：《论台湾移民社会的形成对台湾文学性格的影响》，《福建论坛（文史哲版）》1991 年第 5 期。

② 刘登翰：《论台湾移民社会的形成对台湾文学性格的影响》，《福建论坛（文史哲版）》1991 年第 5 期。

③ 陈映真：《祖祠》，《陈映真文选》，生活·读书·新知三联书店 2009 年版，第 58 页。

对此陈映真有着明确的自觉，他对父亲陈嗣兴对他在民族认同方面的深远影响心怀感激。陈嗣兴终其一生对原乡心怀感念，积极组织修陈氏族谱，并于1986年从美国绕道回到福建安溪，作为两百年来第一位回乡的台湾陈氏族人，近乡情怯，引发心脏不适，最终没能进入村子，其情其景，令人动容。“父亲于不知不觉之中，在我们儿女的心中守住了一个祖国。当祖国丧失的迷雾滔滔而来，我真切地发觉到，正是父亲，重新给了我们儿女一个实在的祖国，让我们的心稳如磐石，幸福而又满足。”①

家族和父辈对于父母之邦、父祖之国的皈依和怀念，组成了一个来自原乡的“召唤结构”，构成了一个源远流长并且不绝如缕的关于民族身份的“共同记忆”，为他坚持“中国人”民族身份的原则奠定了基础。此外，这种民族身份的建构在他接受的文化的熏陶方面得到了巩固和加强。这里的“文化”的影响因子指向他少年时期就已开始的游离于台湾“主流意识形态”之外的“禁书”阅读。其中20世纪30年代左翼文学尤其是鲁迅小说对此有决定性意义。

虽然30年代左翼文学以及鲁迅等人的创作有丰富的主题和内容，体现出特定时代中国广阔的社会和现实画面。然而，从根本上说，30年代左翼文学以及鲁迅的创作在很大程度上根源于民族身份的危机感。鲁迅的弃医从文以及对于“国民性”的批判毫无疑问来自民族身份的危机意识，而以马克思主义为理论指向的左翼文学虽然从阶级的视角看待和描绘现实世界，但是中国现代知识分子对于马克思主义的接受、传播和应用本身就是他们在“救亡图存”的民

① 陈映真:《父亲》,《陈映真文选》，生活·读书·新知三联书店2009年版，第66页。

族危机感驱动之下的最终选择。在东西方列强的强大压力之下，近代中国历经变法、革命而皆不成，知识分子最终诉诸文化领域，最终形成“全盘反传统主义”的思想倾向[①]，而西方资本主义本身显露出的内在危机也昭示着现代性本身的危机[②]，敏感如鲁迅者的思想世界因此呈现出在中国与西方、传统与现代之间的徘徊与分裂。马克思主义为中国转型期的现代知识分子提供了一个超越传统与西方现代性的解决方案，既能克服中国传统社会的痼疾，使中国能赶上西方，免于淘汰，又能克服资本主义危机。因此，鲁迅和中国左翼文学虽然多有分歧，然而在民族的保存以及民族身份的认同方面却有着深层的联系。从 30 年代左翼文学和鲁迅那里，左翼身份和民族身份之间就已经产生了无法割裂的关联。

陈映真在他父亲的藏书中偷读到的《呐喊》等书以及后来在台北牯岭街旧书摊淘到的 30 年代左翼文学作品为身处海峡对岸的他搭起了一座桥。这座桥不仅使陈映真的文学创作连接上 30 年代左翼文学传统，更以一种他自己特有的理解方式巩固了以中国为旨归的民族身份认同。

恰恰是因为身处“冷战—内战”导致的“分断体制”之下，鲁迅小说的民族意识对于陈映真才呈现出特别意义：“随着年岁的增长，这本破旧的小说集，终于成了我最亲切、最深刻的教师。我于是才知道了中国的贫穷，的愚昧，的落后，而这中国就是我的；我于是也知道：应该全心地去爱这样的中国——苦难的母亲，而当每

① ［美］林毓生：《中国意识的危机——“五四”时期激烈的反传统主义》，穆善培译，贵州人民出版社 1986 年版，第 15 页。

② 如梁启超《欧游心影录》对西方资本主义社会从仰慕到失望的复杂心态的展示。

一个中国的儿女都能起而为中国的自由和新生献上自己，中国就充满了无限的希望和光明的前途。”[①] 鲁迅的小说呈现的民族意识使陈映真克服了他同时代人所遇到的困难：一是两岸的“分断结构”所造成的地缘和文化上的双重隔阂。二是长期的殖民统治对台湾人的民族身份的改造所形成的“人格殖民化”。三是大陆相对于台湾的经济、社会建设的落后所形成的巨大反差对于民族主义热情的打击。而这三者往往相互牵连，互为影响。吴浊流的小说《亚细亚的孤儿》通过主人公胡太明往返于海峡两岸的经历，对台湾人民族身份认同在复杂的历史遭遇中所形成的“孤儿”心态作了深具历史感的描绘。

胡太明两次回大陆的遭遇对说明台湾人民族身份的复杂与尴尬颇具代表意义。第一次回大陆，在某次中国同学会主办的演讲会上，胡太明出于好奇，随朋友一同与会。“有个青年昂然走到太明的身边，对太明自我介绍道：‘我姓陈，广东番禺人，是早稻田大学的毕业生，请多多指教。’‘我叫胡太明，是台湾人。’这时，出现了令人难堪的一幕：陈的脸色突然大变，先前那种亲密的样子竟一扫而空，顿时露出侮蔑的神态，歪着嘴角说：‘什么？台湾人？哼！’他不屑再多说一句话，立刻离开太明的身边。他们二人所谈的事，顿时传遍整个会场，到处见人窃窃私语：台湾人？恐怕是间谍吧？经过一阵骚乱以后，会场里充满沉寂窒息的空气。”[②]殖民统治造成的两岸分断使台湾人即使心向祖国却得不到承认。胡太明回台湾以后，又被当作中国间谍被日本人监视。生活在大陆与日本殖民者夹缝中间的台湾

---

① 陈映真：《鞭子和提灯》，《陈映真散文集（一）·父亲》，洪范书店 2004 年版，第 11—12 页。

② 吴浊流：《亚细亚的孤儿》，华夏出版社 1996 年版，第 59 页。

知识分子难免产生被抛弃的孤儿意识。

因此，陈映真对鲁迅作品对于他民族身份认同的塑造和强化有着深刻自觉："几十年来，每当我遇见丧失了对自己民族认同的机能的中国人；遇见对中国的苦难和落后抱着无知的轻蔑感和羞耻感的中国人；甚至遇见幻想着宁为他国的臣民，以求'民主的，富足的生活'的中国人，在痛苦和怜悯之余，有深切的感谢——感谢少年时代的那本小说集，使我成为一个充满信心的、理解的、并不激越的爱国者。"[①]

在两岸动荡的历史风云与"冷战—内战"的现实格局之中，陈映真在汉族移民对原乡的"寻根"意识的召唤与以鲁迅小说为代表的大陆文学的熏陶之下，初步形成了以统一的中国为认同对象的民族身份。

第二节　"孤儿"和"候鸟"——陈映真民族身份书写的多重折射

1959 年到 1965 年的创作周期之内，陈映真对于民族身份的关注来源于他在台湾的现实生活，来源于在不同时代不同原因汇集于这个孤岛的不同族群的生活状态的感性经验。而在表现形式上集中在

① 陈映真：《鞭子和提灯》，《陈映真散文集（一）· 父亲》，洪范书店 2004 年版，第 11—12 页。

对于“本省人”和“外省人”的生活状态的刻画。

“交织着侵略和革命的二十世纪的中国，在她从历史的近代向着历史的现代过渡所引起的剧烈胎动，怎样地影响着游寄台湾的大陆人——这无宁才是陈映真对于这些传奇怀抱着传奇以上的兴味的一个原因罢。”[①]建基于“中国”的民族身份认同使他对大陆来台人士的关切以及书写表现出足够的同情、宽容、理解和善意，这和“二二八”事件以来一直持续发酵的族群之间的隔阂以及“省籍矛盾”形成了鲜明对比。

战后大陆来台人士的生活是战后台湾文学创作的一个重要组成部分，从20世纪50年代的“怀乡”文学开始，以大陆来台军民生活为原型的作品就已经占据了50年代文学思潮的一个重要部分。怀乡文学的创作者以司马中原、朱西宁为代表的军中作家和以张秀亚、林海音、聂华苓为代表的女作家为多。他们以追忆大陆、怀旧思乡、寄寓乡愁为主题，反映出这一特定群体的“失根状态”与“怀乡病”。而60年代“现代主义文学”风靡台湾之时，以白先勇为代表的《台北人》系列更是对这一特定群体的生活状态有着入木三分的刻画。相比之下，同样是以大陆来台人士为叙述和描写的对象，陈映真的“外省人”系列和白先勇的《台北人》系列呈现出不同的特征：首先，白先勇的塑造以内在于“外省人”的叙事视角，描绘出大时代之下个体命运的兴衰与悲欢。然而总的来说，白先勇的叙事场域集中于“台北”这个“外省人”聚集之地，“台北人”似乎是漂泊于台湾的一群寄居者：“台北提供了历史的舞台，可是如匆匆过

① 陈映真：《试论陈映真》，《陈映真文选》，生活·读书·新知三联书店2009年版，第9页。

客的白先勇似乎对它并没有念之系之的情怀，小说集命名为《台北人》，实际上却变成了一种反讽，因为作品中描写的都是大陆人。尽管客居台北多年，他们魂牵梦绕的还是往昔旧园，即便被称作台北人，骨子里都还是大陆人。”[①] 相对来说，陈映真是以一种“本省人”的叙述视角和心态去观察、体味这些外来者的生命悲歌。其次，在陈映真的“外省人”系列中，同样展现出生活于台湾的各色阶层的“外省人”的生活。其中有生活优渥的旧官僚、资本家，有大学教授、知识分子，还有流落于社会底层的下级军官和士兵。然而无论是哪个阶层和哪种类型，陈映真从来没有单独地塑造和描写“外省人”，而是习惯于把“外省人”放置于和“本省人”的关系之中进行考量。通过本省人和外省人各种各样的关系，可以透视外省人的生活处境、状态及困惑，并且这种关系本身就说明了陈映真本人对于族群的隔阂与融合之间的态度：无论本省人与外省人之间的关系如何，他们之间的关系并不在于“本省”与“外省”的族群之分，社会的和阶级的关系相对来说更具有现实性和本质性。

国民党刚败退台湾时，曾喊出“一年准备，两年反攻，三年光复”的口号。然而“反攻大陆”的口号随着时间的流逝越发显得虚幻和自欺，他们大部分都已经对回到故乡不抱希望。这种悲观、空虚甚至是绝望的气氛弥漫于整个“外省人”群体之中。《那么衰老的眼泪》中的“康先生”的生活是有些权势和财富的外省人的典型。然而他的生活状态和心态不可避免地沦于衰朽：“他想起了出门的青儿，想起了工厂倒闭以后的这一段纵然使他意识及年岁的闲的可咒

---

① 白杨：《流失在历史洪流中的“台北人”——从白先勇〈台北人〉到朱天文〈世纪末的华丽〉》，《南方文坛》2009 年第 5 期。

的日子，想起了他的半生，想起了辽远辽远的家乡，想起了更其辽远的童年了。悲怆和虚幻的感觉，如虫豸一般噬着他的心，他的即将衰老的欲情，便又燃烧了起来。”[①]康先生把自己衰朽的生命寄托在他的女佣人——阿金身上，并且“从阿金的二十三岁的女体，仿佛感觉到他的失去了的青春，失去了的生命，更使他感觉到衰老已经大大地占领了他的肉身了”[②]。而当阿金最终离他而去的时候，“顷刻之间，他的身体一寸寸地苍老下去”。康先生借助于年轻女性的身体摆脱自己的无力与绝望，然而最终落空，欧阳子分析《台北人》的主题时提到：“我们几乎可以说，《台北人》一书只有两个主角，一个是过去，一个是现在。笼统而言，台北人中之过去，代表青春、纯洁、敏锐、秩序、传统、精神、爱情、灵魂、成功、荣耀、希望、美、理想与生命；而现在，代表年衰、腐朽、麻木、混乱、西化、物质、色欲、肉体、失败、委琐、绝望、现实与死亡。”[③]用这个分析来看陈映真笔下的康先生，同样传神而贴切。

《一绿色之候鸟》中的“赵公”赵如舟和康先生不同，赵如舟是年轻时候曾经有过理想主义的大学教师，曾经翻译过普希金、萧伯纳、高尔斯华绥，并且年轻时在上海“搞普希金的人道主义，搞萧伯纳的费边社”[④]。然而，到台湾以后的赵先生却风评不好，“传说他

① 陈映真：《那么衰老的眼泪》，《陈映真文集 · 小说卷》，中国友谊出版公司1998年版，第89页。

② 陈映真：《那么衰老的眼泪》，《陈映真文集 · 小说卷》，中国友谊出版公司1998年版，第89页。

③ 欧阳子：《白先勇的小说世界——〈台北人〉之主题探讨》，《台北人》，上海文艺出版社1999年版，第227页。

④ 陈映真：《一绿色之候鸟》，《陈映真文集 · 小说卷》，中国友谊出版公司1998年版，第106页。

是个好渔色的人”[①]，并且在季先生的妻子过世以后得了阿尔茨海默病，在清点他的遗物时，“才发现他的卧房贴满了各色各样的裸体照片。大约都是西方的胴体，间或也有日本的。几张极好的字画便挂在这些散布的裸画之间，形成某种趣味。一说他的病与淋病有关”[②]。在这点上，赵如舟和康先生一样，年轻时的激情梦想都已经成为过去，剩下的只有往事和对故国的回忆，而聊以排遣余生的，只有和年轻女人的“性”。这一点在《猫它们的祖母》中的张少尉和《文书》中的“安某”身上同样明显。他们都是国民党的下级军官，都娶了本省女性。张少尉留给娟子的印象是这样的：“伊在依稀之中尚能记忆他第一次的爱抚的感觉。那时伊像婴儿一般战栗着，在月光中，伊看见他那恶戏的侧脸，他的每一块脸上的肌肉，都满是那种可怕的恶戏的表情。”[③]《文书》中的安某作为赴台国民党军队的军官，赴台几年以后脱离军队，在一家小型纱厂任职。“由于我的一生倥偬和不安定，我之近好渔色，是在我三十岁之后的事。自此以后，我便一直在买卖的爱情里求得满足。”[④]

无论是社会上层的富商、知识分子，还是军队中的下级军官，“性”作为一种麻醉剂和安慰剂发挥着同样的功效。他们远离故国而又无法扎根的“候鸟”状态使他们心无所依，沉沦于“性”是他们颓废、绝望的象征性体现。然而和白先勇不同的是，陈映真笔下的

① 陈映真：《一绿色之候鸟》，《陈映真文集·小说卷》，中国友谊出版公司1998年版，第108页。

② 陈映真：《一绿色之候鸟》，《陈映真文集·小说卷》，中国友谊出版公司1998年版，第118页。

③ 陈映真：《猫它们的祖母》，《陈映真文集·小说卷》，中国友谊出版公司1998年版，第49页。

④ 陈映真：《文书》，《陈映真文集·小说卷》，中国友谊出版公司1998年版，第83页。

“外省人”虽然同样难免绝望、沉沦，然而却并非没有希望，这希望寄寓在和“本省人”的并非“性”的而是“爱”的关系之中。和对战后台湾左翼青年存在状态的关注类似，陈映真在对台湾的“外省人”与“本省人”的关系的考察和体认中，同样把“性—爱”主题作为切入他们的存在状态以及关系的入口。“性—爱”主题不仅表露出流离于台湾的“外省人”无家可归、有家难归的对于“家园”的失落，一种漂泊无根的感受以及和“本省人”之间的隔阂，更隐藏着对这种失落与创伤的救赎的希望。

“性”对于左翼主体来说具备双重意义，一方面是堕落的诱惑，另一方面又具有救赎的可能。关键在于这个“性”的关系之中是否有真正的“爱”。在不同省籍的人之间，“爱”同样具有救赎的象征意义。《文书》中的安某虽然在婚前“好渔色”，然而婚后却在和本省籍少女杨氏的婚姻中逐渐找到了爱的感觉：“我一次比一次更多地体会到我对于伊的爱情。那是一向不曾有过的生之丰富之感。”[①] 如果不是因为他背负的太多的历史创伤和罪恶因为那只“鼠色的猫”的刺激而爆发，安某不至于疯狂而杀人。虽然《文书》以悲剧结局，但是让我们看到了跨越省籍的爱情所带给双方的人性的拯救和灵魂的滋润。可以这样说，正是双方的“爱”的关系的建立，让安某的心灵不再僵硬而封闭，曾经犯下的历史罪恶（借战斗枪杀自己的上司、枪毙“二二八”事件中的暴动群众）才让恢复人性的他无法负荷，而终至崩溃。安某疯狂之前在幻觉中出现被他害死的杨氏的哥哥、关胖子以及被他叔叔害死的仆妇，正是近代中国所遭受的侵略、

① 陈映真：《文书》，《陈映真文集·小说卷》，中国友谊出版公司1998年版，第83页。

内战、社会压迫、民族分裂等一系列历史创伤在他身上的缩影，他是施暴者，同时也是受害者。他作为黎湘萍所说的“中间阶层”的代表，只有经过真正的人间之爱的浸润，才能完成对自我的救赎，虽然救赎的形式是疯狂或者死亡。

第三节　左翼身份与民族身份的勾连

在《将军族》中，外省老兵“三角脸”和本省女子“小瘦丫头儿”跨越省籍的爱更是赋予他们勇气和尊严。“三角脸”和“小瘦丫头儿”都是在乡村的红白喜事讨生活的康乐队的成员。在康乐队的生活里，两人逐渐建立起一种同病相怜的感情。“三角脸”原本也是一个“狂嫖滥赌”的单身人，但是深切同情“小瘦丫头儿”的遭遇——因为家庭的贫困被卖，他进而出逃，并把自己的退伍金偷偷地给了她。五年之后，两人重逢，“三角脸”已逐渐衰老，而“小瘦丫头儿”也历经磨难，在互诉衷肠之后双双自杀。

《将军族》同样以死亡作为悲情结尾，但是和前期其他小说中的死亡的色彩却有着隐约的不同。同样是死亡，《将军族》蕴含着主人公不同的生命态度，也体现出作者不同的创作心态。如前所述，《我的弟弟康雄》等小说中的左翼主人公的死亡是一种带着绝望的自戕，是理想以及自身的双重失落。而《将军族》中的死亡则是主人公对于无情的不平等社会的反抗，正如他们死前的对话所流露的：

“我说过我要做你老婆，”伊说，笑了一阵。“可惜我已经不干净了，不行了。”

“下辈子吧！”他说，“此生此世，仿佛有一股力量把我们推向悲惨、羞耻和破败……”

远远地响起了一片喧天的乐声。他看了看表，正是丧家出殡的时候。伊说：

“正对，下辈子吧，那时我们都像婴儿那么干净。”[①]

他们在死亡中寄寓的是对于此世的厌离与决绝，然而这种对此世的离弃与对“下辈子”的渴望并非表明他们把希望寄托在佛教意义上的“来世今生”的轮回，而是一种以决绝的姿态标举自身对于这个“悲惨、羞耻和破败”的世界的态度，这是他们自己的“选择”。在这个意义上，用萨特的存在主义哲学更能理解他们的行为。他们的自杀是他们的自由意志的体现，他们自愿选择，并自愿为这个选择负责。他们可以继续在这个世界苟活下去，像大部分社会底层的人民。然而他们选择了死，在这种“自我选择”的死亡当中包含着对于这个“悲惨、羞耻和破败”的世界的鄙视，更显现出一种精神上的胜利和尊严。陈映真对于他们的“死相”是这样描述的：“第二天清晨，人们在蔗田里发现一堆尸首。男女都穿着乐队的制服，双手都交握于胸前。指挥棒和小喇叭都整齐地放置在脚前，闪

① 陈映真：《将军族》，《陈映真文集·小说卷》，中国友谊出版公司1998年版，第102页。

闪发光，他们看来安详、滑稽，却另有一种滑稽中的威严。”[①]他们的死是悲惨的，然而并不可怜，反而令人起敬，就像小说的名字：将军族。他们虽是被生活蹂躏得没有招架之力的无名小卒，然而他们是自己精神世界的大将军，这是他们一种令人肃然起敬的对人性的深度诠释。而这种自我选择和抗争的勇气正是来源于不分“省籍”的人与人之间的同情与爱。

陈映真在《将军族》中对“三角脸”和“小瘦丫头儿”的命运的描写及其对“死亡”的处理格调的变化，一方面反映了基于民族身份的对于“省籍”隔阂的跨越，另一方面也反映了他的左翼理念的逐渐明朗化。正如他自己所说：“在处理大陆人和本省人的人与人之间的关系时，是将他们置于一个从来不认识大陆人、本省人的社会规律下，以社会人而不是地域人的意义开展着繁复底生之戏剧的。”[②]因此，在《将军族》中，陈映真的左翼理念和跨越族群的民族理念通过这一对苦命男女的命运交融在一起，他的左翼身份认同与民族身份认同也在《将军族》上形成交叉点。

因此，在陈映真的关于族群关系的小说中，相对于“地域人”的族群关系，“社会人”的阶级关系是更具本质性的现实关系。这种创作理路在日据时期杨逵的小说《送报夫》中就有鲜明的先例。《送报夫》中来自台湾的杨君不堪忍受日本殖民统治下台湾农村的贫困，去日本讨生活，但在日本只能找到送报的工作。然而这份工作给他

---

① 陈映真：《将军族》，《陈映真文集·小说卷》，中国友谊出版公司1998年版，第102页。

② 陈映真：《试论陈映真》，《陈映真文选》，生活·读书·新知三联书店2009年版，第10页。

带来的是更多的劳累、艰辛和压榨。在联合日本送报夫进行罢工抗争之后，他们的劳动和生活待遇都得到了改善。杨逵是日据时期有左翼倾向的爱国主义作家，陈映真所考察的战后台湾融合了阶级分化和族群隔阂的复杂社会局面，和杨逵所面对的阶级压迫与民族压迫相交叉的局面有类似之处。所不同的是，杨逵所要表达的是通过阶级斗争，达到争取平等以及反抗民族侵略与压迫的目的，而在陈映真看来，战后台湾的“省籍问题”实际上是民族内部问题。

民族身份与阶级身份的勾连不仅表现在《将军族》所塑造的本省人与外省人在同阶级的同情与“爱”之下克服“省籍”的隔阂，还表现在左翼理念与民族身份认同的共同旨归。陈映真的左翼身份的确立和民族身份的认同在起点上就存在着内在的关联。

正如前文所述，中国的马克思主义思想的传播与实践从本质上来说很大程度上是对于帝国主义压迫的反抗，是民族危机意识的反映。中国近代知识分子在马克思主义那里看到了中国摆脱封建主义的落后和避免西方帝国主义的危机的希望。也就是说，马克思主义所提供的资源有两方面作用：一是可以改变中国的不平等的封建制度及其阶级压迫。二是可以使中华民族得以富强，能够抗衡帝国主义的压迫和侵略，屹立于世界民族之林。因此，在中国早期马克思主义者那里，左翼身份与民族身份具有内在的勾连关系，并且互相影响和促进。在鲁迅那里，这种勾连关系也是有迹可循的。因此，陈映真对鲁迅的接受本身就具有双重意义：一是鲁迅作为左翼文学的代表，为他建构左翼的阶级身份提供了重要话语资源。二是鲁迅对于乡土中国的贴切的描写使陈映真对于“祖国”具有了感性的、理解的、认同的经验。也就是所谓的“鲁迅给了我一个祖国”[①]。左翼的陈映真和认同“祖国”的陈映真在鲁迅那里基本具有同构性，并且，沿着鲁迅的思路，陈映真把这两者互相结合，发展出“第三世界”的独特视野。正如钱理群所说：“陈映真还通过鲁迅，获得了从第三世界看台湾的视野；记得鲁迅说过，他是从俄国文学里‘明白了一件大事，是世界上有两种人：压迫者和被压迫者’。在我看来，陈映真也是从鲁迅的文学里，明白了这样一件大事，从而在这全球化的时代，确立了自己的第三世界立场，并且把台湾文学置于第三世界文学的大视野里。”[②]“第三世界”的视野和立场一方面是世界范围的反帝国主义反压迫的左翼立场，另一方面是民族独立和平等的民族主义的立场，是这两者的扩大和结合。“第三世界”的视野和立场对于陈映真具有重要意义，也是他着重阐发的一个立足点，这一点我们在后文将详细讨论。

总的来说，陈映真在20世纪60年代初的左翼立场和民族立场的共同旨归，就是海峡对岸进行社会主义革命的中国大陆。这种结合在《乡村的教师》这篇文本中有着隐秘而又鲜明的体现。据我们上文考证，《乡村的教师》中的吴锦翔是一个在日据时期就建构起左翼身份的乡村知识分子，太平洋战争期间被强征入日军，作为台籍日本兵在太平洋岛屿上作战。日本投降以后回到光复的台湾。初回台湾的他充分体会了从“日本人”的二等公民重新成为“中国人”的喜悦。经历了日本50年殖民压迫和统治的台湾人在光复的1945

---

① 陈映真在香港浸会大学“鲁迅节座谈会”上的讲话，据香港《大公报》2004年2月23日报道。

② 钱理群：《陈映真与“鲁迅左翼”》，《现代中文学刊》2010年第1期。

年犹如重新回到母亲怀抱的弃儿，对于重新得到的民族身份有着真诚的激动和欣喜。

吴锦翔的燃烧的热情建立于两个方面：一是台湾终于回到祖国怀抱，再也不会受到殖民者的“官宪的压迫”。二是在这个基础上，他将积极投入台湾的“改革”，这里的“改革”不难看出作为左翼知识分子的吴锦翔的真实思想和动机。因此，左翼的和民族的身份感在台湾光复之初同时燃烧起来，使他充满活力。在吴锦翔那里，并没有因为日本的殖民统治而产生对于“祖国”的隔膜与芥蒂，因为吴锦翔通过自己的“阅读”已经建立起一种对于祖国的想象性认同：“他整日阅读着‘像一叶秋海棠的中国地图’；读着每一条河流，每一座山岳，每一个都市的名字。他仿佛看见在浑浊而浩荡的江河的舢舨，宿着龙和留着白胡子神仙的神秘山峦；石板路的都市，挂满了优秀的正楷写成的招牌的城市；病穷而肮脏的、安命而且愚的、倨傲而和善的、容忍但又执着的中国人。”[①]吴锦翔对于中国的想象性认同基本是青年陈映真对于“原乡”的追忆和“中国人”身份坚守中所得到的民族身份的文学翻版。因此，陈映真能够在心理上克服族群隔阂的同时克服中国大陆的前近代的战乱与落后，这种对于近代中国的认同包括了他的地域、人民和历史。然而好景不长，1947年的“二二八”事件却使他的理想主义产生了危机。实际上“二二八”事件的打击并非致命性的，虽然国民党对台湾岛内反抗的镇压使台湾精英知识分子深感失望，然而他们并没有绝望，原因就在于，当时活跃在中国政治舞台上并形成对峙的有国共两股政治力量和意

① 陈映真：《乡村的教师》，《陈映真小说集》，洪范书店 2001 年版，第 38 页。

识形态。因此，对民族前途的忧虑以及对国民党的失望形成的精神困境，很自然地会通过转向共产党来加以解决。就如吕正惠对陈明忠的访谈所作的总结："陈先生明确地表示，'二二八'之后，他是转向'新民主革命'之路的，而且，他还举出好几个例子（钟皓东、郭琇宗、许强、吴思汉），说明这是当时台湾精英一致选择的路。这就证明，'二二八'不是省籍矛盾，'二二八'不是'台独'的根源，'二二八'是台湾精英唾弃国民党、转向共产党的根本原因……总之，这些向左转的台湾精英，都是热血沸腾的民族主义者，他们受够了日本人的欺压，他们一心一意希望中国人'站起来'，因此，他们也像当时大陆绝大部分的知识分子（连最温和稳重的朱自清都是如此），倒过去支持共产党。"[①] 这种心态大抵反映了陈映真笔下的吴锦翔因"二二八"事件造成的精神困境下的思想出路。因此，真正对左翼理想造成致命打击的是朝鲜战争爆发以后，美国介入台湾海峡，"冷战—内战"的分断结构的形成。造成吴锦翔的理想主义的衰落，所谓"一个大的理想大的志愿崩坏"的就是国民党对于岛内左翼力量的镇压，而使他直接崩溃的是他所带的学生被征入伍去参加国共内战。这种公然的自相残杀不同于反抗异族的侵略，直接使他的民族身份认同遭受重创。因此，在陈光兴看来，"陈映真透过吴锦翔所表达的悲哀是双重的，一个是民族处于长期动乱的悲哀，另一个致命的则是左翼困兽之斗的悲哀"[②]。吴锦翔就面临这样的"这是一个悲哀，虽其是朦胧而暧昧的中国式的悲哀，然而始终是一个悲哀的；

① 吕正惠：《陈明忠访谈后记》，见 http://wen.org.cn/modules/article/view.article.php/c10/394/p1。

② 陈光兴：《重新认识左翼精神史的资产——论陈映真〈乡村的教师〉》，《杭州师范大学学报》2012 年第 2 期。

因为他的知识变成了一种艺术，他的思索变成了一种美学，他的社会主义变成了文学，而他的爱国情热，却只不过是一种家族的（中国式的！）血缘的感情罢了”[①]。对岸社会主义的大业正如火如荼地展开，而此岸却在分断中只能沦为空想，理想的幻灭是何等的大崩解。

“没有殖民分断的存在，吴锦翔无须对祖国热情地向往；没有冷战分断体制下的政治斗争，战后左翼在台湾无须委曲求全。”[②]吴锦翔的经历说明了战后台湾左翼知识分子的左翼理想主义和民族主义的密切关系，在他身上体现了陈映真左翼身份和以中国为旨归的民族身份的内在关联。因此，陈映真后期往往用“冷战—内战的双重构造”来形容战后台湾社会（冷战表明东西方的左与右的两大阵营的对立，内战是民族内部分裂的表现），正是他以左翼的阶级、政治身份和以统一的中国为旨归的民族身份的紧密联系形成了他观察和判断战后台湾社会的双重视野。这种双重视野成为他以后的文学写作与文化批判的重要特点与出发点。

① 陈映真：《乡村的教师》，《陈映真小说集》，洪范书店 2001 年版，第 41 页。

② 陈光兴：《重新认识左翼精神史的资产——论陈映真〈乡村的教师〉》，《杭州师范大学学报》2012 年第 2 期。

第四章

风格、题材与文体——陈映真身份认同的嬗变（1966—1978）

在陈映真的文学与思想世界里，充满着主题的多样性与变化，也时时可见风格的渐变与突变。对此要作出深入的理解，必须考虑到陈映真的创作模式，也即“他大体属于思想型的作家。没有指导的思想视野而创作，对他是不可思议的”①，现实世界的变化以及由此引发的精神理念的变化形成双重动力，共同构成了陈映真在主题、风格上的变化与多样性的成因。因此，1966 年对于陈映真来说是关键性的一年，不仅在创作上呈现出风格的明显变化，在他自己的左翼理想方面也开始破茧而出：“正是在六六年底到六七年初，他和他亲密的朋友们，受到思想渴求实践的压力，幼稚地走上了幼稚形式的组织的道路。”② 不仅如此，从 1967 年开始，陈映真开始进行写作文体的突破，开始进行杂文、评论等文体的写作，我们认为这种非虚构性文体的出现和文学风格变化的同步性并非偶然。

① 陈映真：《后街——陈映真的创作历程》，《陈映真文选》，生活·读书·新知三联书店，第 21 页。

② 陈映真：《后街——陈映真的创作历程》，《陈映真文选》，生活·读书·新知三联书店，第 23 页。

第一节　困惑的解决——“文革”与陈映真的思想结构与身份认同

一、60 年代的陈映真对“文革”的理解

陈映真从 1965 年底开始，创作风格上的转变是明显的，正如他自己所说：“一九六六年，陈映真开始寄稿于《文学季刊》，此后他的风格有了突兀的改变……一九六六年以后，契诃夫的忧郁消失了。嘲讽和现实主义取代过去长期以来的感伤和力竭、自怜的情绪。理智的凝视代替了感情的反拨；冷静的、现实主义的分析取代了煽情的、浪漫主义的发抒。”[①] 这种由感伤、浪漫主义的悲剧风格转变为嘲讽、现实主义的喜剧风格的过程的动因是什么？也就是说，文学风格作为艺术与社会生活的中介，经历了怎样的一个主客体之间的双向建构过程？在这一过程当中，社会现实以及陈映真的精神结构经历了怎样的变化？对此，极少有研究者深入讨论和探析，而只有陈映真自己曾经轻描淡写地流露过：“六六年，他写了《最后的夏日》，六七年，他写《唐倩的喜剧》和《第一件差事》，六八年被捕前不久，他发表《六月里的玫瑰花》，都明显脱却了他个人的感伤主义和悲观主义色彩；相对地增添了嘲弄、讽刺和批判的颜色。究其根源，他受到激动的‘文革’风潮的影响，实甚明显。”[②]

---

① 陈映真:《试论陈映真》,《陈映真文选》, 生活·读书·新知三联书店 2009 年版，第 8 页。

② 陈映真:《后街——陈映真的创作历程》,《陈映真文选》, 生活·读书·新知三联书店 2009 年版，第 23 页。

因此，在这里，作为文艺主客体双向建构的产物，文学风格的变化所指涉的社会现实的相关变化指向了大陆的“文化大革命”。对于身在台湾的陈映真来说，海峡对岸的并且是处于“分断”状况的大陆的“文革”何以和他创作风格的变化产生了联系？这是我们首先要解决的问题。陈映真的文艺风格的变化成为划分他创作历程的自觉的分水岭，因此，对于思想型作家、批判知识分子，不能小看“文革”在他思想发展中的意义。“文革”不仅为他的早期左翼思想的发展提供了契机和思想资源，也是后期思想变革与调整的出发点。然而由于台湾特殊的政治环境，他在相当长一段时间内不可能公然谈论“文革”以及“文革”于他的意义。只在90年代以后才发表了一篇回忆这段对于他来说波澜壮阔、激情澎湃的历史的文章。文中重要的部分摘录如下：

> 当一九六六年大陆再次以惊人的形式宣告了“无产阶级文化大革命”的登场，我便自然地以“九评”中提起的持续革命论和反修正主义的观点，去理解这史无前例的运动了。我的诧奇的眼光，看到“文革”的火炬在全世界引发了激动的回应。
>
> 在东京大学，学生占据系办公室，批判权威教授，要求教育革命；在法国，“巴黎五月”使戴高乐下台，开展了新的思想运动；在美国，民歌复兴运动、言论自由运动、反越战运动、反种族歧视运动……风起云涌。我读着题为《公社国家之成立》的日语论文，论证着中国的“文革”如何体现了巴黎公社运动中工人起而建造阶级的国家政权的传统，宣说一个新的人类、新的文明、新的国家政权正在中国的地平线上升起……而心怀

> 激动。
>
> 于是，在一九六八年，我怀着这“文革”的激动被捕，接受拷讯、走进了黑牢。但这一段属于我私人生活历程中的“文革”，并没有在我投狱后对我宣布其结束。[①]

在这段引文中，陈映真把中苏论战、“文革”以及西方20世纪60年代的以学生运动为主的对于现行体制的反叛联系起来，形成一条线索。很显然，他对“文革”的理解和中苏论战的理论观点有密切关系。并且，陈映真确实抓住了中苏论战和“文革”之间的关联性。中苏论战的实质，既是国家之间控制与反控制的斗争，也是在意识形态方面一场关于马克思列宁主义的“正统”之争。论战对日益左倾的中国政治，起了推波助澜的作用。以阶级斗争为纲的左倾思想不仅迅速发展，而且进一步系统化、体系化，最终演变成“文化大革命”。1963年3月30日，苏共中央给中共中央的来信中，特别提出了苏共的“三和”、“两全”和“三无”的国际共产主义总路线。6月14日，中共中央在给苏共中央的复信中提出了与苏共不同的总路线：“全世界无产者联合起来，全世界无产者同被压迫人民、被压迫民族联合起来，反对帝国主义和各国反动派，争取世界和平、民族解放、人民民主和社会主义，巩固和壮大社会主义阵营，逐步实现无产阶级世界革命的完全胜利，建立一个没有帝国主义、没有资本主义、没有剥削制度的新世界。在我们看来，这就是现阶段国际共产主义运动的总路线。”[②] 强调世界矛盾的阶级性，以“阶级斗

---

① 陈映真：《我在台湾体验的文革》，《亚洲周刊》1996年5月26日。

② 《关于国际共产主义运动总路线的建议》，《人民日报》1963年6月14日。

争”作为社会主义革命和建设的指导性原则：“无产阶级政党对待从资本主义向社会主义过渡的问题，必须从阶级斗争的观点出发，从革命的观点出发，必须以马克思列宁主义关于无产阶级革命和无产阶级专政的学说为依据。”[①] 毛泽东从1963年9月6日至1964年7月14日亲自主持发表了九篇评论苏共中央《公开信》的文章，两党之间的论战达到顶峰。中共认为在苏联资本主义已经复辟，不再是社会主义国家，中国则是反帝反修的世界革命中心。中共中央指责苏共是修正主义、分裂主义，而苏共指责中共是教条主义、左倾机会主义。

陈映真对于中苏论战的立场和原则基本是站在中共一方，这既有他自身对于马克思主义的基础理论的接受更接近中共的论述的一方面，又有民族立场的原因。中苏论战不可避免地隐含着中苏两国的利益冲突，中共和毛泽东的民族主义立场是非常敏感和坚定的。因此，正如我们上一章所得出的结论，中共的社会主义革命对于陈映真来说，是阶级身份和民族身份的双重认同对象，因此，中苏论战中中共反对苏联的“修正主义”、坚持马克思主义的正统性以及论战中体现的民族主义立场对于陈映真来说自然形成身份认同的强化作用。因此，他“自然地以‘九评’中提起的持续革命论和反修正主义的观点，去理解这史无前例的运动”便毫不奇怪了。从中苏论战和“文革”的指导思想的一致性上来说，陈映真的理解并没有错。

除了历史地把握“文革”的思想渊源，陈映真还把“文革”放在世界范围去衡量和理解。2003年《毛泽东传》作者菲利普·肖特

---

① 《关于国际共产主义运动总路线的建议》，《人民日报》1963年6月14日。

说，对于他们这一代成长于20世纪60年代，被革命激情燃烧的欧洲人来说，遥远的中国和轰轰烈烈的“文革”让他们充满向往，尽管并不清楚那里到底发生了什么事。“这是1960年代在我们这一代人身上刻下的烙印。”[①]从现象上来看，西方60年代的新左派往往自称从第三世界特别是从中国获得灵感和启示，“把中国作为替代苏联的革命后社会的模式，和一种在西方进行社会主义探索的样板”[②]。

毫无疑问，西方左翼用“文化大革命”的理论对抗、超越现代资本主义内部矛盾，和中国某些学者把法国“五月风暴”当作“伟大的阶级斗争”一样，都是严重的误读。考虑到西方开始进入第二次现代化，而中国则刚刚开始进入第一次现代化，这种发展程度上的差异决定了东西方文化革命在内容、理解和诉求上的巨大差别。从本质上来说，由于身处事外，陈映真对于“文革”的认识和理解呈现出和菲利普·肖特一样的特征，那就是势必以自己所处地域、时代的立场出发生发出对于“文化大革命”的想象。

因此，在某种程度上，陈映真和西方左派对于“文革”的理解并没有什么不同，都把它当作反抗自身所处环境的实践上的表率与思想资源。所不同的是：战后资本主义的特征是突出国家行政权力对于经济领域和社会领域的干预，虽然缓和了社会劳动领域的阶级冲突，但必然导致官僚机构及其权力的扩张，因此资本主义在劳动异化的基础上，又多出了被韦伯称为“社会官僚主义化”的现代性症候。哈贝马斯指出现代资本主义社会中的人们受到了劳动异化和

---

① 郑谦:《20世纪60年代的世界与中国》,《文汇读书周报》2004年3月26日。

② ［英］佩里·安德森:《当代西方马克思主义》，余文烈译，东方出版社1989年版，第16页。

权力异化的双重压迫。因此，“1960 年代西方的造反风潮，在相当大的程度上是应被视为‘新政’式资本主义固有矛盾的产物”[①]。而陈映真则通过“文革”，看到了实现自身左翼理想与阶级性的民族主义的重大实践与理论上的希望。

二、现实和想象的互动——“文革”与陈映真的思想结构

对于陈映真来说，“文革”给他带来了怎样的思想资源？对于他的思想发展有何意义？我们认为，“文革”对于陈映真的意义是多方面的。第一，强化了他早期的阶级与民族的相互勾连的身份认同；第二，解决了他早期思想结构中关于革命与左翼主体的道德维度之间的困惑。

虽然存在着成因、特点、诉求等多方面的差异，不可否认的是，“文革”掀起的滔天巨浪在 20 世纪 60 年代并不是孤立的，反而呈现出和世界范围内的巨大的政治动荡的同步性，并且在很大程度上为其他国家和民族的政治运动提供了思想资源。在世界范围内来看，第一世界的 60 年代政治文化风潮和第三世界的民族独立解放运动有着密切关系。“第三世界历史对第一世界 1960 年代的发展有着某种特殊的影响力，最能表现第一世界 1960 年代典型特征的许多事件都与第三世界相关。”[②] 伴随着中国“文革”、西方反体制运动的，是第三世界的革命，如越南的反美战争、古巴革命，这种一时之间席卷全世界的革命风潮对于陈映真来说，确实有极强的冲击力。因此，

---

① ［英］佩里·安德森：《当代西方马克思主义》，余文烈译，东方出版社 1989 年版，第 8 页。

② 郑谦：《中国：从“文革”走向“改革”》，人民出版社 2008 年版，第 13 页。

大陆的“文革”，关键是连带着全世界的革命风潮必然给陈映真带来这样的憧憬：虽然台湾处在冷战期间的资本主义阵营，并且仍然在国民党的高压体制统治之下，然而世界革命的风潮已经燃烧起来，台湾不久也将受到这股风潮的影响，而插上红旗。因此，对于陈映真来说，“文革”的意义不在于海峡对岸的革命风潮，而是作为当时世界范围内革命风潮的一部分而发生作用的。大陆的社会主义实践是陈映真的左翼身份和民族身份的共同认同对象，因此，这种狂风暴雨式的“无产阶级专政下的继续革命”所带来的理想前景对于这两种本来就结合在一起的身份认同必然起到强化作用。一方面，这种“大跃进”式的革命所标举的直接民主、平等和共产主义理想完全符合青年陈映真对于马克思主义的想象，所以我们不难理解陈映真自己也产生跃跃欲试的实践冲动。另一方面，大陆的社会主义实践也让他的民族主义备受鼓舞，在他看来，“文化大革命”必然是通向祖国强盛和民族复兴的路径。在陈映真看来，只有走社会主义道路，才能让中华民族走上复兴与现代化之路，《乡村的教师》中就已经隐含了这种思想。1966 年之前政治高压、保守与经济市场化的台湾在全球性冷战的对抗性结构之下难以撼动，而“文革”以及同期的世界革命浪潮让他看到了冲破台湾政治坚冰的希望。

在我们看来，“文化大革命”除了给陈映真展示了革命的胜利前景，还为他解决自己思想结构内部的一个重大困惑提供了重要的思想资源。正如我们前文所指出的，青年陈映真的左翼思想内部存在着隐秘的张力和困惑。这个困惑的焦点集中在革命的前途与革命者本身的道德维度的关系。我们不妨回顾一下陈映真通过父亲之口流露的困惑和隐忧：“对于中国的社会主义道路，他有深的同情，也有一份期许。但作为一个虔敬的基督徒，看着当时‘文革’的骚乱，他有很深的宗教的忧虑。父亲说，他皈向基督以后，才认识了人原有的罪性。而这人的罪性如果没有解决，终竟会朽坏了人出于最善良愿望的解放和正义的运动。”[①] 革命运动主体自身的道德问题（罪性）一直构成他左翼理想的自洽性的威胁。对于身在台湾的陈映真来说，社会主义革命和建设还只是书本上和头脑中的理念而已，台湾地下党也早已被杀害，有这样的思辨实际上极具前瞻性。也只有家庭基督教氛围的浸润，才使他能够更早更敏感地意识到这个革命实践展开之后才可能暴露出来的问题。在陈映真早期作品中，《我的弟弟康雄》中的康雄、《猎人之死》中的猎人阿都尼斯、《加略人犹大的故事》中的犹大，他们的形象、性格乃至命运都是这种内在困扰的表征。然而大陆的“文革”所展示出来的诉求、方法似乎能为这个问题提供解决的可能性。

就运动性质来说，“文革”的内在逻辑并不是偶发的，它的一些基本精神和方法与中国革命发展路径具有一致性。正如李泽厚所言：“在思想史的层面看，最值得注意的是，毛泽东在理论和实践两方面都着重‘自觉能动性’的哲学高扬中，道德主义的精神、观念和思想占有突出的位置，这就是把‘改造思想’作为党的建设的关键环节。从整顿‘三风’（党风、学风、文风）的《改造我们的学习》等到‘文化大革命’中家喻户晓的所谓‘老三篇’，都正是这一时期的创作。”[②]1967 年 10 月 6 日的《人民日报》发表社论《“斗私，批修”是无产阶级文化大革命的根本方针》。所谓“斗私”，即是用马克思

① 陈映真：《父亲》，《陈映真文选》，生活·读书·新知三联书店 2009 年版，第 36 页。

② 李泽厚：《中国现代思想史论》，生活·读书·新知三联书店 2008 年版，第 185 页。

列宁主义、毛泽东思想和自己头脑的“私心”作斗争。“批修”，是利用马克思列宁主义、毛泽东思想去反对修正主义，去与共产党内一小撮资本主义当权派作斗争。

对于以近乎西方左派的理想主义的视角对“文革”进行理想化想象的陈映真来说，这种以斗争和自我斗争、批判与自我批判为主要形式的“道德主义”，对于他60年代中期前左翼思想结构中的困惑和隐忧是一个巨大的冲击。他早期作品中的左翼代表人物，如康雄、阿都尼斯、犹大的共同特征都是在特殊机缘之下（有的是性的觉醒、有的是圣贤如耶稣的震撼）对于自身的恶的、自私的、无能于真正的爱的状况的觉察。这种觉察是致命的，因为这种具有“原罪”性质的自身的幽暗属性，和他们据以为思想支撑的左翼理想——建立一个人人平等的大同世界有着天然的冲突。一个无法摆脱自身自私本性（如对女色、权力的欲望）有何资格和可能去担当这样一个重任呢？他们共同的自杀选择暗示了陈映真在这一时期对这一问题的索解的失败。

对于有着基督教背景的陈映真来说，人性中的自私与恶是一个不那么容易解决的问题，人的“罪性”在基督教中也是核心问题。在基督教传统中，忏悔制度是治人的“罪性”的方法，然而教会的腐败（如赎罪券这种发明）以及忏悔的私人性不能保证革命主体道德的纯洁性。因此，在这个意义上，毛泽东思想对道德主义的强调以及“文化大革命”所展示的形式和逻辑非常契合这个他一直困惑的问题：“通过意识形态、上层建筑领域里的‘不断革命’推动生产发展；力倡艰苦奋斗，崇尚无私，忘我的道德境界和革命的精神力量，认为人的意志、精神、觉悟不仅是发展生产的强大动力，也是发展生产的目的；贬抑物质利益，缩小收入差别；认为富裕的生活会腐蚀人们的革命意志，而艰苦的环境和简朴的生活则有利于培养和保持革命的精神和高尚的道德，所以‘一穷二白’成为中国现代化的有利起点……”[①]“文革”对于陈映真所一直担忧的“改革运动的道德性质”似乎确实提供了现实的解决办法。

应该说，陈映真前期充满张力的思想结构的解体源于对以“斗私批修”“道德主义”为标榜的“文革”的误解。这也为70年代末期他的身份认同遭受重创、精神结构的再次矛盾化埋下了伏笔。

第二节　陈映真小说的风格类型

一、“中间物”意识的转变与风格的关系

中国古典文论关于“风格”的论述中，有诸多相关概念，诸如：风格、风骨、风力、格调、品、体等等。西方古典文论关于“风格”的论述以亚里士多德的影响最大，在《修辞学》当中，他指出语言的修辞是风格的基础，追求风格之美要注意语言的准确性及韵律、节奏等。对于亚里士多德来说，风格是“思想的外衣”，对后世影响很大。西方文论对于风格的讨论随着人们对于文学本身观念和思想的变化而产生多种不同的定义和分析，现实主义、浪漫主义、结构

① 郑谦:《中国：从“文革”走向“改革”》，人民出版社2008年版，第38页。

主义、解构主义对于风格都有不同视角的看法。对于我们来说，有意义的问题是，陈映真小说风格转变的深层内涵是什么？

“风格作为一个时代、一个流派或一个人的艺术作品在思想内容和艺术形式的整体方面呈现出的具有代表性的独特格调和气派，它是作品某些价值得以存在的根基。在某种意义上，是文学风格赋予了文学作品蕴含丰富信息量的机制与功能。”[①] 在劳特曼看来，文学作品中特定的思想有赖于特定的文本结构而存在，在某种程度上，更要透过文学风格的独特性和深刻性而得到有效的传送。正因为如此，他说：“思想不会包含在引语中，哪怕是精心选择的引语，而是由整个艺术结构表达出来 。”[②] 这里的艺术结构是风格的同义语，因此，风格不仅是“思想的外衣”，它本身也包含着思想，甚至是思想本身。因此，对于陈映真的文学写作来说，特定的文学风格不仅表现了他特定时期的作品的感情和情绪格调（如他常用的词语“忧郁、绝望、悲戚”），同时也是对于社会现实的折射，更本质地说，是社会现实在他的精神结构中的投影，是他的精神结构和社会现实之间的一种互动反映的表现。

“在文艺行为方式中，艺术与社会生活之间的关系并不是一种直接的线性因果关系，并不是单向的决定被决定关系，而是可以借由文学风格为中介的间接关系，是一种双向交流的关系，这种关系不是在社会客体的本性中预成的，而是在文艺主客体的双向建构活动

---

① 王珣：《文学风格作为中介——文艺社会学研究的一个视角》，《语文学刊》2009年第2期。

② ［苏联］尤里·劳特曼：《艺术文本的结构》，载胡经之、张首映主编：《二十世纪西方文论选》第2卷，中国社会科学出版社1989年版，第366页。

中不断生成的。”[①]因此，对于陈映真来说，风格不仅是一种写作格调，一种感情色彩，而且作为社会现实和艺术作品的中介，正是社会现实和他的精神结构之间的“双向建构”的产物。由此，风格和他的现实—精神的双重联动结构之间存在着紧密联系。

以汪晖对鲁迅小说的风格的研究为参照：在汪晖看来，《呐喊》《彷徨》中共存的感伤的激情与讽刺、幽默的激情，是鲁迅作为历史的“中间物”在面对传统向现代转型时期中国社会生活的不同方面时产生的不同的心理投射。感伤性的激情就是鲁迅作为“中间物”的感情内省的一个重要表征。狂人、吕纬甫、魏连殳，而且包括鲁迅小说中几乎所有的第一人称叙述者和其他觉醒知识分子，无不以内省的眼光观察自己和外在的生活。对于陈映真来说，如前文所述，经历了一个由忧郁、感伤的风格在短期内转变为讽刺、幽默风格，由浪漫主义转变为现实主义的过程。比较起来，陈映真早期的忧郁、感伤的风格的形成呈现出和鲁迅感伤性激情的形成机制较为类似的特点。

陈映真的早期作品几乎都笼罩在一种忧郁、绝望、死亡的暗影之中。左翼青年是他早期作品中主人公的主要身份，而他们几乎无一例外地无法逃避自杀或者疯狂的命运。这种主人公的“觉醒——希望——幻灭”的思想历程是陈映真本人在特定时期思想结构的文学性反映。正如他自己所说：“他从梦想中的遍地红旗和现实中的恐惧和绝望间巨大的矛盾，塑造了一些总是怀抱着暧昧的理想，却终至纷纷挫伤自戕而至崩萎的人物，避开了他自己最深的内在严重的

① 王珣：《文学风格作为中介——文艺社会学研究的一个视角》，《语文学刊》2009年第2期。

绝望和自毁。”[①] 这种现实和理想的矛盾还只是他作品中的左翼青年“自戕而至崩萎”的部分原因，再加上左翼的思想结构的无法解决的内部矛盾，才构成了陈映真早期思想结构的完整的矛盾光谱。

对鲁迅来说，“感情内省是在专制的封建社会里出现了进步的资产阶级关系以后，在个性的道德与思想自决过程中产生的”[②]。鲁迅的“内省”意识来源于“中间物”意识，而“只有意识到自身与传统社会的悲剧性对立，同时也意识到自身与这个社会传统的难以割断的联系，才有可能产生出鲁迅的包含着自我否定理论的‘中间物’意识”[③]。如果说鲁迅的悲剧情绪是源于他对内在于他自身的精神结构的传统与现代的矛盾的内省，那么对于陈映真来说，早期的忧郁、绝望、感伤的悲剧风格则来源于他的精神结构中理想与现实的矛盾。国民党独裁统治下的台湾的社会现实不仅使身为左翼主体的他感到压抑、绝望。同时，和鲁迅一样，陈映真的高度“内省”意识使他洞悉自身与这个社会现实的难以割断的联系。他笔下的左翼主体的自私、无能于爱、对权力与性的贪恋以及对资本主义现代性的抵抗的乏力，统统说明：虽然秉承着人道主义的小知识分子在左翼理想中看到了平等、民主、富足的大同世界实现的可能性，然而却难以忽视他自己和此在的自私、败德、弱肉强食的社会的深刻联系。这种联系有时深入到人性深处，让他们对能否作为左翼理想的实践主

① 陈映真:《后街——陈映真的创作历程》,《陈映真文选》，生活·读书·新知三联书店2009年版，第22页。

② 汪晖:《反抗绝望：鲁迅及其文学世界》，生活·读书·新知三联书店2008年版，第235页。

③ 汪晖:《反抗绝望：鲁迅及其文学世界》，生活·读书·新知三联书店2008年版，第186—187页。

体感到深刻的怀疑，这种无法解决的矛盾以及深刻的自省使他们产生无法排解的忧郁和绝望，而这也是陈映真早期作品中忧郁、感伤风格的深层原因。对于陈映真来说，这种理想与现实之间的“中间物”心理来源于他思想结构中左翼理念和基督教信仰之间形成的张力。基督教的家庭背景的浸润尤其是基督教的“罪性”观念以及忏悔意识，使陈映真对于个体的精神世界的理解不可能形成单纯的乐观心态。

在汪晖看来，鲁迅的“中间物”的自我否定是对传统文化的否定的最高，也是最彻底的形式，“因为在鲁迅看来，只有当仍然残留着‘黑暗的阴影’的‘中间物’消亡了，真正的光明才会到来”[①]。陈映真笔下处于理想与现实的矛盾之间的左翼主体纷纷崩萎或疯狂，同样表现了不能摆脱和现实的内在联系的左翼主体对于现实的背弃之决绝。然而不同之处在于，鲁迅笔下具有“内省”意识的知识分子在他看来是历史和社会转型时期不可避免的过渡、桥梁以及带有悲剧意味的牺牲品。而对陈映真来说，基于基督教内省意识的左翼知识分子的问题不在于历史发展的过渡，而在于现实问题以及内在精神结构的矛盾的无法解决。这种矛盾不同于鲁迅的历史的“中间物”的矛盾的历时性，呈现出一种共时性的特点。也就是说，他的矛盾的存在是当下的，只要能够解决两个问题——革命的现实环境问题和左翼主体的道德净化的路径和方法，就能够解决左翼主体的精神困境。因此，虽然相对来说，陈映真笔下的知识分子比鲁迅笔下的知识分子更多地选择了死亡，然而在这种决绝之下却蕴藏着更

① 汪晖：《反抗绝望：鲁迅及其文学世界》，生活·读书·新知三联书店2008年版，第187页。

多的从精神困境解脱的可能性。

大陆“文革”的爆发，为以上两个方面问题的解决提供了可能的精神资源。首先，“文革”伴随着西方反体制运动以及第三世界民族革命的爆发，难免会给青年陈映真以革命的风潮已经遍及世界的印象，在这种印象中，他看到了打破长期以来的台湾白色恐怖的高压统治的希望。至于如何打破，是由外而内，还是由内而外，或者是内外结合，也许他并没有肯定的答案。但是这种革命的乐观前途肯定如一缕阳光撕破了铁屋中的黑暗。正是在这种乐观前途的感召下，陈映真才“幼稚地走上了幼稚形式的组织的道路”[①]。虽然自称幼稚，也可见陈映真在“文革”以及遍及世界的左翼革命的风潮感染之下的激动。陈映真自称是受到思想渴求实践的压力，才走上组织读书会的实践之路，然而这种渴求并不是1966年才开始萌发的，只有在来自大陆的“文革”以及世界范围内的革命风潮的“外部”刺激下才让他们跃跃欲试。其次，按照陈映真的理解（当然“文革”也是这么宣称的），“文化大革命”的目标是要坚持无产阶级专政下的继续革命，对于修正主义、资本主义进行坚决的阶级斗争，以捍卫革命成果。采用的革命手段是发动群众，进行大规模群众运动，打碎所有现存的官僚体系和国家机器。在指导思想上是要求积极地“斗私批修”，提倡无产阶级的崇尚无私、忘我的道德境界和革命的精神力量，作为革命的思想保证。正如前面所述，革命主体的自私、无能于爱等道德悖论正是一直困扰陈映真的核心问题。在“文化大革命”展示的“壮丽”的画卷面前，这个问题可以说是“迎刃而解”

① 陈映真:《后街——陈映真的创作历程》,《陈映真文选》，生活·读书·新知三联书店2009年版，第22页。

了。左翼主体的道德问题虽然在陈映真那里通过个人的精神自省和忏悔无法解决，“文革”却提供了另一条解决之道：通过集体和他人的力量进行批判与自我批判，斗争与自我斗争，所谓“斗私批修”、“狠斗私字一闪念”。这种把个体置于集体化的斗争之中，并进行教育、改造的策略，应该是解决上述核心问题的关键。从这个角度来看，陈映真之所以要会同志同道合的左翼同志成立“幼稚形式的组织”，很难说没有通过组织形式来纠正自己长期以来“个人化”的左翼生活的可能。

如上所述，青年陈映真的第一阶段的创作的忧郁、感伤风格正是来源于压抑的现实环境，以及内在的精神冲突。因此，一旦这两方面的问题得到了解决，风格的转变也顺理成章了。鲁迅小说的感伤和幽默的不同“激情”是同一个主体在同样的精神结构之下面对社会生活的不同方面（如知识分子的生活、群众的生活、封建卫道士的生活）展现出的不同反应和形态。因此在《呐喊》《彷徨》中显现的是各种风格或激情类型的并存关系。而陈映真小说的不同风格却昭示着左翼主体的精神结构的变化。这种风格的多样性呈现出一种阶段性、历时性的特点。

二、作者与主人公的关系

伴随着这种由忧郁、感伤向幽默、讽刺的风格转变的，是陈映真小说中作者和主人公关系的变化。陈映真早期（1959—1965）创作中的忧郁、感伤风格来源于左翼知识分子的“自省”意识。在早期的一系列以左翼知识分子为主人公的作品中（如《我的弟弟康雄》《故乡》《猎人之死》《加略人犹大的故事》《苹果树》等），主人公实际上就是作者自身的对象化。即使是如《乡村的教师》《祖父与伞》这些以台湾老一辈左翼为对象的作品，也带有浓重的移情色彩。也就是说，陈映真把在白色恐怖下被镇压和肃清的老一辈左翼也视作有精神上的血缘关系。从根源上说，正是由于陈映真的精神结构本身处于“内忧外患”之中，所以他早期小说的主人公往往是自指性的左翼知识分子，并主要通过左翼知识分子进行彻底的批判和自我批判。

1966 年以后，作者和主人公的关系发生了明显的变化。这种变化的根源在于：早期的作品中的向外的现实批判和向内的自我批判是有着内在勾连的，都是以左翼知识分子的精神结构作为主体和出发点。然而 1966 年以后，由于陈映真内在精神困惑的解决，这种双重批判的共同出发点就随之解体了。陈映真在1966年以后的创作中，仍然进行着对现实政治的批判，以及对台湾小知识分子的批判。然而，这两种批判实践从此不再勾连在一起，而是以独立的视域进行；并且，对知识分子的批判，在对象以及方式上也发生了根本变化。

对于前者来说，因为在早期作品中由于内在困惑的不能解决而形成的创作视角的自指性，所以陈映真对现实政治的批判是以一种间接的方式进行的，更多的是以左翼知识分子的忧郁、痛苦的心理状态和疯狂、死亡的命运遭际表现出来。也就是说，陈映真是以左翼知识分子心灵和命运为载体和透视镜，来表达对社会现实的态度。1966 年以后，这种以左翼知识分子为载体的间接性批判被更直接和抵近的批判形式所代替。

1966年，陈映真写作了《永恒的大地》和《某一个日午》[①]，然而当时并没有发表。没有发表的原因也很简单，就是因为以象征形式进行的批判过于直接。《永恒的大地》通篇以一种完全架空时空的寓言文体展现了60年代台湾社会政治的复杂关系。在这篇小说中，几乎没有故事情节，完全是以对话推动小说进展。对话发生在三个人之间：在阁楼上的衰病的父亲、楼下的儿子和女人。熟悉台湾政治的读者不用很细心，就能轻易地解读出这三者明显的象征意味以及和60年代中期台湾社会的对应关系：楼上的垂死的父亲意指外省第一代，留下的儿子和女人分别指外省第二代和台湾本省人。“小阁楼上”的病衰的父亲念念不忘自己的“老家”，他痛斥“儿子”把家业败尽。并且一直在等待“好天气”，等“南风”一来，他们就要坐“大船”回去。而楼下的“儿子”并不相信他老子的这套鬼话。如果说外省第一代还沉浸在往日的荣光以及“反攻”和“光复”的旧梦里的话，外省第二代则完全没有他们父辈的“振兴家声”的冲动，他们早已意识到这幻想的虚妄：“‘天气好了，我同爹也回去。’他说。然而他的心却偷偷地落着。回到哪里呢？到那一片阴抑的苍茫吗？”[②]因此，他们只能寄希望于立足、扎根脚下的这片土地。然而由于外省人对于台湾的政治、经济资源的垄断，光复以来的“二二八”事件造成的省籍隔阂，这种深刻的矛盾并非那么容易解决，因此“他用手在伊的背上画着什么。他从来不曾这样逼近而又亲近地

---

① 《永恒的大地》和《某一个日午》分别发表于1970年2月的《文学季刊》第10期和1973年8月的《文季》第1期，然而这两篇文章都大约写作于1966年。1968年至1975年，陈映真因组织读书会被捕入狱，这两篇文章是他的友人代为发表。

② 陈映真：《永恒的大地》，《陈映真文集·小说卷》，中国友谊出版公司1998年版，第248页。

品味着死灭和绝望”[①]。也许这种绝望还并不仅仅是岛内的矛盾，在陈映真看来，国民党在台湾的统治在席卷世界的革命风潮之下也危如累卵，这种预判是他早期创作中不曾出现过的。

在这篇小说展开的批判视域中，陈映真并不认为国民党在台统治能够长久，相反，在对岸的革命激情的召唤之下，他认为台湾岛内的红色革命将重新燃起希望之火，并将使台湾获得新生。因为，“伊以一个女性的本能保护着伊秘密地怀了数月的身孕”，并且“这个孩子并不是你的……那天，我竟遇见了打故乡来的小伙子……——一个来自鸟语和花香的婴儿！——但我的囡仔将在满地的阳光里长大”[②]。相比前期对于国民党政权的隐性的批判，《永恒的大地》的文体虽然是寓言式的（这也是因为当时的政治环境仍然是严苛的），但是毫无疑问，这种批判已经脱离了早期的批判模式，以一种直接的、对决的形式展开，表现出了自己的革命理想必将实现的乐观。这就是他自己所说的“当陈映真开始嘲弄、开始用理智去凝视的时候，他停止了满怀悲愤、挫辱和感伤去和他所处的世界对决”[③]。应该看到，陈映真之所以有这种对决的决心和勇气，不能脱离“文革”风潮对他的精神结构所带来的巨大影响。

同时期的《某一个日午》几乎是和《永恒的大地》同样题材、同样故事模式的作品，只不过分别采用了现实的和寓言的写作手

---

① 陈映真：《永恒的大地》，《陈映真文集·小说卷》，中国友谊出版公司1998年版，第248页。

② 陈映真：《永恒的大地》，《陈映真文集·小说卷》，中国友谊出版公司1998年版，第255页。

③ 陈映真：《试论陈映真》，《陈映真文选》，生活·读书·新知三联书店2009年版，第8页。

法。就人物身份来说,《某一个日午》中的房先生、恭行和彩莲分别对应着上文的父亲、儿子和女人。房先生是国民党内的高级官僚，恭行是他的儿子，彩莲是台湾本省籍的下女。相对来说，这篇小说对于现存社会秩序的批判更具思辨的深度。正是因为他脱离了以左翼知识分子为中介的批判方式，才有可能以局外人的冷静、客观和深入去“解析”国民党的统治。这种解析是通过“房处长”的儿子“恭行”自杀之后留下的遗书得以进行的:“读完了它们，我才认识了：我的生活和我二十几年的生涯，都不过是那种你们那时代所恶骂的腐臭的虫豸。我极向往着你们年少时所宣告的新人类的诞生以及他们的世界。然而长年以来，正是您这一时曾极言着人的最高进化的，却铸造了我这种使我和我这一代人的萎缩成为一具腐尸的境遇和生活；并且在日复一日的摧残中，使我们被阉割成为无能的宦官。……欺罔者受到欺罔。开眼之后所见的极处，无处不是腐臭和破败。……”[①] 这里所说的“它们”，是“房处长”年轻时候作为一个理想主义者所留下的印记——“一直迷藏在里头的书籍、杂志、剪辑和笔记”[②]，是的，今日的国民党官僚“房处长”年轻时候曾经是一个面目不甚清楚的革命者:“那是一群大约二十七八岁的青年们围坐一张长桌的照片。桌子上满是书籍和文件，青年泰半都蓄着长发，养着胡须……那是多么久以前的事，那是多么遥远的一个

① 陈映真:《某一个日午》,《陈映真文集·小说卷》，中国友谊出版公司1998年版，第262页。

② 陈映真:《某一个日午》,《陈映真文集·小说卷》，中国友谊出版公司1998年版，第262页。

小亭子间里的事了。”[①] 由于早期精神结构中的危机的解除，陈映真得以把自指性的批判重新对焦，对于台湾政治环境以及国民党政权的性质的认识因此也更加深刻。这种思辨的批判相对来说也更加具有历史的深度：国民党政权及其“军工教”体系在台湾表现出来的反动性质并不是先天如此。相反，国民党是中国近现代史上第一个有着明确宗旨和组织体系的革命政党。毫无疑问，当年的“革命党”人是具有强烈的民族主义情感的民族精英，“革命党”在结束封建帝制、建立共和政体方面作出了卓越的贡献。然而，为何国民党掌握政权以后一败涂地，以至于“开眼之后所见的极处，无处不是腐臭和破败”[②]？革命运动的堕落是陈映真前期思想结构中一个重要的焦点，在对国民党的认识和批判中，能以此作为突破口，反映了陈映真对国民党统治秩序的理解和批判的深入。这里所说的“开眼”，是指恭行对房处长所秘藏的关于当年革命理想的文件的阅读与理解。因此，造成恭行死亡的，是父辈曾经的革命理想和当下的腐败反动的独裁统治之间的巨大反差。而他自己不仅意识到这种矛盾，而且也意识到自己和这种腐臭、破败的秩序的深刻联系及其寄生性。因此，他才会在“崇拜您”的同时，“在那一瞬之际深深地轻蔑着您，更轻蔑着我自己”[③]。“崇拜”，是崇拜他的父辈曾经的为民族、为他人的崇高的革命理想，而“轻蔑”，是轻蔑着这种革命理想在现实世界

---

① 陈映真：《某一个日午》，《陈映真文集·小说卷》，中国友谊出版公司1998年版，第262—263页。

② 陈映真：《某一个日午》，《陈映真文集·小说卷》，中国友谊出版公司1998年版，第262页。

③ 陈映真：《某一个日午》，《陈映真文集·小说卷》，中国友谊出版公司1998年版，第263页。

中的令人齿冷的堕落。

如上所述，陈映真的风格的变化表现在作者与主人公的关系方面，由前期的作者和主人公内在视角的一致，转变为作者与主人公视角的脱离甚至对立。作者与主人公的视角的不同类型是小说不同情感风格的基础。正是陈映真的视角内在于“康雄”等人的视角之中，他本人的精神结构的张力和悲剧性特征才得以通过“康雄”等人的焦虑、压抑以及悲剧命运得以表达。而 1966 年之后的小说中，由于焦虑和张力的解除，怀璧其罪的左翼主体不再有自我批判的需要，因此他获得了对外批判的“外位性”视角。

这里所说的“外位性”来源于巴赫金的文艺学理论。外位性思想是巴赫金在早期的哲学人类学研究中提出的[①]。“这个外位性理论既贯穿了他的学术活动全过程，又渗透在他最具代表性的研究著述中，是其基本观点和研究方法的出发点……巴赫金的外位性理论具有四个方面的意义：第一，它是认识自我的理论前提，是认识活动的规律；第二，它是对文学创作过程中作者与主人翁关系的规律性总结，也就是一般所说的两者的对话关系；第三，它是对文学阅读活动中读者与作品之间关系的一种正确估价，即建构性、未完成性；第四，它提供了一种健康的态度来对待不同民族之间的文化差异，即时间、空间和文化上的外位性定位。”[②] 单从作者与主人公的关系方面来看，巴赫金认为：“主人翁在思想观点上自成权威，卓然独立，他被看作

---

① 龙玉霞：《巴赫金外位性思想的研究现状》，《聊城大学学报（社会科学版）》2010 年第 4 期。

② 邱运华：《外位性理论与巴赫金文艺学研究的方法论问题》，《外国文学研究》2006 年第 2 期。

有着自己充实而独到的思想观念的作者，却不是陀思妥耶夫斯基完满的艺术视觉中的客体。在评论家的心目中，主人翁说的话如果具有了直接的充分完整的价值，那就要破坏长篇小说的独白性质，而且要引起人们对它作出直接的回答；这时作品的主人翁，似乎已不再是作者言论所表现的客体，而是具有自己言论的充实完整、当之无愧的主体。”[①]作者和主人公的关系，在巴赫金看来，是一种外位性的互相不能代替的平等关系。

从这个角度来观照陈映真在两个时期的小说中的作者和主人公的关系，我们可以发现，早期作品中的左翼知识分子主人公和作者之间并没有形成“外位性”的关系，作者和主人公的精神结构和视角经常性地交叉和交融，可以说，康雄等人基本是陈映真精神结构的载体和代言人。陈映真的声音经常间接或直接地出现在作品之中。这种非“外位性”关系的形成，原因在于他的精神结构中彻底的批判性和左翼理念的张力处于主导地位，他的创作必然地以左翼主体为主要对象和主要视角，在这种情况下，作者和主人公的关系不可能成为“外位性”的平等、独立、不能互相代替的关系。而在 1966 年之后的作品中，由于左翼理念的内在张力的消除（当然不排除这种张力再次形成的可能），作者和主人公的重合关系开始解体，由早期的以左翼主体为中介进行的双重批判（对于现实社会外在的、对于自身的内在的）转变为对国民党独裁统治下的社会现实的单重批判。在此情况下，作者和主人公的关系开始分离并且对立。

① ［俄］米哈伊尔·巴赫金：《陀思妥耶夫斯基诗学问题》，《巴赫金全集》第五卷，钱中文译，河北教育出版社 1998 年版，第 3 页。

作者和主人公的关系的变化同样表现在对于台湾本土知识分子的批判之中。1966 年发表的两篇以知识分子为题材的小说《最后的夏日》和《唐倩的喜剧》充分表现了作者和主人公关系的变化，以及明显的风格的改变。

由于作者相对于主人公获得了完整的独立性，在《最后的夏日》《唐倩的喜剧》等小说中，作者以独立、外在的视角审视主人公，这是这两篇小说的讽刺、幽默风格形成的基础。在鲁迅小说中，“这种客观的喜剧性的发现总来自人对客观现象的概括性思考，……他们体现着发笑的主体与嘲笑的对象之间的独特的现实关系。《孔乙己》《白光》《高老夫子》《肥皂》等小说以幽默与讽刺的形式揭示了旧秩序及其代表人物的荒谬性，但这‘揭示’也显现了先觉者对于旧生活的洞悉与憎恶，以及他在与旧生活的关系中所处的理性优势”[①]。对于陈映真来说，《最后的夏日》以及《唐倩的喜剧》中同样体现着“发笑的主体”和“嘲笑的对象”之间的现实关系。并且在这种关系中表现出“主体对于喜剧性事物的含有讥笑意味的否定”[②]。

所不同的是，鲁迅的感伤性的悲剧风格和幽默、讽刺的喜剧风格统合在作为“中间物”的作者的历史视野中，只是同样的视野对于不同对象的观察下形成的差别。而陈映真则是在早期的“中间物”的精神结构中解脱出来，才得以更清晰地形成作者和主人公的崭新

① 汪晖:《鲁迅及其文学世界》，生活·读书·新知三联书店2008年版，第237—238页。
② 汪晖:《鲁迅及其文学世界》，生活·读书·新知三联书店2008年版，第237—238页。

的关系[①]，在此基础上形成清晰、明确的讽刺风格，表现出主体对于对象的明确的否定。

相较于早期作品中的知识分子的身份带有被隐藏的左翼理想主义的特征，这两部作品中的知识分子，却带着明显的精神世界的荒芜、自私与虚伪。如《最后的夏日》中的裴海东、邓铭光，《唐倩的喜剧》中的老莫、罗仲其、周宏达，他们的共同点是行为、思想、风格的夸张与内在灵魂的空虚、匮乏的矛盾。在鲁迅小说中，旧的社会秩序仍然以道德、节气、风度等形式残存在封建卫道士的意识形态之中，如鲁四老爷的“事理通达心气和平”以及对《近思录》和《四书衬》的供奉，然而，“这一切已完全丧失实在意义，只不过是失去了自己内容的形式……在这些小说里，鲁迅把对旧道德与社会秩序的内在矛盾的揭示，同对于那些维护旧道德的个人的卑琐道德状态与他们徒有其表的庄严和高度的自我评价之间的内在矛盾的剥露，交织在一起”[②]。而裴海东、邓铭光，以及老莫、罗仲其、周宏达呈现出类似的特点。在他们身上，同样存在着“失去了自己内容的形式”：“一些木刻的字体毫不生意义地跳进他的眼睛：——夫学

① 说更清晰的，是因为在陈映真早期作品中实际上就已经有讽刺风格的存在，在赵刚的分析中，如《家》和《死者》都已经具备了隐含的讽刺的喜剧风格，《家》中的“我”和《死者》中的林钟雄和康雄、阿都尼斯形成了相互对立然而又有内在关联的一组对应性人物。他们在陈映真作为理想和现实的“中间物”意识的对于不同对象的观照下产生了不同风格。然而这两组不同的人物正是陈映真作为“中间物”的精神结构和视野的共同表现和见证。在这点上，类似于狂人、魏连殳、吕纬甫与高老夫子、鲁四老爷、赵七爷这两组人物相对于鲁迅的历史的“中间物”的关系。这两组人物更肯定了我们认为陈映真作为理想与现实的“中间物”的观点。然而，进入1966年以后，他的这种讽刺风格的明确和批判性的增强，正说明了这种理想与现实的“中间物”的精神结构的暂时解体。

② 汪晖：《鲁迅及其文学世界》，生活·读书·新知三联书店2008年版，第239页。

者载籍极博尤考信于六艺……”[①] 而邓铭光的风格完全表现在他的语言之中：“对了！——God damned，我竟给忘了呢！我请你喝 Johnny Walker。”[②] 裴海东的点校《史记》、邓铭光的满嘴英文，作为对于自我的高度标榜，一方面体现出台湾社会的既守旧、僵化又亲美、崇洋的内在矛盾，另一方面也体现了个人的猥琐道德状态与他们徒有其表的庄严和高度的自我评价之间的内在矛盾。这种讽刺以及讽刺的社会根源与鲁迅小说的讽刺手法有着极为相似的特征。《唐倩的喜剧》中老莫的“存在主义”、罗仲其的“新实证主义”乃至周宏达的美国生活方式同样具备“失去了自己内容的形式”的特点。

台湾 20 世纪 60 年代知识分子的自私、虚伪、做作主要是通过两性关系得以淋漓尽致地体现的。在这一点上，我们可以发现，陈映真延续了他在早期作品中的极为重要的“性—爱”主题和视域。在这里，“性”仍然是反观知识分子主体状态的最佳窗口。陈映真作为理想与现实的“中间物”观照左翼知识分子的主体状态的时候，男女之间的性与爱是表现和透视左翼主体状态和精神结构的主要路径。在左翼青年那里，性与爱表现出辩证的两面性。“性与两性关系，既被视为沉沦的引诱，也被视为救赎的提升。”[③] 而决定是沉沦还是救赎的，在于能否以真正的爱灌输进两性关系之中。无爱之性是作为左翼主体意识到自身的“罪性”和现存社会秩序的悲剧性联系的

① 陈映真：《最后的夏日》，《陈映真文集 · 小说卷》，中国友谊出版公司1998年版，第 143 页。

② 陈映真：《最后的夏日》，《陈映真文集 · 小说卷》，中国友谊出版公司1998年版，第 143 页。

③ 赵刚：《颉颃于星空与大地之间——青年陈映真对于理想主义与性/两性问题的反思》，《求索——陈映真的文学之路》，联经出版事业股份有限公司 2011 年版，第 48 页。

表征出现的，代表着一种感伤的悲剧风格。而在60年代台湾小知识分子那里，由于陈映真是一个旁观者，对于主人公的性与爱的分离，乃至性的无爱化、空洞化就透视得尤为明显。在陈映真小说中，两性关系成为刺破知识分子伪善、空虚、自私的面皮的锋芒，并形成了独特的讽刺风格。

这种两性关系中的男性的伪善与自私，是通过女性以及女性的眼光呈现的。《最后的夏日》中有意通过结构安排来凸显这一点。全文分为四个章节，分别以《蜻蜓》、《醉红的凤凰花》、《风铃》和《快乐的寄生蟹》为标题。《蜻蜓》和《风铃》是以全知视角的叙事模式进行的，而《醉红的凤凰花》和《快乐的寄生蟹》则是以文中女主人公李玉英第一人称的日记形式展开的。这种叙事角度和人称的交叉混合使用，实际上正是陈映真为了更好地以女性视角凸显台湾知识分子的虚伪的有意设置。裴海东和邓铭光在他人面前和在所追求的美女老师李玉英面前的巨大反差，形成了对他们的尖锐讽刺。如果说裴海东和邓铭光的这种以教师群体为代表的小知识分子只是在恋爱的失败中暴露出他们的人格的卑劣和低下，那么《唐倩的喜剧》中的老莫、罗仲其等台湾知识界的代表更是在性爱方面泄露出他们的伪善以及他们的哲学的虚伪。和《最后的夏日》一样，这种泄露是通过唐倩的视角得以展现出来的：“唐倩是衷心崇拜着胖子老莫的……伊不久就发现到老莫也具备了一些男人——特别是这些知识分子的——所不能短少的伪善。在他的朋友面前，永远是一副理智、深沉的样子，而且不时表现着一种仿佛为这充满人寰的诸般的苦难所熬炼的困恼的风貌……然而，当他在床笫之间的时候，他是一个沉默的美食主义者。他的那种狂热的沉默，不久就使唐倩害怕起来了。他的饕餮的样子，使伊觉得：性之对于胖子老莫，似乎是一件完全孤立的东西。他是出奇的热烈，但却使伊一点也感觉不出人的亲爱。”[①] 如果说早期的左翼知识分子面对性的原始冲动（缺乏与爱的关联性）形成了一种道德主义的自我分裂和自我谴责，并且引起了精神结构的崩塌的话，那么老莫、罗仲其等台湾60年代的知识分子（当然不是左翼的）则非常自如地面对甚至享受这种性的盛宴。相比之下，精神分裂的左翼青年仍然保持着人格的统一，而老莫等人的精神结构则彻底地被一种令人作呕的虚伪所充斥。重要的不是他对这种无爱之性的饕餮，而是完事之后的他的“存在主义哲学”和“知性”的迅速恢复：“而且，很多时候，当他从半虚脱的状态中回复过来之后，他还可以立刻继续事前议论：‘我们谈到哪里了呢？对了，人道主义。’他于是为自己和唐倩点上香烟，把被单拉好，继续说，‘而存在主义的人道主义，便是这种永恒的创造性的开展！’等等。”无爱之性的饕餮状态和所谓的“存在主义哲学”这样地无缝衔接，充分暴露了所谓的“哲学”只不过是没有生命体验的空壳，博取名利和女人欢心的虚词而已。这是一种充满了绝妙讽刺的“失去了自己内容的形式”。罗仲其的“新实证主义”和周宏达的自由主义生活方式莫不如此。

在陈映真的第二阶段的创作之中，精神结构的变化是风格转变的基本因素，而作者与主人公的关系则是形成风格转变的主要中介和途径。精神结构的转变，首先影响的是作者与主人公关系的变化，

① 陈映真：《唐倩的喜剧》，《陈映真文集・小说卷》，中国友谊出版公司1998年版，第169页。

作者与主人公的关系由之前的重合状态彻底转变为分离、对立状态，伴随着这种关系变化的是作者对于主人公的情感、态度的变化，并且由于作者与主人公的分离与对立，才形成了“外位性”的冷眼旁观与观察视角，这是形成辛辣讽刺叙事风格的叙事学基础。

第三节　亲美反共之批判——题材的拓展与深化

一、题材的变化与思想结构

伴随着风格的转变的，是陈映真在1966年之后（包括1966年）在创作题材上的拓展和深化。广义的题材是指作者所拟表达的主题以及为表达主题所需的素材，是一个“写什么”的问题，而风格，是作品的特征、形式以及总体特点，是“怎么写”或者“写得怎么样”的问题。从陈映真1966年之后到1968年入狱之前发表的小说来看，可以分为三组:《永恒的大地》和《某一个日午》,《最后的夏日》和《唐倩的喜剧》，以及《第一件差事》和《六月里的玫瑰花》。1968年陈映真由于组织读书会被捕入狱，创作中断。然而即便如此，和1966年之前的创作进行比较，这一阶段的创作还是有比较鲜明的变化。我们从两方面来讨论1966年之后的题材问题，一个是相比之前的题材有哪些变化？这种变化的原因是什么？另一个是1966年之后的题材有什么样的主要特征？这种特征与作家的思想结构的关系如何？

1966年之后题材的变化，由两方面构成。一方面是前期主要题材被新的题材所代替，另一方面是前期隐藏的次要题材成为着力铺陈的重点，得到明朗和深化。从1959年到1965年，陈映真发表小说17篇（其中《哦，苏珊娜》是1963年所作，当时没有发表，1966年发表），其中11篇作品都是以隐藏的左翼青年为主人公，以左翼青年的命运和内心的挣扎为主要线索；并以彻底的批判精神深入左翼知识分子的精神结构，在批判社会现实的同时也坦诚面对左翼理想与主体道德维度的无法解决的矛盾。可以说，左翼知识分子是前期作品的主人公，左翼青年的批判和自我批判是这段时期的主要题材。1965年以后，从发表的6篇小说来看，《永恒的大地》和《某一个日午》是对国民党官僚及其统治的批判，《最后的夏日》和《唐倩的喜剧》是对60年代台湾知识分子的批判与讽刺，《第一件差事》是以大陆来台人士也即“外省人”在台的生活和境遇为题材，而《六月里的玫瑰花》则是以越战期间赴台休养的黑人美军士兵为主人公。因此，首要的变化是早期的以左翼知识分子为主人公的题材的消失，左翼青年主人公被新的面目完全不同的知识分子所代替。取代康雄、“哥哥”、阿都尼斯、犹大等左翼青年的，是怀揣各种“哲学”与“主义”的台湾60年代流行一时的主流知识分子老莫、罗仲其、周宏达等。对左翼知识分子悲剧命运的忧伤描写以及自我反思，被尖锐的讽刺、毫不留情的批判所代替。

《永恒的大地》和《某一个日午》所代表的题材，是对国民党政权及其官僚的深刻而直接的批判。相比上一个关于知识分子的旧的题材的消失，新题材的出现，对于国民党独裁统治的批判并不是一个崭新的题材。也就是说，在1959年到1965年的作品中，这是一个已经出现并且也是非常重要的题材。实际上，在前期以左翼青年的命运为题材的作品中，凸显在前台的左翼青年的忧郁、感伤、疯狂与死亡，难以掩盖那以国民党独裁统治为主要内容的压抑的社会现实的黑暗底色。换句话说，左翼青年的萎谢，恰恰在于对压抑的独裁统治的社会现实的不满，以及反抗这种如坚冰一般的社会秩序的不可能。因此，左翼青年的题材的选择实际上也是对社会秩序的反抗的另一种表达。这两种题材是同一个结构的不同侧面。这方面题材的变化不是表现在被取消或者被替代，而是体现在由间接的而变为直接的。所谓间接，是由于在当时严苛的政治环境下，对于社会现实以及政治秩序的正面批判是不可能的，即使是左翼青年的身份也是隐藏着的。作为一种危险的身份标识，陈映真不得不通过各种不同的方式和手法进行暗示和透露。无论是康雄、阿都尼斯、吴锦翔还是哥哥、犹大，他们的真实身份都是暧昧不明的，只有经过不同途径的密码破译，才能得以领会。同时，相应地，曾经的对于左翼力量的肃清和打击，也不得不通过隐喻或象征的方式来暗示。比如《祖父与伞》中的“两个新的春天过去了，尤加里树林开始有砍伐的人”。[①]《猎人之死》中的“因此我一直被宙斯和他们的仆从追狩着，像一只猎物一样。”[②]

相对来说，以《永恒的大地》和《某一个日午》为代表的对于现存社会秩序的批判则完全由前期的间接性转变为锋芒毕露的直接

① 陈映真：《祖父与伞》，《陈映真文集·小说卷》，中国友谊出版公司1998年版，第43页。

② 陈映真：《祖父与伞》，《陈映真文集·小说卷》，中国友谊出版公司1998年版，第124页。

批评。如《永恒的大地》，相对于早期作品中无处不在的令左翼青年窒息的高压统治，在此处却已开始显出崩溃的迹象："然而他只是兴奋地摇着抓紧了伊的头发的手，伊的头也跟着胡乱摇着。他用一种很低微的声音急促地说：'他的日子，我的日子，都不长久了！'"[①] 虽然国民党的统治并没有在台湾垮台，红旗也没有插上台湾岛，然而陈映真却清晰地预见到外省第二代不得不转向本土以维持统治的倾向："'楼上的人，他要回家，就让他回去吧！'他凶猛地说，'可是我要好好活。这样活着。你好好地跟着我活着吧！'"[②] 陈映真以"妓女"的形象来比喻台湾，并没有对台湾失敬的意思，只是以此来深刻地形容台湾在近现代史上屡遭分割、压迫和殖民的历史。而且国民党对于台湾原本就是以一种居高临下的解放者的姿态出现的，这种不平等贯穿着他们在台统治的始终："我只要你，我只有你，不要忘了是我花了钱从那臭窑子里得了你来。"[③] 虽然仍是架空历史的寓言形式，然而由于寓意的过于明显，实际上已经失去了隐喻的伪装意义，因此这篇小说实际上当时并没能发表。

如果说《永恒的大地》表现了"陈映真所看到的反共亲美的国民党中生代外省菁英的衰落、背德、看来强暴实则羸弱的没落气象"[④]，那么在《某一个日午》中则把这种揭露落实到"现实人物"之

① 陈映真：《永恒的大地》，《陈映真文集·小说卷》，中国友谊出版公司1998年版，第252页。

② 陈映真：《永恒的大地》，《陈映真文集·小说卷》，中国友谊出版公司1998年版，第252页。

③ 陈映真：《永恒的大地》，《陈映真文集·小说卷》，中国友谊出版公司1998年版，第252页。

④ 赵刚：《颉颃于星空与大地之间——青年陈映真对于理想主义与性/两性问题的反思》，《求索——陈映真的文学之路》，联经出版事业股份有限公司2011年版，第25页。

上并进行更深入的批判，进行历史性的和更辩证的挖掘。所谓的“历史性”，就是陈映真把思考和批判的触角深入国民党内部历史的演进之中。这也许正是他“学会了站立在更高的次元，更冷静、更客观、从而更加深入地解析他周遭的事物”[①]的表现。值得注意的是，“恭行”是透视国民党政权的历史性的堕落、腐败的一个窗口，而对恭行的塑造俨然是早期小说中左翼青年的模式：父辈的革命理想与现实之间的矛盾以及自身与丑恶现实的深度关联最终促使他以自杀的方式进行自我否定，并以这种否定更彻底地否定了国民党政权。同早期的找不到出路的左翼青年一样，恭行同样表现出历史的“中间物”的特征。区别在于，康雄、阿都尼斯和犹大等人的“中间物”的两端是国民党的不平等的独裁统治和左翼的理想世界；而恭行作为“中间物”的两端是“腐臭、破败”的现实与国民党曾经的革命理想。这种批判模式的类似不是偶然的，早期的内指性的自我批判是陈映真彻底的批判性的体现，在1966年的作品中，这种自指性的批判模式被置换到以“恭行”——外省第二代为代表的国民党菁英的精神结构之中，表现了对于国民党独裁统治的批判的彻底性。因此，总的来说，间接的批判转变为直接的批判，并且增加了批判的彻底性，是关于国民党独裁统治的批判这个题材的最重要的变化。

回顾上述对陈映真1966年以后写作题材方面的变化的不完全分析，最重要的是两点：一是左翼知识分子题材的消失，二是对于国民党独裁统治的批判方式的变化。（此处和上一节的关于风格的变化

---

① 陈映真：《试论陈映真》，《陈映真文选》，生活·读书·新知三联书店2009年版，第9页。

有重合之处，然而我们仍然可以说，这也是题材方面的变化的重要表现。）为什么左翼知识分子的题材消失不见？为什么对国民党独裁统治的批判的处理也相应地发生了变化？如上所述，这种精神结构与题材、风格的关系是一种同质关系。

作家对于主题与题材的选择，是作家的“问题意识”的集中反映。特别是如陈映真这样的把写作当作思想的表达与灵魂的出口的思想型作家来说，写作过程中对于题材之选择绝非随意之事，相反，特定时期的特定题材必定是这个时期作家思想结构中最核心的关切之所在。也就是说，题材的变化是最能反映作家思想结构变化的风向标。这种关联程度甚至比风格与思想结构的关系更加密切。因为，对于思想型作家来说，“写什么”远比“怎么写”更为重要。因此，对于陈映真来说，“写什么”是方向问题，而“怎么写”是技术问题；内容和题材是第一位的，而风格和技巧则是第二位的。

因此，我们更能从这种题材的变化中看出陈映真精神结构的变化，或者说，从陈映真的精神结构的变化出发，更能推断出题材之变化的缘由。陈映真精神结构以及身份认同的变化，重点在于精神结构内部的困惑或者问题的解决。陈映真早期精神结构的问题在于两个方面，一方面来自左翼主体的理想与现实世界的矛盾，另一方面来自左翼主体精神世界内部的矛盾与张力。这两者结合起来，形成了理想与现实的“中间物”的意识特征。在这“中间物”的意识之中，强大的现实压力以及左翼主体自身的裂缝，是两个同时存在的问题。而在他早期的精神结构之中，主要的问题是：相对于革命理想的征召与质询，左翼主体发现自身难以呈现和崇高的革命理想相应的道德状态。这对左翼主体是一个极大的困惑和隐忧。这个问题是陈映真早期创作题材中最为核心的问题。无论是陈映真自身状况的投射，如康雄、阿都尼斯，还是老一辈左翼的历史追忆，如“哥哥”、吴锦翔，他们的自戕虽然有外在的现实环境的因素，然而最核心的原因仍然是突发的起因导致内心矛盾的激化和集中爆发。在陈映真的小说中，这些突发的起因往往最大限度地召唤出左翼主体在正常状态下所忽视、潜藏乃至掩饰的人性的某些方面。如无爱的性之于康雄、阿都尼斯，把学生送上战场的送行酒宴之于吴锦翔，无论是对与爱脱钩的本能的性的沉沦，还是极端状态下的吃人肉，陈映真总是把对人性的挖掘深入最真实和极致之处，即使是对钟情的左翼青年，也毫不留情。在陈映真看来，有一个事实是明确的，那就是无论主体对于自身的阶级身份的建构是何种类型，主体自身持何种理想、理念或者意识形态，都无法自动取消人的本性之中就有“恶”的因素的事实。左翼青年并不能因为自身的乌托邦的理想和广博的同情心就能宣称自己和人性之恶划清界限。相反，因为自己主观意识上对于纯善之境界的追求，精神结构中的善与恶的矛盾也更加尖锐和激烈。因此，在陈映真早期的精神结构之中，左翼知识分子内心的善恶斗争是他的核心关切，写作的主题围绕这一题材展开，就不是偶然的了。

以“文革”的爆发为标志和分界线，陈映真思想结构中的核心问题发生了鲜明的变化。在“文革”以及世界范围内革命风潮的鼓励之下，陈映真思想结构中的核心问题得到了解决，虽然这种解决是一种想象性的解决。在陈映真那里，既然长期纠结的困惑得到了消除，也就是说，左翼主体的道德状况、左翼主体和人性中恶的因素的关联，在一种想象性的框架中有了解决的可能性（至少在对面的大陆，这种解决正在以一种轰轰烈烈的形式展开）。剩下的只是如何去操作和实践的问题，那么，左翼知识分子的精神结构的张力就不再是陈映真的核心关切和“问题意识”，与此相关的主体和题材的消失就是顺理成章的了。另外，相较于之前陈映真精神结构的两个问题意识——理想与现实的矛盾以及左翼主体精神结构内部的矛盾的相互交织，1966 年之后陈映真的思想结构就显得更加“单纯”，也就是说简化为理想与现实之间的直接矛盾。因此，之前的间接性的、主要通过左翼知识分子主体精神状态进行的对社会现实以及国民党独裁统治的批判，此时成为主要的问题和关切。所以，在 1966 年之后的小说中对于国民党独裁统治下不平等的社会现实的批判力度更大，形式也更加直接。

二、题材的拓展与意识形态的多重批判

相应于 20 世纪 60 年代台湾复杂的社会现实，陈映真展开的批判是多方面和多层次的，不仅有对在台国民党官僚的正面批判，也有对知识界的知识分子的尖刻讽刺，还有以《六月里的玫瑰花》为代表的以 60 年代驻台休养的越战美军为题材的对于越战、帝国主义的反思。同时期陈映真还发表了一篇反映外省人在台湾的命运的小说——《第一件差事》，这种看似零散的、互相没有关联的题材集中在一个时期里（上述小说发表于 1966、1967 两年）。应该看到的是，同一时期创作题材的多元化，并不代表这一时期作者的思想结构和创作关切的零散化。笔者认为，题材的多样化以及鲜明化，是从同一视角出发的对于社会现实和意识形态的全景扫描。

由于获得了自身内在精神结构的稳定性，陈映真得以以一种自

信、笃定的态度面对前期一直不能明示的社会反叛意识。因此，他的社会批判不仅获得了深度，也获得了广度。深度体现在《永恒的大地》《某一个日午》等文本中。而广度则体现在《唐倩的喜剧》《六月里的玫瑰花》等文本中。说广度的获得，其意义在于：陈映真进行的不仅是一种政治批判，更以对于台湾社会各阶层的社会生活的广泛关注，形成一种出发点独特的社会批判。这种社会批判和对国民党政权的政治批判保持了一种内在的联系，连接点就在于台湾社会在60年代的主流意识形态。无论是对知识分子的讽刺、来台美军的越战题材，还是外省人的自杀命运，都无法回避台湾在60年代的主流意识形态。因此，从这个意义上来说，“意识形态批判”构成了这一时期社会批判的特点，也是它的深度和广度的原因所在。

阿尔都塞敏锐洞察到意识形态表象背后隐藏着复杂的社会关系结构和主体认同活动，意识形态并不直接反映现实关系，而是对现存社会关系的体验和想象，并会通过一种混杂的意识形态表象呈现出来。“因为意识形态所反映的不是人类同自己生存条件的关系，而是他们体验这种关系的方式；这就等于说，既存在真实的关系，又存在‘体验的’和‘想象的’关系。在这种情况下，意识形态是人类依附于人类世界的表现……是人类对人类真实生存条件的真实关系和想象关系的多元决定的统一。”[①] 在阿尔都塞看来，“意识形态把个体召唤（interpellate，质询、询问或叫喊）为主体”[②]。主体的建构实际上是一个动态的复杂的过程。从支配性意识形态的召唤，到个

① ［法］阿尔都塞：《保卫马克思》，顾良译，商务印书馆2006年版，第202—203页。

② Althusser. Lenin and Philosophy and Other Es-says. trans. Ben Brewster.New York : Monthly ReviewPress, 1971, p.170.

体接受并屈从这种召唤，再到主体自我的识别，并把自己想象成自己认同的对象，依照想象性对象去行动，“从中不难看出，主体的建构、主体身份的确立和认同，与意识形态国家机器的教化与培育是同一过程的不同方面”[①]。

从 1949 年国民党迁台以来，台湾被划入冷战时期的西方阵营，“冷战—内战”的格局正式形成，虽然国民党和美国之间的关系也暗流涌动，二者是一种合作与对抗并存的博弈关系，然而毫无疑问，为了政权的存续，国民党政权以“亲美反共”为主要的施政方针，并以此作为主流意识形态。台湾社会的亲西方、亲美的情绪和理念在知识分子身上尤为明显。

《最后的夏日》中的主要人物邓铭光就是这种“亲美”的意识形态下被“征召、质询”的典型案例。意识形态的“征召”和召唤从来就不是以一种强迫的形式进行的，相反，都是以积极、先进、美好等正面的性质和形态出现。以美国为代表的西方世界以一种“现代化理论”为核心，不断以社会发展的最高级形式自居，向全世界扩散和传播资本主义现代性。这种“现代化”不是一种空洞的说教，它包含了一整套的物质生产、价值观念和生活方式。发达的科学技术、丰裕的物质财富、“自由民主”的价值观念，以及个人化、多元化的生活方式，形成一个不断自我证明、自我美化的坚不可摧的意识形态网络。因此，在非西方而又“亲西方”“亲美”的其他地区（如东亚的日本、台湾），这种意识形态的长期笼罩和熏陶，使这些地区的个人必然以西方的价值观念、生活方式为正面和积极的认同

① 孟登迎：《阿尔都塞意识形态理论与文艺问题》，《外国文学》2002 年第 3 期。

对象，以西方的生活方式为自我塑造的标准，并积极投身其中。其中，语言的模仿就是一个典型的窗口。英语作为美国的语言，在台湾知识分子中似乎成为一种高级语言，而对英语的熟练操演不仅是一种沟通的方式，更多的是一种身份的自我识别和自我认同，是一种对于自身文化身份的想象和实践。如上文我们提到的邓铭光的中英文习惯性混杂使用：“对了！——God damned，我竟给忘了呢！我请你喝 Johnny Walker。”“Johnson! Damn you! 它不咬人，不怕，不怕。”[①] 如果说邓铭光还处在一种对于作为认同对象的憧憬之中，那么《唐倩的喜剧》中的周宏达则已经和意识形态的认同对象“无缝对接”，正如他自己所说：“美国的生活方式，不幸一直是落后地区的人们所嫉妒的对象。……我们也该知道，这种开明而自由的生活方式，只要有充分的容忍，再假以时日，是一定能在世界各个地方实现的。”[②] 对于乔治·H.D. 周来说，美国作为“现代化”的样板，已经成为他全身心皈依的对象，他对美国的一切都充满了“自己人”的自豪——“据他说，就只工业技术一层，台湾跟美国比起来，简直是绝望的。”美国是如此的金光灿烂，仅有一条：他不是完全的美国人。这是乔治·H.D. 周唯一的遗憾。然而相对于美国及其生活方式的崇拜，这一点足以被抵消了。在唐倩的追问下，他说：“Well，不能说没有差别吧。可是除了这一点，那边的每一件事都叫你舒服：

---

① 陈映真：《最后的夏日》，《陈映真文集 · 小说卷》，中国友谊出版公司 1998 年版，第 157 页。

② 陈映真：《唐倩的喜剧》，《陈映真文集 · 小说卷》，中国友谊出版公司 1998 年版，第 181 页。

那种自由的生活，是不曾去过的人所没法想象的。”[①] 因此，他那已经被美国完全征服的内心充满了对于美国的“乡愁”：“我离开美国，就不停地怀念那个地方……我爱那些都市，They are just beautiful,you know.”[②] 在周宏达所代表的“富裕、先进、文明”的美国生活方式面前，唐倩之前经历的老莫、罗仲其们所代表的西方哲学的二道贩子——台湾本土知识分子就已经完全丧失其吸引力了。

如果说《唐倩的喜剧》中对于周宏达以及唐倩的讽刺，还只是对台湾知识分子的“亲美”倾向的批判，那么《六月里的玫瑰花》便是直接的对于美国的帝国主义、殖民主义的批判。小说以越战期间来台休整（实际上是买春）的黑人美军士兵巴尼为主角，在他身上，可以最大限度地暴露美国和他所宣称的“公正、自由、民主与和平”的虚伪。黑人巴尼身受双重压迫和残害：他并不只是受到战争的创伤，他比万千无辜牺牲的白人士兵还多了一道深刻的种族主义残害。这种种族主义压迫的深刻之处在于，他已经成功地使帝国与“白人”成为黑人巴尼的认同对象：“有一次我偷偷地想用肥皂拼命地洗脸，希望把肤色洗白——耶稣基督！”[③] 巴尼的升职机会来自战场上的残杀无辜（甚至对一个抱着断臂娃娃的小女孩开枪），他的人性使他力图关闭这道记忆的闸门以回避自身的罪恶，而帝国以精神医疗的技术体系成功“治疗”了他的“病症”，使他卸去因为屠杀

---

① 陈映真：《唐倩的喜剧》，《陈映真文集·小说卷》，中国友谊出版公司1998年版，第181页。

② 陈映真：《唐倩的喜剧》，《陈映真文集·小说卷》，中国友谊出版公司1998年版，第179页。

③ 陈映真：《六月里的玫瑰花》，《陈映真文集·小说卷》，中国友谊出版公司1998年版，第138页。

而带来的自责，心无旁骛地重上战场。最终：“他为无可置疑的民主、和平、自由和独立而战，他为合众国传统的正义和信念而捐躯。”

第一世界中的第三世界（黑人巴尼）屈从于帝国的意识形态的召唤，“以征服者的意象想象他自己，并企图遗忘他原来的自己，都争先恐后地往那个白晃晃的隧道终点奔去”[①]。而第三世界中的“第一世界”，如《唐倩的喜剧》中的老莫、罗仲其，则同样唯美国和西方的文化标志和意识形态马首是瞻。他们的自我的空洞不仅表现在以欧美过时的哲学和思潮自我标榜，还表现在他们对世界政治和时局的看法完全遵循着西方的意识形态，或者说，生怕靠不上西方的意识形态。老莫对于越战的看法是如此地“亲美”，以至于和他的偶像罗素也发生了矛盾。“那些黑衫的小怪物们，绝不是像罗素所说的什么‘世界上最英勇的人们’，而是进步、现代化、民主和自由的反动，是亚洲人的耻辱，是落后地区向前发展的时候，因适应不良而产生的病变！”[②] 而罗大头（罗仲其）则这样以“新实证主义”哲学的角度控诉大陆的社会主义革命：“让暴民和煽动家去吆喝吧！我是什么也不相信了。我憎恨独裁，憎恨奸细，憎恨群众，憎恨各种各样的煽动！”[③]

总的来说，1966 年以后陈映真以文学的形式展开的社会批判是以国民党与台湾社会的“亲美反共”意识形态作为主要对象的。因

---

① 赵刚：《反帝，与反帝之难》，《求索——陈映真的文学之路》，联经出版事业股份有限公司 2011 年版，第 178 页。

② 陈映真：《唐倩的喜剧》，《陈映真文集·小说卷》，中国友谊出版公司 1998 年版，第 149 页。

③ 陈映真：《唐倩的喜剧》，《陈映真文集·小说卷》，中国友谊出版公司 1998 年版，第 152 页。

为“亲美反共”的意识形态已经渗透到台湾社会的各个层面，在政治、知识、生活方式等各个领域都扮演着霸权角色，因此，陈映真不仅在批判题材上多样化，而且各题材之间互相渗透，互相牵连。应该说这种批判题材的多样化是社会现实提出的客观要求，而不是陈映真的主观选择。

需要补充说明的是，陈映真展开的批判是多重维度的。他所批判的对象之间也存在着复杂的关系。如老莫、罗大头等人所代表的在20世纪60年代风靡台湾的流行思潮，虽然同样是“亲美反共”意识形态的一部分，但它和国民党政权之间并不自动地构成共谋关系。相反，“存在主义”“新实证主义”是台湾秉承自由主义理念的知识分子反抗国民党威权统治的思想武器。“逻辑实证论在60年代台湾知识圈的风行，离不开台大哲学系教师殷海光……这么一套企图要取消西方传统哲学所有命题的全盘性思想武器，十分投合当时激进的知识青年，用它来反抗以文化道统自居的威权当局。”[①]“存在主义”的流行也大抵如此。总的来说，“台湾60年代是一个‘文艺复兴’的年代。相较于西方文艺复兴从神权笼罩下解脱，台湾则是从50年代严厉肃杀的禁制中松绑，而出现了创作与出版的荣景。”[②]相对于50年代，60年代知识界和文化界产生了更多的思想倾向和对于威权统治的反叛意识，不能说没有其积极意义。陈映真也并非看不到其积极意义，但是因为他的思想结构和自由主义知识分子有着

① 郑鸿生：《陈映真与台湾的“六十年代”》，《陈映真：思想与文学》，台湾社会科学研究杂志社2011年版，第354页。

② 郑鸿生：《陈映真与台湾的“六十年代”》，《陈映真：思想与文学》，台湾社会科学研究杂志社2011年版第，第348页。

本质性的不同，陈映真在看到国民党“亲美反共”的意识形态的同时，也清晰地觉察到反对国民党威权统治的自由主义知识分子及其拥趸的反叛同样没有逾越“亲美反共”的意识形态框架。在李敖以“全盘西化”的姿态风靡文坛之时，以左翼作为思想结构的底色的陈映真所忧虑的，是他们在批判国民党威权统治的同时，在西方的“自由、民主、公正”的意识形态的魅力笼罩之下，彻底成为西方文化和意识形态的奴隶，丧失了自我的文化身份的反思与建构能力。

对于台湾自由主义知识分子以西方哲学作为武器批判国民党的威权统治，国民党当局通过他们的文艺系统旗帜鲜明地予以反制。1965年，国民党“总政治部”召开第一届“国军文艺大会”，发表《国军第一届文艺大会宣言》，宣扬“三民主义新文艺”的主张，强调“新文艺，是以伦理、民主、科学为内容，以民族的风格、革命的意识、战斗的精神熔铸而成的三民主义新文艺”①。1966年，国民党九届四中全会通过《中华文化复兴运动推行纲要》，推行“中华文化复兴运动”。围绕着“中华文化复兴运动”，国民党在文艺政策上积极推动复兴“传统文化”，鼓吹三民主义、传统文化、中华民国的“三位一体论”。这种文艺政策的动向实际上正是国民党当局对20世纪60年代台湾所处的东西方两大阵营的“夹缝”处的特殊文化状况所作出的应对举措。1966年以后，海峡对岸的大陆发起“文化大革命”，震撼世界，而与此同时西方文化涌进台湾，激起一股“全盘西化”的浪潮。因此，在60年代中期以后的台湾，面临着不同的文化和意识形态的“众声喧哗”以及互相冲突与交锋的局面。当然，

① 转引自古远清：《台湾当代文学理论批判史》，武汉出版社1994年版，第106页。

大陆所代表的左翼的意识形态仍然是被绝对禁止的，因此，大陆的“文革”所带来的思想冲击对于岛内知识分子来说，也只有隐藏的带有“左翼”的身份认同那一类知识分子才具有真正的震动，比如陈映真。因此，60 年代台湾的文化争论不可能以三方的形式，而只可能以国民党的官方意识形态和西方思潮之间的争论展开。其中以李敖和胡秋原的“中西文化论战”为代表。

60 年代台湾社会的复杂形势决定了“中华文化复兴运动”必然是面对两个敌人的两面作战。蒋介石曾对属下这样说：“中共发起文化大革命，对中国青年在文化传统的认识方面残害最深，为免于中华文化的断绝，我们要设立文复会来延续中华文化的命脉！”[①] 在蒋介石这里，“中华文化”作为安德森所说的“发明的传统”，是抵御共产党的“文化革命”和“赤化思想”的唯一有力的工具，而把“中华文化”和“三民主义”“中华民国”挂上钩，宣称其“三位一体”，则明显地表明了这场所谓的“文化运动”的政治意义。与此同时，“中华文化”也可以用来反制西方文化和“全盘西化”思潮。面对以李敖和《文星》杂志作者群体为代表的自由主义知识分子（以“全盘西化”为宗旨）对于国民党“道统”的批判，对“中华文化”的维护和强调，是一种维护自身统治的意识形态需求。国民党 1971 年召开的“中央文艺工作研讨会”发表的《总决议文》说：“建立三民主义的文艺理论体系与创作路线，以伦理道德为思想中心，以民族风格为表现形式，在技巧方法上顺应潮流，在精神思想上发扬传统，使文艺在民族的根干上开花结实，以抵御外来文化的逆流，并

① 王洪钧：《研拟执行文化复兴的具体计划》，《文讯》1990 年第 12 期。

进而影响外来文化。”[①]此处所谓“外来文化的逆流”之所指，相当明显。因此，针对国民党的“反共亲美”的意识形态，我们也应该看到，国民党当局虽然在政治、经济上依赖美国的荫庇，然而为了保持自身政权的稳固和相对的独立性，仍然以保存、弘扬“中华文化”为名对西方思潮和台湾本土的亲西方势力进行压制。

因此，在东西方“冷战—内战”的格局之下，陈映真所代表的左翼思潮、殷海光与李敖等人代表的“全盘西化”的思潮和国民党以“中华文化”为核心的“三位一体”的官方意识形态，实际上形成了一种“三国”式的复杂关系。任何一方都同时面对着两个敌人和潜在的对手。如果要确立自身的合法性，必须对另外两方进行彻底的批判和抵制。国民党如此，陈映真同样如此。因此，陈映真从“左翼”的身份认同出发，对于亲美的“全盘西化”思潮、国民党的反共意识形态（包括所谓的“中华文化复兴运动”）进行同时的批判也就顺理成章了。

因此，从这个角度看《第一件差事》，就能分辨出此文和同样以来台的“外省人”为主人公的《将军族》《一绿色之候鸟》《猫它们的祖母》之间的叙事模式的变化。1966 年之前，关于“外省人”题材，陈映真的关注点在于大时代背景之下的“外省人”的坎坷、流离的命运遭际，其着重点在于“个人”。在写作模式方面，通常以外省人和本省人的男女爱情、婚姻关系作为故事主线，试图以超越“省籍”的阶级关系作为沟通起族群的桥梁（如《将军族》；同时，基督教的人道主义和爱的主题，也作为超越族群隔阂和矛盾的重要精神

---

① 王洪钧:《研拟执行文化复兴的具体计划》,《文讯》1990 年第 12 期。

资源，如《一绿色之候鸟》）。而《第一件差事》则显然不同。如果和《将军族》进行对照的话，无论是主人公胡心保还是文中具有类似身份的配角储亦龙，都不是类似于三角脸（国民党老兵）的处于社会底层的外省人，他们都是在国民党官僚体系中或者依附于国民党统治的既得利益者。因此，和三角脸、小瘦丫头儿因为饱受“侮辱与损害”，以死作为向这个社会的反抗不同，胡心保并不是因为台湾岛内的阶级压迫而死。旅馆少东刘瑞昌、国民党前安防官员储亦龙、胡心保的情妇林碧珍，以他们对于胡心保的回忆，拼凑出这个事业有成、家庭富足的正值大好年华的外省人的死亡图谱。

储亦龙说：“他跟我说，倘若人能够像一棵树那样，就好了。我说，怎么呢？树从发芽的时候便长在泥土里，往下扎根，往上抽芽。它就自然而然地长着了。有谁会比一棵树快乐呢？……然而我们呢？他说：我们就像被剪除的树枝，躺在地上。或者由于体内的水分未干，或者因为露水的缘故，也许还会若无其事地怒张着枝叶罢。然而北风一吹，太阳一照，终于都要枯萎的。他说的。”[①]

在经历了战乱、流离然而没死的胡心保，却在分断格局已经巩固、资本主义经济开始发展，生活稳定、富裕的情况下选择了死亡。两岸的分断使对生活持严肃态度的胡心保处于一种与历史的割断与隔绝状态，这种与过去、历史的隔绝使他失去了生活的活力的源泉：“因此，我们也不必上纲上线地，猜测胡心保是个安那琪或是个兔脱的左派，或是他的死是为了对他的阶级位置的救赎。这些，他可以是，他可以不是，但都无关，关键在于一个主体要达到任何理想目

① 陈映真：《第一件差事》，《陈映真文集·小说卷》，中国友谊出版公司1998年版，第210页。

标的生命状态都已经枯槁隳颓了。何以致之？民族之分断，两岸之分断。在分断体制下，一个力图真实活着的胡心保，却成了一个死胡同标志。”[①]

通过《第一件差事》，围绕着一个“哀莫大于心死”的外省人的自杀，陈映真力图挖掘“冷战—内战”的分断体制对于主体的巨大伤害。在小说以悲剧的风格为主体的前提下，却有一个讽刺性的喜剧结尾。从尉教官“一生以弘扬祖先固有八德为圣职，奔波呼号，三十余年如一日……我花了五分之三的篇幅从如何导人欲归于正流，实践祖先固有八德至理真法，以收世界和平方正之效”[②]；到杜警官怀着伟大的先圣先贤的情操，打算共邀尚在熟睡中妻子，一起敦参这个由“先贤圣哲所界定的、有别于天下国家之公爱的人类至情真道”[③]。

在《第一件差事》中，明显地表现出对于“冷战—内战”结构的沉痛反思，和对于国民党在意识形态、思想文化层面既脱离中国近代五四传统，又脱离本土传统而制造出的“中华文化复兴运动”的尖锐讽刺。通过外省人典型和叙事模式的转变，可以看到陈映真关注的焦点由早期的岛内的阶级压迫转向了更广阔的世界冷战格局对台湾政治生态、意识形态的影响。这种创作视角的拓展和 1966 年之后思想结构的变化有着密切的关系。

---

① 赵刚：《分断体制下的悲剧与“喜剧”——我读〈第一件差事〉》，《台湾社会研究季刊》2009 年第 75 期。

② 陈映真：《第一件差事》，《陈映真文集 · 小说卷》，中国友谊出版公司 1998 年版，第 222 页。

③ 陈映真：《第一件差事》，《陈映真文集 · 小说卷》，中国友谊出版公司 1998 年版，第 223 页。

第四节 从现代主义批判到乡土文学论战

一、作为一种自我批判的现代主义批判

陈映真在 1966 年之后的这种批判视角的外向性，不仅表现在小说文本的风格与题材上，也表现在他同时超越小说创作，进行积极的文学批评。这种极具介入性和导向性的文学评论，一方面表现了陈映真作为批判知识分子的批判实践的拓展，另一方面也是他的精神结构和身份认同的变化的反映。

陈映真从 1967 年开始文学批评的写作，到 1968 年入狱，再到 1975 年出狱至 1978 年，实际上这 11 年里有 7 年的时间都在国民党的狱中度过，因此这种文学批评也被分成了两段。与之相应，实际上这段时期陈映真的文学批评也主要围绕两个主题展开，即是从台湾现代主义文学的批判到乡土文学论战。

陈映真对于台湾现代主义文艺的批判，始于 1967 年初。[①] 也就是说，陈映真的现代主义批判，和 1966 年因为“文革”的爆发而引发的精神结构的变动基本是同步展开的。这种时间上的同步是偶然的吗？这两者之间是否有因果上的关联，还要具体到他的文学批评实践中去理解。

---

① 陈映真从 1965 年开始发表文艺评论文章，如《超级的男性》（影评）载 1965 年 1 月《剧场》。《关于〈剧场〉的一些随想》载 1965 年 4 月《剧场》。《寂寞的以及温煦的感觉》载 1966 年 1 月《剧场》。《ASA NISI MASA》（《费里尼〈八又二分之一〉影评随想》）载 1967 年 1 月 10 日《文学季刊》第 2 期，署名许南村。1988 年版的《陈映真选集》中没有收录以上几篇文章。陈映真对于现代主义文艺的批判，始于《现代主义底再开放——演出〈等待戈多〉底随想》。

“现代主义”作为一个被广泛接受和使用的理论术语，在使用和被诠释的过程中，实际上包含了诸多层面的理论内涵，如有学者总结的：其一，一种美学倾向（弘扬自我表现，追求形式美的为艺术而艺术的倾向）；其二，一种创作精神（具有某种超前意识和先锋实验精神，以追求标新立异为己任）；其三，一场文学运动（主要限于西方国家，时限为 1890—1930 年，但也波及一些东方国家）；其四，一个松散的流派（19 世纪末 20 世纪初崛起的所有反现实主义传统的流派和思想的总称）；其五，一种创作原则和方法（没有时限，主要用以区别与传统的现实主义之差异）。[①]那么在台湾的“现代主义”文艺应该以何种主要的理论范式来衡量呢？“现代主义”文艺思潮在台湾的发生与流行，公认肇始于纪弦主编的《现代诗》在 1953 年 2 月的出版。1960 年台大外文系以夏济安为指导教师的一批学生创办的《现代文学》是台湾“现代主义”文艺的另一标志性事件。《现代文学》的发刊词上说：“我们有感于旧有的艺术形式和风格不足以表现我们作为现代人的艺术情感。所以，我们决定实验，摸索和创造新的艺术形式和风格……我们打算分期有系统地翻译介绍西方近代艺术学派和潮流、批评和思想，并尽可能选择其代表作品。”[②]《现代诗》和《现代文学》两份标志性的杂志所申明的宗旨明确地表明，台湾的现代主义文艺思潮是在台湾的学院知识分子有意识地向西方的现代主义文艺学习、模仿的冲动下产生的，并且此种学习与模仿

① ［荷兰］佛克马、伯顿斯编：《走向后现代主义》，王宁等译，北京大学出版社 1991 年版，第 319 页。

② 转引自马森：《现代主义文学在台湾——二度西潮的美学导向》，《战后初期台湾文学与思潮论文集》，台湾文津出版社有限公司 2005 年版，第 282 页。

侧重于创作原则、方法与美学倾向。

从台湾当代文学史的事实来看，从 1953 年纪弦创办《现代诗》双月刊标志现代主义文艺思潮在台湾肇始，到 1972 年关杰明发表《中国现代诗人的困境》引发一场“现代诗论战”，再到 1977 年“乡土文学论战”爆发结束了现代主义文学的霸权，台湾文学以现代主义文学为主导的文学时期，大约经历了 20 年时间（从 50 年代中期到 70 年代中期）。而 60 年代则是现代主义文学的全盛时期。陈映真从 1959 年开始发表作品，前期的大部分作品发表于 60 年代，他在 60 年代中叶（1966 年）之前的创作实践的风格和台湾文学的现代主义潮流之间有无关系？如果有，则是一种什么性质的关系？

应该说，陈映真的早期作品既在性质上不同于同时代的更为“正宗”的“现代主义”作品，但也不能完全摆脱 60 年代的现代主义文学环境的影响。

正如本书第二章中我们从文本中所分析出的，从文本的内容和诉求上来讲，陈映真在 60 年代的作品呈现出的阴郁、感伤、性、死亡等“类现代主义”色彩，基本上是以左翼青年在政治高压下的压抑以及精神结构的分裂状态为基础的。在创作风格的诉求上，和台湾现代诗、现代主义小说所追求的向西方文学看齐、以西方现代主义文艺为标杆的倾向有着本质的区别。他们的区别在于，陈映真早期作品的意义在于被压抑的左翼身份和诉求，以及内在矛盾所呈现的张力，而不是被贴上标签的现代主义风格。而 60 年代许多代表性的现代主义小说，却都呈现出一种“形式”大于“内容”的对于风格和形式的优先追求。从现代主义在台湾的流行的原因来看，其中的一条就是把“现代主义”和西方的“现代”“现代化”进行语义层面上的等同，对于“现代主义”文学的模仿实际上是美国的政治经济援助所催生的“美国崇拜”在文化上的反映。正如吕正惠所说的：“本来是以反映现代西方资产阶级社会的病态作为主要目的的西方现代主义，在台湾现代化知识分子的眼中，反而会抹去了它的问题性，而只呈现出它的进步面，而成为现代社会的现代文学，以别于旧社会的旧文学。也就是说，现代化与现代主义变成是具有同一方向的进步意义的名词。”[①]从这点上来说，有着左翼思想背景和革命理想主义诉求的陈映真和一心追求台湾文学的“现代化”的作家实际上是走在两条道路上。

然而同样应该看到的是，具备特殊风格的陈映真早期作品和台湾现代主义文学思潮在某种程度上确实分享了一些共同的前提。吕正惠在《现代主义在台湾——从文艺社会学的角度考察》中从以下几个方面探析“现代主义”在台湾的发生学背景。台湾的现代文学首先面临的是一个基本上类似于“无源之水”的发展基础。由于意识形态的分歧，以“五四传统”为主流的中国现代主义文学在台湾基本上是被禁绝状态，国民党禁止留在大陆的学者、文人的著作出版，因此出现了这样的结果：“夏志清《现代中国小说》所评论的十五位重要小说家，只有凌淑华、张爱玲的作品没有被禁。许芥在《二十世纪中国诗选》所选的四十四位诗人，能够为台湾读者所阅读的唯一的重要诗人是徐志摩；所有重要的剧作家，如田汉、洪深、曹

---

① 吕正惠：《现代主义在台湾——从文艺社会学的角度考察》，《战后台湾文学经验》，生活·读书·新知三联书店 2010 年版，第 20 页。

禺，全部被禁。”[①]同时，由于国民党和台湾本土力量之间的关系的紧张，国民党对于台湾本土文化的打压和清洗丝毫不弱于对五四传统。国民党在肃清来自大陆和本土的政治和文化影响的基础上，极力推行“三民主义”加上“中国传统文化”的意识形态，20世纪50年代反共文学不可避免的衰落正是这种台湾文学缺乏历史同时又游离现实的结果。从战后台湾的政治现实以及国民党的文艺政策来说，陈映真和其他现代主义作家们面临着同样的环境。因此，当在本土的文化土壤中找不到文学发展的基点和源头情况下，向西方文学看齐基本是唯一的出路了。陈映真也不能自外于这股潮流。正如他自己所说：“我们也曾花过很多力气，把还看不太懂的西方文学评论吃力地翻译过来，然后登了出来，同时又介绍作家和流派等……我在《文学季刊》开始写些随想的东西，当时也曾把一些不必要的英文字眼夹在文章里，显然是崇洋媚外。”[②]在另外一方面，陈映真和其他现代主义文学作家也有共通之处，也即在国民党扫清大陆和台湾本土的文化渊源，并且以强大的政治压力迫使知识分子脱离现实政治和社会时，知识分子普遍地产生对于现实的“无力感”和“疏离感”。吕正惠特别注意到陈映真在这方面的代表意义，他说：“在现代主义的阵营里，对这一问题持续关心的是陈映真。陈映真的小说，不论多么的‘淹溺’在现代主义的永恒和象征架构中，总是一贯地表现出知识分子被迫与现实割离之后的苍白的无力感……不管是多么的

① 吕正惠：《现代主义在台湾——从文艺社会学的角度考察》，《战后台湾文学经验》，生活·读书·新知三联书店2010年版，第9页。

② 陈映真：《文学来自社会，反映社会》，《陈映真文选》，生活·读书·新知三联书店2009年版，第107页。

‘空洞’而没有对象，但比起那些‘人生没有意义’的更空泛的论调总要‘具体’得多。”[①]吕正惠在这里把陈映真在60年代中期之前的作品划入现代主义文学的代表作之列，虽然他对陈映真作品中的“无力感”的解释没有联系陈的左翼身份，然而这种“无力感”和“疏离感”是一种普遍的社会气氛，无论是对于有着左翼倾向的陈映真，还是对有其他政治倾向的知识分子。

因此，我们可以这样总结陈映真和60年代现代主义文学的关系：由于总体上处于一个相同的压抑、保守和偏激的社会和文化环境之下，虽然有着和王文兴、七等生等人不同的身份感，陈映真在创作中仍然分享了和他们类似的现代主义创作风格、手法乃至技巧。陈映真和他们的不同之处在于，不仅是吕正惠所说的上述对于现实疏离的“无力感”更“具体”，而是更深层次的左翼身份的被压抑，及其内在的矛盾与张力。以此为前提，陈映真在60年代中期以后开始批判现代主义，真正的原因何在？如果没有一种精神结构的内在变化，他何以能自发地批判曾经内在于他的现代主义风格？因此，从这个意义上来说，陈映真对现代主义的批判和他在1966年前后的创作风格的转变有着基本一致的原因和意义。他对台湾现代主义的批判实际上是解除了张力的“中间物”意识转变之后的自我批判，是一种对曾经的无法解决的矛盾为基础的创作风格的自我清算。在精神结构上，他以一种对革命理想的乐观、昂扬代替了曾经的压抑和自我矛盾；在创作风格和手法上，他以向现实主义的转向代替了曾经的现代主义风格。

---

① 吕正惠：《现代主义在台湾——从文艺社会学的角度考察》，《战后台湾文学经验》，生活·读书·新知三联书店2010年版，第17页。

需要指出的是，陈映真对于现代主义的批判并不是针对现代主义文学本身，而是直接指向台湾的现代主义文学。他以对《等待戈多》的高度评价来突出台湾现代主义文学所存在的问题："第一，在台湾的现代主义，在性格上是亚流的。……第二，思考上和知性上的贫困性。"[①]前者是从台湾现代主义文学的文学社会学的发生背景出发，强调台湾现代主义文学和西方现代主义文学的差异，后者是从台湾现代主义文学的表现形式和内容的割裂出发，指出台湾现代主义文学流于形式和模仿，而缺乏实质性的内容。虽然角度不同，然而却指向共同的一点，即台湾现代主义文艺脱离了台湾的社会现实。

除了《现代主义底再开发——演出〈等待果陀〉底随想》，在《期待一个丰收的季节》、《最牢固的磐石》以及《知识人的偏执》等评论中，陈映真继续阐发自己关于台湾现代主义文学的核心观点，即台湾现代主义文学的弊病，在于一味地模仿西方现代主义文学的形式和风格而丧失了自己的本土特色，脱离了台湾当下的社会现实。比如："现代主义是一种反抗。台湾的现代派，在囫囵吞下现代主义的时候，也吞下了这种反抗的最抽象的意义……然而，与整个中国的精神、思想的历史整个儿疏离着的台湾的现代派们，实在说：连这种反抗的对象都没有了。"[②]

因此，他积极提倡台湾文学应该向现实主义文学的宗旨和风格转型："因为文艺是现实的反映。在一定的现实基础上，才产生一定

---

① 陈映真：《现代主义底再开放——演出〈等待果陀〉底随想》，《陈映真文选》，生活·读书·新知三联书店2009年版，第81页。

② 陈映真：《期待一个丰收的季节》，《陈映真文选》，生活·读书·新知三联书店2009年版，第86页。

样式的文艺。现代文艺也不能在这一规律之外。定根在现实，从现实中汲取了养分的文艺，才是有生命的文艺。”[①]

台湾现代主义文学是从诗歌发轫的，在诗歌领域所表现出的弊端也最为明显。因此，到 1972 年，由关杰明和唐文标分别发表《中国现代诗人的困境》和《僵死的现代诗》，掀起了一场“现代诗论战”。现代诗论战以及 70 年代“乡土文学”的风靡和台湾的岛内外政治形势尤其是“保钓”风潮的影响有直接的关系。陈映真在 1967 年就已经发风气之先，对台湾现代诗进行了尖锐的批判和转型的展望：“倘若现代诗的诗是暧昧的，那么将生的新诗一定是走向清楚的白话；倘若现代诗是苍白的个人主义，那么将生的新诗或许要走上比较涉世的道路，去拥抱整个社会和人生罢；倘若现代诗的声音是没有出路的苦闷、绝望与不信，则那将生的新诗要以他们步入成熟时代的信心，去建造、去追求一个全新的信仰，也说不定；倘若现代派一直苦于精神和思想上的大疏离，那么，将生的新诗或者将要以一个全新的视点，找到他们的定向罢……”[②] 从这里的表述来看，对于现代诗风格的批判及其展望实际上非常吻合他自身 60 年代中期创作风格的转变。

70 年代国际风云变幻，对于台湾来说，先是 1970 年因为《日美安保条约》引发“保钓运动”，继而 1971 年中华人民共和国恢复在联合国的合法席位，台湾当局被驱逐出联合国组织。可以说，70 年

---

① 陈映真：《现代主义底再开发——演出〈等待果陀〉底随想》，《陈映真文选》，生活·读书·新知三联书店 2009 年版，第 82 页。

② 陈映真：《现代主义底再开发——演出〈等待果陀〉底随想》，《陈映真文选》，生活·读书·新知三联书店 2009 年版，第 84 页。

代国际形势的变化是台湾社会思潮和文艺思潮发生重大变化的重要原因。70 年代的“民歌运动”“乡土文学”正是在这种整个社会思潮从盲目地向西方看齐转而关注本土的文化表征。“现代诗论战”中对现代主义诗歌的批判也正是这种转向的表现。而陈映真对于现代主义文学的批判，明显要比整个社会思潮的转变快一个节拍。陈映真对现代主义文学的批判和对现实主义文学的推崇之所以能开风气之先，原因在于：60 年代中期“文革”的爆发以及世界范围内的左翼革命形势使他能够一举克服之前的双重精神困境，这种精神结构的变化，使他毅然决然地扬弃了早期创作中无法避免的有意或者无意的现代主义风格，转向一种批判性的现实主义。因此，对于现代主义文学的批判，以陈映真自己意义上的缘由，开启了 70 年代现代主义批判的先河。

二、乡土文学论战的双重冲突

从内在的理论逻辑上来看，“乡土文学论战”是 20 世纪 70 年代“现代诗论战”的延续。1972 年的现代诗论战是由关杰明、唐文标等海外留学生所率先挑起，而他们之所以向台湾岛内的现代主义文学发难，是和“保钓风潮”有着密切关系的。美国把钓鱼岛私授日本，在美国的台湾留学生纷纷组织起来，进行各种形式的抗议活动。除了民族主义情感和身份的捍卫，在美留学生的“保钓运动”所开启的另外一项思想议题是美国留学生左翼思想的激发。龚忠武在他的一篇回忆哈佛求学岁月的文章中曾经这样记录了他的政治身份的左倾以及民族身份认同趋向中国大陆的心路历程：

> 于是哈佛和麻省理工学院两校的港台留学生便成立了由廖约克主持的学习小组，不定期地学习中国近现代史，特别是中共革命史、西方帝国主义史，以及鲁迅和三四十年代作家的小说。当然，毛泽东选集和马列主义是必读的书籍。由于我是搞中国近代史的，所以常常被推出来作报告。
>
> 在学习讨论的过程中，我们很自然地进行了自我改造，扬弃了过去在台港接受的传统儒家和西方自由主义矛盾共存的历史观、价值观和人生观的心理思想结构；转而同情并进而部分地接受了马克思主义的历史观、价值观和人生观。
>
> 千万别小看了学习小组的历史意义，它在冷战时代头一次使海外年轻一代的台港留学生开始觉醒，扬弃国府，认同祖国，并融入中国历史的主流。这可不是一件小事，因为它为中国的最终统一在海外播下了思想的种子。[①]

从龚忠武的回忆来看，20 世纪 70 年代在美国的台湾留学生实际上经历了和陈映真类似的精神结构的转型，只不过这种精神蜕变比陈映真晚了几年而已。因此，在这个意义上，陈映真在 60 年代中期对现代主义的批评和关杰明、唐文标 1972 年挑起的“现代诗论战”是在同样的身份认同的基础之上展开的具有基本相同的理论诉求的文化批判。

之所以在这里再次论及“现代诗论战”的发生背景，是为了说明，“现代诗论战”的双方在探讨台湾现代诗歌的艺术手法、创作风

---

① 龚忠武：《哈佛的激情岁月——夺回中国近现代史的解释权》，见 http://wen.org.cn/modules/article/view.article.php/466/。

格等文学议题的背后，实际上是意识形态上的“左”与“右”的分歧。至少在批判现代主义诗歌的这一派这里，是秉持着潜在的“左翼”的身份意识的。而在1972年由“现代诗论战”所揭开的台湾文学的“左”与“右”的论争，终于在1977年演变为“乡土文学论战”。对于“乡土文学论战”来说，它所蕴含的第一个向度就是“左”与“右”的身份与意识形态的分歧。“这场论战是两种政治势力、两种意识形态、两种文学创作路线酝酿已久的较量。文学辩论是名，对台湾的经济体制提出批判，再以对经济体制的价值判断来攻讦政治体制的正当性和合法性是实……不必讳言，不仅是乡土文学的拥护者而且乡土文学的批判者，都首先是从意识形态而非从文学本身出发去进行论争的。”[①]“乡土文学”的主要代表作家王拓旗帜鲜明地指出“乡土文学”的现实主义特征，并且认为应该把“乡土文学”称为“现实主义”文学。“乡土文学”这个含糊的概念不足以体现自己对社会现实的认识和关怀，对此，王拓有着清晰的认识，并且他对现实的认识确实带有明确的倾向性：“一九七〇年以后的台湾社会，如前面所分析的，在一连串国际重大事件的刺激下，岛内的政治、经济和社会环境都有着重大的改变，反对帝国主义的民族意识和反对财富分配不均的社会意识普遍觉醒和高涨。”[②]从“乡土文学”在70年代主要代表人物如黄春明、杨青矗、王拓等对生活在乡村、工厂的农民、工人、妓女等社会底层群体的描绘中，能看到“乡土文学”对于70年代台湾社会僵化的社会政治和急剧变化的社会经

① 古远清：《台湾当代文学理论批评史》，武汉大学出版社1994年版，第261页。

② 王拓：《是“现实主义”文学，不是“乡土文学”》，尉天骢主编：《乡土文学讨论集》，远景出版事业公司1980年版，第115—116页。

济的批判性观照。而这种对工人、农民等底层民众的关注所表现出来的左翼倾向在余光中、彭歌等人看来确实是极为刺目的。应该说，余光中对于“乡土文学”派的文学倾向和观念的左翼倾向确实是比较敏感的。

总的来说，在文学创作及文学理论方面，左翼的乡土文学作家与右翼知识分子在意识形态上形成对立：“陈映真、尉天骢、王拓等《夏潮》派知识分子持左翼的乡土文学立场，承续了现代文学的左翼传统，以唯物论为基础建立反映论的文学观，主张介入现实批判现实。彭歌、银正雄和余光中等人是体制内知识分子的代表，反对左翼的文学观念。”[①]陈映真作为乡土文学论战中拥护“乡土文学”的主要代表，对于反映论的文学观进行了不遗余力的鼓吹：“保钓运动激发了民族主义和爱国主义的热潮，掀起了社会服务和社会调查运动；社会良心、社会意识首次呈现于战后一代青年之中。在这个变化下，文学在创作上以现实主义为本质的所谓‘乡土文学’的文学思潮，展开对西方附庸的现代主义批判，提出文学的民族归属和民族风格，文学的社会功能。”[②]应该看到，陈映真之所以能够成为“乡土文学论战”中“乡土派”的领袖人物，和他自身的左翼身份以及此左翼身份在1966年之后的“中间物”意识的消除、张力的纾解，并因此得到稳固与强化有着密切的联系。以左翼身份为基础，陈映真服膺并掌握了成熟的以历史唯物主义为基础的现实主义文论，并且能够联

① 刘小新：《阐释的焦虑——当代台湾理论思潮解读》，海峡出版发行集团、福建人民出版社2010年版，第113页。

② 陈映真：《文学来自社会，反映社会》，《陈映真文选》，生活·读书·新知三联书店2009年版，第111页。

系台湾历史和文学进行阐述与发挥，这对他来说是驾轻就熟的。

“乡土文学论战”是20世纪70年代台湾复杂的乃至尖锐冲突的社会思潮的激荡表现，其中不仅有陈映真所代表的“左”与余光中等人所代表的“右”的政治身份、意识形态的冲突，也有民族身份与民族意识的分裂与争论。而后者集中体现在“乡土派”内部。“乡土文学”以关注社会现实、回归乡土为创作旨归，当“乡土文学”在台湾发挥越来越大的影响，“乡土文学派”逐渐取得理论斗争的胜利的时候，在“乡土文学派”内部却逐渐产生“统”与“独”的分裂。其中以叶石涛和陈映真为双方代表。叶石涛在《台湾乡土文学史导论》中集中阐发了他的“台湾文学”论和“台湾意识”论。叶石涛的《台湾乡土文学史导论》谈了五个问题：“台湾的特性和中国的普遍性”“台湾意识”“帝国主义和封建主义下的台湾”“台湾乡土文学中的现实主义道路”“台湾文学中反帝、反封建的历史传统”，其核心即“台湾意识”：“台湾的乡土文学应该是以‘台湾为中心’写出来的作品。换言之，它应该是站在台湾的立场上来透视整个世界的作品。”①

陈映真对叶石涛在《台湾乡土文学史导论》中所流露出来的“分离主义”意识和“台湾文化民族主义”倾向十分警觉，指出叶石涛所谓的试图与中国脱离的“台湾意识”是“乡土文学”的盲点。双方争论的焦点不可避免地回溯到台湾在被殖民期间是否产生了一种对立于“中国人意识”的“台湾人意识”。陈映真说：“在这个阶段中的‘台湾意识’，除了叶先生所不惮其烦地、坚定指出的‘反帝

① 叶石涛：《台湾乡土文学史导论》，尉天骢主编：《乡土文学讨论集》，远景出版事业公司1980年版，第72页。

反封建’的现实内容之外，实在不容忽略了台湾反帝、反封建的民族、社会、政治和文学运动不可分割的、以中国为取向的民族主义的性质……只有从局部的观点看，有反抗日本的、反抗和日本支配力量相依托的台湾内部封建势力的‘台湾意识’；但从中国的全局来看，这个‘台湾意识’的基础，正是坚毅磅礴的‘中国意识’了。”[①]

乡土文学派内部的分裂削弱了左翼的力量，然而历史地看，这也是无法避免的，从乡土文学论战中凸显出来的“台湾意识”与“中国意识”的分歧，“统”与“独”的对立，并没有在乡土文学派的内部论争中得到解决；相反，在70年代之后逐渐升温，成为80年代之后台湾社会思想界的重大分歧的表征。而陈映真也不遗余力地坚持自己的以“中国意识”为宗旨的统一立场，和不同形式的“台湾意识”“本土意识”作长期的斗争，这在下一章当中将进一步详细论述。

---

① 陈映真：《“乡土文学”的盲点》，《陈映真文选》，生活·读书·新知三联书店2009年版，第197页。

第五章

改革开放后陈映真的身份认同与批判实践

相较于 1966 年到 1978 年的写作（除去其间入狱的七年），陈映真 70 年代末和 80 年代的写作呈现出更复杂的特征。这不仅反映在所表现的问题意识更加多元，更表现在内在的思想倾向的复杂甚至矛盾。这种矛盾和冲突的程度甚至超过了他的写作的第一个时期（1959 年到 1965 年）。我们的问题是，1979 年之后，他的思想结构发生了怎样的变化，台湾经历了怎样的社会形态的变化？这种变化给他带来了什么样的挑战？陈映真如何重新定位自己的政治、文化身份和立场？本章将从以下几个方面来对上述问题进行探讨：

1. 从政治和文化的身份出发，以陈映真在 1979 年及之后的思想结构和文化身份的变化为线索，切入他的相关批判实践。

2. 以第三世界的视野为主线，探讨 80 年代以来陈映真所发展出的新的政治和文化倾向。

3. 在此基础上分析他的民族身份的历史延续性以及新的时代特征。

第一节　重构的“中间物”意识与批判实践

一、“文革”的结束与陈映真“中间物”意识的重构

陈映真的写作和批判实践轨迹注定和“文革”有着不解之缘。两者之间的关系不在于作为作家的陈映真对“文革”有着多少正面或侧面的描写（实际上他没有也不可能描写“文革”），而是“文革”对于作为一个批判知识分子的陈映真的思想结构乃至身份认同的变化起着决定性的影响。正如上一章所述，“文革”的爆发对于陈映真的思想结构内部矛盾的解决起到了重要的决定性的作用，这种作用也直接导致了他 1966 年以后的写作风格、素材、文体等方面的变化。这种影响和作用一直持续到 1978 年末。“想象中的文革”的结束，对于陈映真来说，意味着一个时代的结束。虽然陈映真一生的写作和批判实践都不脱理想主义的底色，然而 1966 年到 1978 年这个阶段是陈映真的左翼理想主义最为单纯、昂扬的时期。这种昂扬的革命理想主义和“文革”的爆发有着密切的因果关系，因此，随着“文革”的有关报道和陈映真“想象中的文革”形成反差，陈映的左翼身份认同，以及左翼身份和民族身份的勾连，都发生了不同程度的危机。

陈映真这样描述自己当时的心境：“这一年来，大陆的资讯，空前大量地出现在台湾的电视、报纸、杂志上。不只是文字、照片，更有活动的影像。我一贯不相信这些，总是打个五、六折去读。然而，我终于觉得不对头……这半年来，我一直处在慢性的思想苦闷

里头。‘从略’的话，大概如此。”[①]

如何理解他自己用克制的语言所描述的“慢性的思想苦闷”？很显然，这种苦闷是多层次的。对于陈映真来说，“文革”所代表的社会主义革命不仅是他的左翼理想的寄托，也是其民族身份认同的旨归。在这政治和民族身份认同的双重结构之后，是陈映真的鲁迅的文学和基督教家庭氛围所酝酿的对于弱小者和被压迫者的同情、中国民族情感以及民主、平等的生活理念的发酵和凝聚。1966到1978年，是陈映真深受鼓舞并积极投入政治和文化实践的时期。这一时期所创作的小说对于国民党“反共亲美”意识形态的批判、对于以跨国企业为载体的全球化资本主义对其他地区的经济掠夺和文化侵略的“怵然的反省”，以及对于现代主义的批判、乡土文学论战，都是以“文革”为起点的左翼理想主义的振奋为精神底色的。因此，“到陈映真1979年开始了解中国‘文化大革命’存在严重问题之前，一方面是他原有的中国社会主义信仰的坚定保持，和在新的现实下如何进行有助于通向自己所设定目标的建设性工作的富有成效的摸索；一方面是在保钓风潮等带动下，台湾虽仍处于对反共、防共过敏的戒严体制，而在思想上，却不论是帝国主义批判、第三世界论述，还是在民族主义、人道主义、社会关怀旗帜下所开展的现实批判意识很强的乡土文学论战，都有公开并有影响地开展；在实践上，也出现了以青年知识分子学生为主体的各种关怀社会服务社会的运动。也就是，当时虽不能直接公开介绍、阐扬陈映真心仪、信仰的马克思主义和中国共产革命、中国社会主义，但确实已有了比60

① 陈映真：《答友人问》，《陈映真作品集12·思想的贫困》，人间出版社1988年版，第34页。

年代多得多的使读者产生‘旷然的寂寞’和‘怵然的反省’之感的工作氛围与空间，而且现实上也有越来越多可能接受这些刺激的人群”[①]。虽然1968年的入狱造成了这种批判实践的中断，然而1975年出狱之后他的理想主义的信念却越挫越勇（在狱中和老一辈左翼革命者的“正面相遇”对陈映真的革命理想主义的保持、发扬的作用非常明显），理想主义下的实践也进一步展开。虽然六七十年代台湾社会变化很大，就如他自己所认识到的：“六〇年代的后期，是本省的经济开始大幅度发展的时代。一九六五年，美援完成了安定本省的政治和社会，创造一个具有购买力和生产能力的商品和劳动市场的任务。此后，美国和日本以投资、银行的设置、技术知识和机械等的对台输入，在台湾国民经济中，构成一个重要的组织部门，而在世界性景气中带动和发展了台湾的经济。”[②]虽然“老革命遇到新问题”，陈映真却迅速地调整批判方向和思路，反映了对于不同的政治、经济、文化形势的敏锐把握和一贯明确的立场。《万商帝君》《上班族的一日》是对于“和外来经济力量在社会上的影响相应的外来文化对我们自己的文化冲击所造成的自我认同的丧失”[③]的文艺上的批判和回应。乡土文学论战中的旗帜鲜明的立场，是这种文化身份的理论化阐释。

台湾媒体所报道的“文革”的真相对于陈映真的影响，必须结

① 贺照田：《当信仰遭遇危机——陈映真20世纪80年代的思想涌流析论》，《开放时代》2010年11月。

② 陈映真：《怀抱一盏隐约的灯火》，《陈映真作品集9·鞭子和提灯》，人间出版社1988年版，第23页。

③ 陈映真：《怀抱一盏隐约的灯火》，《陈映真作品集9·鞭子和提灯》，人间出版社1988年版，第24页。

合他自身的身份意识，才能更深入地理解。这里的身份意识，并不是我们反复论及的左翼的政治身份和民族身份，而是陈映真曾经常自居的“知识分子”身份。正如贺照田所看到的，陈映真在1979年之前，正是以一个有着特定政治倾向的民族主义的“知识分子”身份展开一系列文化批判实践的。“知识分子”的视角是陈映真观察世界和社会的主要出发点，“知识分子”的实践是他实现自我价值的途径。因此，他对知识分子的命运的关注超过了社会其他阶层。在这个前提下，对他冲击最大的莫过于“文革”所展现的大陆知识分子的遭遇。“文革”开始之初，运动被普遍理解为文化教育界的革命，主要打击文教领域少数领导人和知识分子。“1968年以后，在逐步开展的‘清理阶级队伍’‘整党’运动中，大批领导干部和知识分子被无辜扣上‘叛徒’‘特务’‘阶级异己分子’‘国民党残渣余孽’等政治帽子。同年夏秋，批判的矛头扩大到几乎整个知识分子群体……知识分子的形象被丑化，知识分子从此自嘲为‘臭老九’。”[①] 实际上大陆知识分子的悲剧命运并不是从“文革”开始的，从1957年“反右”开始，几十万民主党派人士和知识分子被划为“右派”，遭受残酷的肉体和精神的折磨。“文革”对知识分子的斗争，是1957年“反右”运动的继续。

就“文革”这样的牵连广泛的政治运动来说，不同主体因其身份、立场、世界观的不同会产生不同的经验、感受和结论，这一点无须展开。而对陈映真来说，他对“文革”的感受和结论势必受他自己的身份和经验的影响。正如他自己所说：“一个人，总是依据他

---

① 印红标：《文化大革命中的社会性矛盾》，《回首文革》，中共党史出版社2001年版，第347页。

自己直接或间接的经验去认识事物的。我因此也以我自己的体验，去认识今天大陆批判体制的文学家的遭遇。”[①]而他对大陆的知识分子（包括作家）在“文革”以及类似的政治运动中的遭遇有这样的结论：“曾经有一个时期，中国真诚的文学家们，谦虚地检查自己，努力向社会和民众学习……”[②]知识分子的遭遇使陈映真产生了身临其境、感同身受的深刻的悲愤和同情。

如果说1966年是陈映真思想结构的第一次变化，那么1979年则是第二次的根本性变化。这种思想结构的变化轨迹呈现出一种由复杂——简单——复杂的曲线过程，换句话说，呈现出一种“中间物”意识的“形成——消除——重构”的过程。1959年到1965年这段时期，陈映真的思想结构呈现出一种相当显著的徘徊在理想与现实之间的“中间物”精神状态。之所以形成“中间物”的精神状态，是因为他发现自身和当下的社会现实存在不可化约的联系，这种以“无能于爱”为表征的联系深入到左翼主体的精神结构内部，形成一种尖锐的自我冲突和紧张。这是早期陈映真的创作在内容上的理想——希望——幻灭——绝望——死亡的创作模式和忧郁、感伤的创作风格的基础。在1966年之后，“文革”的爆发作为一个重要因素，以一种内在的想象的形式促成了这种理想与现实的“中间物”意识内在张力的消除：“中间物”意识的形成关键性因素——革命主体的道德维度的隐忧在“文革”对于“道德主义”的强调以及群众

① 陈映真：《中国文艺自由问题的几些随想》，《陈映真作品集8·鸢山》，人间出版社1988年版，第56页。

② 陈映真：《中国文艺自由问题的几些随想》，《陈映真作品集8·鸢山》，人间出版社1988年版，第57页。

运动、思想改造等“创新形式”的启发之下得到了想象性的解决。因此，这一阶段的文学创作在风格、题材等方面呈现出鲜明的特点，在批判实践上也开拓出不同的文体——以杂文的形式直接参与社会文化的批判。

进入 1979 年，以“想象的文革”的结束为标志，陈映真的思想结构形成了新的“中间物”意识。在他的思想结构内部重新形成了一种内在的紧张，这种紧张表现在：“文革”促使他重新认真思考和接受现实，然而他的精神结构并不能完全脱去左翼理想主义、社会主义的底色，他不能完全斩断与早期的革命理想主义的深刻联系；同时，面对 80 年代以后世界范围内的社会主义、共产主义革命的退潮，资本主义以全球化的形式取得大面积的胜利和扩展，陈映真虽然承认社会历史的现实发展有其现实的合理性和内在的必然性，却仍然尖锐地批判资本主义及其意识形态。因此，他在思想结构上重新呈现出一种“在”而“不属于”的“中间物”状态。另外，早期的“中间物”意识状态的两端是“反共独裁下的资本主义”体制的台湾社会现实和左翼理想主义所允诺的平等、富足的理想世界。鉴于海峡对岸的大陆正在进行如火如荼的社会主义实践，实际上这种“中间物”意识同时还带有地缘特征。也就是说，他的革命的理想主义虽然在彼时的台湾是以陈映真的理想形态存在，但同时还以现实的形态存在于彼岸的大陆。正是这种以现实形态进行的革命理想主义的挫折，促成了他的“中间物”意识的重构。本来作为彼岸的革命理想主义及其实践现在成为反思的对象，而作为此岸的资本主义的社会体制和现实却成为他不得不接受和考量的目标。理想虽然仍旧是理想，然而曾经的理想和现实之间的关系却彻底互换了。因此，这种艰难的重构过程，实际上是伴随着“文革”的爆发与结束而展开的“中间物”意识的彼此对立的两个对象的颠倒与互相取代的过程。在这里，经过重构的“中间物”意识的特点是：他开始反思有缺点的社会主义实践，但他同时不能完全接受资本主义社会体制及其意识形态。在这种两面为敌的夹缝之中，他不得不努力寻求新的思想支撑点，为自己的批判实践开拓新的领域。

不能说这种位置的互换意味着陈映真的写作和批判实践的意义的丧失，就如同国际共产主义运动的凋落和失败并不意味着这一运动就是毫无意义的。实际上，这种精神结构的不断变化、调整，正是20世纪中期以后复杂的国际形势与台湾的特殊社会环境的发展在陈映真精神结构中的反映，同时也是陈映真作为一个严肃、真诚的带有特定政治倾向的知识分子和这种复杂的社会、历史的现实之间互动的结果。

二、消费社会和大众文化批判——“文化转向”

陈映真对于社会主义实践的矛盾心态同样表现在如何看待资本主义现代性的问题上。首先，“文革”所暴露出来的一些问题使陈映真在一定程度上改变了过去对于资本主义以及相关政治经济体制的态度。这种态度的转变是因为他看到大陆社会主义实践的一些短板恰好是资本主义现代性所具备并充分发展的，这包含两方面的内容：其一，资本主义的市场经济体制在经济发展方面积累了大量的资金、技术和先进的管理经验，这对于社会主义的发展是必不可少的。其二，资本主义社会的民主制度是社会主义民主建设不可或缺的宝贵经验。陈映真说：“资本主义生产，是人类的一种进步，而社会主义社会的建设，少不了以资本主义的技术、资本、管理为条件……今天，在精神上，中国也同样缺少资产阶级民主生活的经验……”[①]在经济发展上的落后和政治生态上的恶化促使陈映真正视资本主义。早期小说中的小老板林钟雄、《唐倩的喜剧》里的留学生周宏达，是陈映真在不同时期对于资本主义现代性的批判的代表人物。陈映真对于资本主义以市场经济为特色的经济体制和以自由、民主制度为特色的政治制度的评价的正面化来源于这样的理解：资本主义的政治、经济体制是社会主义实践的成功推进所不能欠缺的一环。

这种理解本身就基于马克思主义的历史发展观的预设：社会主义制度比资本主义优越，并且一定会在资本主义的基础上代替资本主义。同时，陈映真对于资产阶级民主本身也有着深刻的怀疑，正如他在一次访谈中所指出的：“在这块血腥的土地上，美国进来了，美国的意识形态也进来了。自由主义、民主、议会政治、个人主义、个人自由，等等，在台湾，我们一听到这些就反胃，因为我们是从那里过来的人，明白那些完全是一派谎言！实际上，美国支持的是像蒋介石，还有中南美洲那些最独裁、最极权的反共政府，可是居然宣称什么‘自由中国’……台湾的经济发展，新加坡的经济发展，韩国的经济发展，莫不皆然！说资本主义会带来民主，在民主的环境下才能发展资本主义，是天大的谎言！绝对是谎言！”[②]陈映真对于资本主义经济和民主政治之间的联系的质疑，表明了他仍然保持着根深蒂固的左翼世界观和方法论。因此，这种基于马克思主义理

---

① 陈映真：《答友人问》，《陈映真作品集8・鸢山》，人间出版社1988年版，第35页。

② 张文中：《人间杂志：台湾左翼知识分子的追求和理想——陈映真访谈》，《两岸三地名家访谈》，花城出版社2004年版，第123页。

论的对于资本主义的正面评价，只是陈映真对于资本主义的复杂心态中的一面，我们看到，在20世纪80年代的文化批判中，陈映真以更多的笔墨投入了对于资本主义的批判当中。

陈映真对于资本主义的批判，不是来自精神结构内部辩证运动的逻辑推演，而是来自他对于80年代台湾社会现实的关切。实际上，陈映真在80年代创作与批评之中关于社会主义实践的讨论所占的比重是很少的，更多的是对于台湾社会的政治、经济、文化现状的正面回应：“是他对跨国企业的精彩文学处理、对禁忌的50年代台湾白色恐怖历史的深度开启，是他对台湾大众消费社会问题的穿透性揭示，是他冷战·民族分断论的提出，当然更是《人间》杂志的创办和它挑起的一个又一个尖锐议题。”[①]80年代的台湾社会随着经济的迅速发展，社会平均收入的提高，形成了所谓的“消费社会”，而“80年代台湾文化环境的一个显著特点，在于大众文化的流行或者说对大众文化的追求，已跃登为这一时代主要的文化价值。而这是与资讯时代的来临、工商经济的发展以及民众休闲消费需求的强盛紧密相关的”[②]。因此，陈映真对于资本主义的批判实际上是他的精神结构和台湾社会现实的正面互动的结果。而这种互动所形成的资本主义批判主要是通过“消费社会”和“大众文化”批判来实现的。王安忆曾这样回忆：“假如我没有遇到一个人，那么，很可能，在中国大陆经济改革之前，我就会预先成为一名物质主义者。而这个人，使我在一定程度上，具备了对消费社会的抵抗力。这个人，就是陈

① 贺照田：《当信仰遭遇危机——陈映真20世纪80年代的思想涌流析论》，《开放时代》2010年11月。

② 朱双一：《大众消费文化的影响及台湾文坛的因应》，《台湾研究集刊》1992年第2期。

映真。”[①]

1975年出狱以后，陈映真所看到的台湾社会相较于60年代中期他刚入狱的时候，已经不可同日而语。陈映真面前的社会呈现出前所未有的特点：“二十多年来，一个饱食的、富足的台湾社会形成过程中，一个新的、大众消费的社会诞生了。在这样一个社会里，享乐成了公开而广泛的生活目标。人的欲望，受到从未有过的、全面而彻底的解放……”[②]“消费社会”是陈映真对于80年代的台湾社会的总体概况。台湾资本主义生产关系的建立、发展是一个从五六十年代就伴随着美日的援助和贸易关系的渐进过程。陈映真对于资本主义现代性的关注实际上在60年代的小说中就已经显示出来，但相比之下，进入80年代以来，台湾社会的资本主义经济发展程度和社会普遍富裕程度已经大大超越了60年代，并重新塑造了整个社会的文化意识形态。因此，台湾社会的新型“消费社会”的社会形态以及“大众文化”的意识形态，是时代给陈映真所提出的一个崭新的命题。我们看到，在这个命题上陈映真表现出了深刻的焦虑和明确的立场。

陈映真对于台湾社会的消费社会不仅是一种感性上的认知，而且在理性上进行了深入的研究。他对消费社会的特点进行了概括：（1）科技的发展；（2）大量生产；（3）企业规模的增大；（4）行销的发展。还有对所谓“消费人”的出现及特点的梳理：（1）观念的巨大

① 王安忆：《英特耐雄纳尔》，《乌托邦诗篇》，华东师范大学出版社2011年版，第124页。

② 陈映真：《走出国境内的异国》，《陈映真作品集10・走出国境内的异国》，人间出版社1988年版，第232页。

革命；（2）人的物质化；（3）制度化的消费；（4）无目标的精神还原；（5）甜美的社会控制。[①] 在关于“消费社会”和“大众文化”的批判实践中，陈映真的立场、角度和方法与西方马克思主义的法兰克福学派对于大众文化工业的批判基本遵循着同样的方法论和逻辑。如在论述“制度化消费”时说：“过去是为了需要而消费，现代则是为了消费而消费。‘消费’已发展成一种客观的、新的社会制度，生活对于现代人而言，是如何消费、消费什么以及消费多少的问题……行销活动操纵、扩大、制造人对商品无穷的嗜欲，来造成企业对利润的无穷需要，人变成只会消费而不会创造、自主、思考的‘单向度人’，以贷款、标会、分期付款等超出自己能力和需要的方式去消费。”[②] 陈映真在这里引用了马尔库塞《单向度的人——发达工业社会意识形态研究》中“单向度的人”概念，可见他的思维模式和方法论与西方马克思主义对发达工业社会意识形态的批判具有相当的趋同性。

陈映真之所以高度认同马尔库塞的批判理论，是因为他们的理论都建基于人的“异化”领域。陈映真敏锐地看待“消费社会”之下人在获得了物质上的极大丰富的同时，在精神和情感领域却陷入了一种“荒漠化”境地：“相对以前，消费人之对于他人保有丰富的人间连带——关怀、同情、为他人不幸而不平，无保留的爱、帮助、退让、牺牲、风险……这些使人的生命更为丰裕的性质，禁止‘消

① 陈映真：《大众消费社会和当前台湾文学的诸问题》，《陈映真作品集 8 · 鸢山》，人间出版社 1988 年版，第 118—121 页。

② 陈映真：《大众消费社会和当前台湾文学的诸问题》，《陈映真作品集 8 · 鸢山》，人间出版社 1988 年版，第 120 页。

费人’在商品和大众传播、广告业控制下，变成一群消费各种商品的工具，失去思想、创造、同情、爱和愤怒的功能。”[①]“短暂的满足与饥饿的不断循环，是现代消费人的特质。这种循环的结果，有一天会使人落入极凄凉的境地；在一切物质都得到满足后，觉得生活茫然、虚空、无聊、倦怠，失去对人的亲切、关爱，而只成为商品市场的工具。这是人的‘异化’中最悲惨的景况。现代消费人变成一大堆有意见而无信念，有事实而看不到事实的意义，有各种复杂的规则而失去了本身原则的人。”[②]而马尔库塞指出：在以前解决物质上的贫困是各种自由的前提，现在在发达的工业社会，技术的进步创造了大量的物质财富，但是由于它的社会制度，不能利用这些条件达到人的解放，相反，社会愈富裕，对人的压抑愈大。人在经济上失去了自由，在政治上失去了选择，在思想上失去了否定性，从而不得不盲目依附于整个社会的经济、政治和思想文化的统治，使人丧失真正的自由[③]。

《山路》中的蔡千惠留下的遗书中说：“我突然对于国木一寸寸建立起来的房子、地毡、冷暖气、沙发、彩色电视、音响和汽车，感到刺心的羞耻……您的出狱，惊醒了我，被资本主义商品驯化、饲养了的、家畜般的我自己，突然因为你的出狱，而惊恐地回想那艰苦、却充满着生命的岁月。然而惊醒的那一刻，却同时感到自己

① 陈映真：《大众消费时代的文学家和文学》，《陈映真作品集 8 · 鸢山》，人间出版社 1988 年版，第 126 页。

② 陈映真：《大众消费社会和当前台湾文学的诸问题》，《陈映真作品集 8 · 鸢山》，人间出版社 1988 年版，第 120 页。

③ ［德］马尔库塞：《单向度的人》，刘继译，上海译文出版社 1989 年版，第 1—8 页。

已经油尽灯残了。”[①] 陈映真把对 80 年代台湾消费社会的批判融入了对“革命”在资本主义消费社会新形势下的必然失落的怅惘之中。

陈映真作为一个作家，对文学在消费社会的存在状况有着非常核心的关切，他曾反复论及台湾消费社会和台湾文学之间的关系。在这一议题中，陈映真表现出了相当的忧虑。在他看来，80 年代以来的台湾文学毫无疑问地受到了“消费社会”的极大影响，而呈现出如下弊病：一是文学作品中思想文化的贫困；二是语言的荒芜；三是缺少独立的文学批评；四是未熟的宗派主义；五是读者、作者的精英小集体化；六是作家面临的社会地位下降、边缘化等状况。虽然如此，陈映真对于文学仍然寄予了特殊的希望，因为“台湾作家目前最重要的是从人的复归出发，克服人的异化，从人文主义的回归去看台湾、中国、第三世界和全世界的人类。在所有的复归途径中，我相信没有一种东西比文学更有效、更直接”[②]。

在马尔库塞看来，发达工业社会的文学的遭遇并不在于文学所受到的限制，恰恰相反，当代社会通过一种“技术的合理性”进程发展出文化的多元化，在这种文化的多元化之下，文学对于现实的冒犯、否定得到充分的许可，而艺术和现实的对抗性却同时受到了同化。“在多元文化调和出现以前，文学艺术本质上是异化，因为它维系和保护着矛盾，即四分五裂的世界中的不幸意识，被击败的可能性，落空了的期望，被背弃的允诺。由于它揭示了人和自然在现实中受压抑和排斥的向度，因而曾是合理的认知力量……现在，公

---

① 陈映真:《山路》,《陈映真文集·小说卷》，中国友谊出版公司 1998 年版，第 584 页。

② 陈映真:《大众消费社会和当前台湾文学的诸问题》,《陈映真作品集 8·鸢山》，人间出版社 1988 年版，第 124 页。

开保存于艺术异化中的艺术与日常秩序间的重大裂隙，被发达技术社会逐渐弥合了，随着裂隙的弥合，大拒绝转而被拒绝，‘其他向度’被占优势的事态所同化。异化作品被纳入了这个社会，并作为对占优势的事态进行粉饰和心理分析的部分知识而流传。这样，它们就变成了商业性的东西而出售，并给人安慰，或使人兴奋。”[①]

相较于马尔库塞的整体性的讨论，陈映真特别强调传媒在社会文化的商业性中所发挥的重要作用。因为从 1985 年开始办《人间》杂志，陈映真对传媒的力量有着切身的感受，在他看来，传媒对“消费社会”的形成起到了重要作用。首先，传媒的作用是以“行销管理”的方式展开的。为了达到资本利润的最大化，“生产者为了促进大众消费，必须通过各种行销、管理以至广告消费等方式，来制造、操纵或强加给我们一种新的需要。这种需要是超乎人类生理所需的，番话叫作‘forced want’，或者是‘manipulated’”[②]，“行销活动经由大众传播创造社会共有思维方式、价值标准和行为模式。它侵蚀、破坏、改变传统的信仰、文化，依着商品的规格化，塑造了规格化的文化、价值、道德和信仰等”[③]。

卢卡奇指出：“资本主义生产关系进入到社会生活的方方面面，并将彻底重塑这些关系”，“从文学上说，大众消费社会的文学，不是流于肤浅、煽情、罗马蒂克的流行文学，就是以细致刻画中产阶级消费人的苦闷、寂寞、空虚、私情、无聊为能事的现代西方中产

---

① ［德］马尔库塞：《单向度的人》，刘继译，上海译文出版社 1989 年版，第 57—59 页。

② 陈映真：《大众传播和民众传播》，《陈映真作品集 13 · 美国统治下的台湾》，人间出版社 1988 年版，第 134 页。

③ 陈映真：《大众消费社会和当前台湾文学的诸问题》，《陈映真作品集 8 · 鸢山》，人间出版社 1988 年版，第 121 页。

阶级小说。”[①]不仅文学领域，在陈映真看来，整个社会文化已经没有什么领域能抵御资本主义生产关系的渗透：“资本主义规律已经史无前例地整个渗透到人类文化、精神、知识、思想的领域。换句话说，在资本主义社会之前，在若干精神、文化、知识、哲学、宗教的领域里，多少还保留了相对的对立性，独立于庸俗的金钱或物质的关系，为人类文明留下相当大的遗产；如今，这样的社会已不可复得。”[②]

陈映真和马尔库塞似乎对于“异化”的概念有着不同的理解和使用，然而相同的是，他们都对文学在社会文化和意识形态中的定位、应该承担和发挥的作用有着这样的信念：文学和现实之间的关系，不是一种依附性的关系，而应该具备一种“远离社会、冒犯社会、指控社会的特征”，在此意义上，陈映真强调文学的“介入”功能，以扭转被消费社会“异化”的人性。因为“文学使那些对爱失去信念的人，恢复爱的力量；让沮丧的人得到温暖；让受逼迫的人得到反抗的力量；让失望的人有勇气重新去爱、去生活、去追求新的希望、去拥抱别人，这应是一切文学的原点”[③]。“怎么透过文学创作，重新点燃人类对于爱的可能性、对于愤怒的可能性、对于关心的可能性……文学应该负起解放的任务——将人从思想的、物质的、制度的束缚里，重新释放出他们原该有的爱的能力，关怀与创造

① 陈映真：《大众消费时代的文学家和文学》，《陈映真作品集8·鸢山》，人间出版社1988年版，第127页。

② 陈映真：《作为一个作家……》，《陈映真作品集8·鸢山》，人间出版社1988年版，第242页。

③ 陈映真：《大众消费社会和当前台湾文学的诸问题》，《陈映真作品集8·鸢山》，人间出版社1988年版，第124页。

的能力，去变革已经被资本主义制度化（或者商业规律所束缚）的世界。”①

这种以人为核心的人道主义的文学功用论，是陈映真一直秉持的文学观念，在不同的社会形态之下文学也扮演着不同的角色。在20世纪60年代白色恐怖的威权政治之下，文学给予陈映真以坚持理想信念的信心和勇气，而在80年代的消费社会，文学所抵抗的却是一种消费至上的大众文化所带来的人的“空心化”和“平面化”，虽然呈现出不同的特征，却都维护和坚持人之所以为人的特质：理想、爱、希望，这是陈映真的核心的文学观，也是他据以批判资本主义消费社会和大众文化的核心思想资源。

“消费社会”和大众文化批判，是陈映真对80年代台湾社会渐趋成为一个发达的资本主义社会，社会文化被“单向度”的“消费文化”所占据的回应。显然，陈映真的资本主义批判主要是以文化批判的形式展开的。

陈映真对以“消费社会”为标志的资本主义经济体制和意识形态进行的尖锐批判表明，陈映真并没有放弃自身的左翼身份，他对消费社会、大众文化的批判实际上采取的正是西方马克思主义的文化批判的逻辑和方法。当然，以西方马克思主义的文化批判为模式的批判实践，正说明他的左翼身份的内涵已经进行了重大调整。他在80年代的左翼身份是经过重构的左翼身份。这里的重构的核心在于：由于血的历史教训，陈映真放弃了马克思主义的阶级斗争学说和以暴力革命夺取政权并进行专政的革命思路，而把重点转移到社

---

① 陈映真：《作为一个作家……》，《陈映真作品集8·鸢山》，人间出版社1988年版，第243页。

会文化的批判。

我们看到，20 世纪 80 年代以来陈映真向“文化批判”的拓展，实际上是重构的“中间物”意识寻求新的突破口的表现，也是他的左翼身份经过重构之后发展出的新的批判实践。虽然陈映真非常强调文学在消费社会所遭遇的命运，然而对于大众消费社会的文学的关注和他在六七十年代的现代主义批判、乡土文学论战有着重要区别。后者所关注的是台湾文学在“西化”影响之下的本土性、民族性的理论和实践问题；前者虽然同样关注文学问题，然而 80 年代陈映真所批判的“通俗文学”“大众文学”在这里是作为整个已经变化的“大众文化”的一部分，是作为整个“消费社会”和已经“异化”的“消费人”的一个文化表征而讨论的。这种“文化批判”是陈映真经过重构的左翼知识分子对于整个社会及其文化状况的批判实践。

和西方马克思主义一样，陈映真的左翼批判思想同样经历了一个“文化转向”。西方马克思主义在发展进程中经历了两个阶段：“以卢卡奇和葛兰西为代表的早期西方马克思主义和以法兰克福学派为代表的第二次世界大战后的新马克思主义在基本理论定位和价值取向上是一致的，但是，由于现实社会历史条件的变化，他们在理论批判的侧重点上有很大的差别。在文化批判中，早期西方马克思主义代表人物把主要精力依旧放在阶级的意识形态上，他们强调意识革命和争夺文化或意识形态的领导权，其落脚点还往往是无产阶级革命的完成。而第二次世界大战之后的西方马克思主义者则逐步把批判的视野从阶级的意识形态转向全社会普遍的文化境遇上。”[①]

---

① 衣俊卿：《论西方马克思主义的理论定位与批判指向》，《广东社会科学》2003 年第 2 期。

因此，西方马克思主义的“文化转向”实际上包含两个层面的内容：“从早期西方马克思主义提出的总体性的文化革命观，到后期西方马克思主义针对现代社会的全方位的文化批判……我们可以在这里略加展示西方马克思主义前后两个时期的文化转向：文化革命与文化批判。”①

以此作为参照，陈映真从20世纪60年代中期以来的批判实践也呈现出类似的从“文化革命”到“文化批判”的演进轨迹。从1966年开始到1978年，也就是陈映真写作的第二阶段，实际上在陈映真的思想结构和写作实践当中，确实以一种积极的姿态介入社会现实，以文学和其他形式的写作进行批判实践，并以此批判国民党的“反共亲美”的意识形态，呈现出一种在意识形态领域的斗争和争夺。进入80年代，陈映真开始针对整个“消费社会”的大众文化进行总体性的批判。陈映真由“反共亲美”的意识形态批判——“文化革命”的批判实践进入对于消费社会和大众文化的“文化批判”，是台湾社会20世纪下半叶以来社会进程的深层变化的反映。同时，这种批判实践的范式转型，是陈映真对马克思主义的理解不断变化和调整的表征。台湾在20世纪中期以后长期处于世界冷战格局的前沿，是东西方两大阵营的意识形态交锋和争夺的热点地区。然而吊诡的是，在长期的冷战氛围和东西方两大阵营的对峙之下，陈映真的思想结构呈现出以革命理想主义为主宰的稳定性，然而进入80年代以后，虽然在现实世界这两种意识形态的斗争渐趋消弭，陈映真的精神结构却呈现出分裂和不稳定性，曾经的批判模式和话语资源

① 衣俊卿：《论西方马克思主义的理论定位与批判指向》，《广东社会科学》2003年第2期。

不再适用新的社会发展形势，这要求陈映真在批判的理论资源和批判模式上寻求新的突破。80 年代批判实践的范式转换，是现实世界在世界共产主义运动退潮，资本主义在社会各领域的广度和深度上逐渐扩展的情况下，仍然保持着左翼精神底色的陈映真所能作出的唯一合理和合乎时宜的选择。从这个层面来看，陈映真的批判范式的转型和西方马克思主义的“文化转向”，存在内在逻辑上的相通。

第二节 “第三世界”的视野和理想主义的重构

一、“第三世界”论的源流及其对于陈映真的意义

20 世纪 80 年代陈映真的“中间物”意识在一定程度上让陈映真陷入了理论上的两难与悖论，然而他并没有因此陷入精神上的困顿，相反，他获得了比前期更为开阔的批判眼光。相比他的至交吴耀忠因为理想的破产而导致的精神崩溃，以及像渔夫那样从“左”向“右”的彻底“转向”，陈映真选择了一条艰难的突围之路。这种批判性的坚持一方面得力于他长期以来作为批判知识分子对于现实的审慎，另一方面更重要的是他在曾经的理想遭遇危机之后在精神理念方面的艰难求索。也就是说，他不能允许自己因社会主义实践的暂时挫折而消沉，更无法做到全盘放弃自己的左派立场而完全拥抱资本主义及其现代化意识形态。在此情况下，对于新的理论支点和方法论的求索，成为陈映真重构精神结构的关键。新的理论支点

一方面不同于传统的马克思主义理论及其话语体系，同时又并不脱离左翼立场的基本面，也即对于社会公平的坚持和对于各种形式的压迫的反抗；另一方面，新的理论支点又能对于全球化的资本主义世界进行有力的批判和回应，而不沦为既存的社会制度的理论粉饰。在此前提下，陈映真发展出了“第三世界”的视野和方法论，作为他 80 年代之后主要的批判实践的坚实支点。

“第三世界”的视野在一定程度上延续了传统马克思主义的理论追求：对于不平等的社会制度和各种形式的剥削与压迫的批判，在方法论上却具备更宽广的历史和空间视野。同时，“第三世界”的观念对于 80 年代盛行的全球化的资本主义及其以“西方中心主义”为特征的“现代化”理论是一种深刻而有效的理论回应，陈映真赋予“第三世界”的丰富的理论内涵使他有足够的理论含量去应对“现代化”神话。因此，通过“第三世界”的视野的确立，陈映真能够得以避免吴耀忠式的崩溃，也同时能免于渔夫式的彻底转向，而继续自己的批判实践。

显然，“第三世界”这个概念并不是陈映真所发明并最早开始使用的。追溯“第三世界”这个概念的源流（这里的源流包括两个方面，一个是它最初的发生学环境，另一个是在台湾语境下的使用），有助于我们了解“第三世界”这个概念对于 80 年代的陈映真的启发意义之所在，以及陈映真对“第三世界”的接受和运用有何自身的独特性。在此基础上，才有可能进一步探讨“第三世界”在陈映真思想结构和身份认同的重构方面的重要作用，以及陈映真对于“第三世界”的发展与重构。

“第三世界”，和许多理论术语一样，一旦脱离了它的发生学环境，就势必会发生理论内涵的变化，这种“理论的旅行”深刻反映了理论和概念与不同主体之间的互动。“第三世界”理论的来源要追溯到20世纪50年代。50年代，随着第二次世界大战的结束，传统的欧洲各强国遭受重创，其对散布在亚非拉的殖民地的控制出现了松动，这些原先的殖民地纷纷要求民族独立，掀起了一股声势浩大的民族独立与解放运动。1952年，法国经济学家和人口统计学家阿尔弗雷德·索维在《观察家》杂志上发表的一篇文章中第一次使用了“第三世界”（third world）这个词语。这个概念很快流行开来，并用于命名这些刚刚独立的新的民族国家。同时，这些新的民族国家也用“第三世界”来自我命名，来对自己进行区分，不同于以美国为首的“第一世界”和以苏联为首的“第二世界”。因此，开始阶段对于“三个世界”的划分，实际上来源于冷战早期的国际关系格局。陈映真认为，第一阶段的划分有着意识形态色彩。“西方人有以生产方式分类的办法，即以‘自由经济工业化国家’（发达资本主义国家）为第一世界，以社会主义国家为‘第二世界’，而以世界上经济不发达的为‘第三世界’。”[①] 虽然如此，可以肯定的是，早期的“三个世界”的划分及其所指是被“三个世界”的国家所接受并公认的。也就是说，对于“三个世界”的划分虽然是西方国家提出的，然而也被广泛的刚刚独立的民族国家所承认。“以马克思主义为指导思想的社会主义国家也认为新兴的民族国家是第三世界。1963年3月13日，越南劳动党中央第一书记黎笋在纪念马克思逝世80周年的讲话中提到：‘一系列的民族主义国家已在民族解放运动中出现。随着这

① 陈映真：《对我而言的第三世界》，《陈映真文选》，生活·读书·新知三联书店2009年版，第267页。

一“第三世界”的出现，世界上也出现了新的政治和经济关系。’民族独立国家也用‘第三世界’来称呼自己。”[①]

我们现在对“三个世界”的划分和“第三世界”所指的理解和使用并不同于如上对“三个世界”的划分，实际上，现在学术界对于“第三世界”概念的理解基本来自毛泽东对于“三个世界”的重新诠释。毛泽东和中国共产党人对于“三个世界”以及“第三世界”的理解也有一个发展和变化的过程。有学者认为，毛泽东从20世纪60年代到70年代对于“三个世界”以及“第三世界”的理解和诠释的变化是基于划分标准的改变：“这样在中国领导人看来，三个世界的划分标准已经不适用意识形态和社会制度标准，而适用政治、经济、军事标准了。这就是毛泽东三个世界划分的战略思想所依据的标准。”[②]而不同的观点认为，毛泽东对于“三个世界”的重新划分是出于70年代联合美国，对抗苏联的国际政治关系的需要。“毛泽东始终注重维护国家主权和安全。20世纪70年代初苏联不断扩张的军事力量特别是全球性的进攻态势对中国形成了越来越大的军事压力，更加引起了毛泽东的警惕。在他看来，此时苏联霸权主义已经取代美国成为中国人民和世界人民最大的威胁。在此背景下，毛泽东提出了‘三个世界’划分理论，其实质就是团结一切可以团结的力量，建立一个最为广泛的国际反霸统一战线，集中对付苏联霸权主义。”[③]陈映真显然认同后一种理论观点。

---

① 王永魁:《“第三世界”与“三个世界”的提法及涵义考证》,《北京党史》2011年第3期。

② 王永魁:《“第三世界”与“三个世界”的提法及涵义考证》,《北京党史》2011年第3期。

③ 宫力:《三个世界划分理论对当代中国的深远影响》,《中国社会科学》2012年第8期。

从“三个世界”的划分以及“第三世界”的概念的使用来看，虽然经历了理论内涵的变迁，然而总的来说是在国际政治和国际关系的范畴内使用。对于陈映真来说，其对“第三世界”概念的接受和运用呈现出两个不同的出发点：一是从感性出发。二是从文学出发。首先，陈映真对“第三世界”的理解并不完全是理论上的思考，对于他来说，1983 年出访美国参加爱荷华大学的“国际写作工坊”的感性经验具有重要意义。他曾多次谈到这次在美的三个月的旅途，其中的一个重点就是和一起参加工作坊的来自东欧、南美、南非的“第三世界”国家的作家进行的思想交流和碰撞。从来自“第三世界”的作家身上，陈映真获得了关于“第三世界”的“感性经验”。陈映真的“第三世界”感性经验具备两个层面的内容：第一，“第三世界”存在各种形式的包括种族、阶级、民族的压迫和不平等关系。他在工作坊遇到的南非老太太说：“作家在南非，苛酷的生活要求作家必须，而且只能为自己和同胞的解放，为反抗只因肤色不同就对人横加歧视、凌辱和不能置信的暴力的种族主义造成的苦难做斗争。”[①] 来自菲律宾的阿奎诺说：“美国人带给我们反共军事独裁统治，带给我们军事大基地，连带给我们强奸、车祸、性病，使贫困乡下来的少女变成娼妓，并且以共产党的罪名讨伐和歼灭菲律宾农民的反抗。”[②]很显然，陈映真非常认同这种既存的种族和民族压迫的事实，并对他们报以崇高的敬意。然而，对于美国为代表的全球化

① 陈映真：《对我而言的第三世界》，《陈映真文选》，生活·读书·新知三联书店 2009 年版，第 531 页。

② 陈映真：《对我而言的第三世界》，《陈映真文选》，生活·读书·新知三联书店 2009 年版，第 532 页。

的资本主义意识形态，不同的第三世界国家的知识分子却有不同的意见。比如，来自东欧的作家就“喜欢看西方（美国）电影，因为西方的文学和电影可以写个人的感情和欲望，可以描写身体和官能的需要，没有政治框框……”[①]阿奎诺和东欧作家关于美国电影的争论深刻反映了80年代存在于左派知识分子中间的思想分化。这种思想分化的根源在于他们所处的政治和思想环境的根本区别。来自苏联控制下的东欧国家的作家面临的是长期僵化的极“左”的意识形态对人的基本自由乃至人性的压制，而来自菲律宾等东南亚国家的作家所面临的是美国长期的新殖民主义压迫。因此，在如何看待好莱坞电影所代表的美国化的资本主义价值观念和意识形态时，自然会产生难以调和的分歧。很显然，这种思想分歧本身也长期存在于陈映真本人的思想结构当中。身处台湾的陈映真的精神结构内部的斗争实际上是冷战后期全球左翼思想动荡的缩影。陈映真一方面通过大陆“文革”，体会了东欧作家所感受到的社会主义制度的左倾实践带来的弊端；另一方面对于资本主义制度及其意识形态在台湾的发展带来的负面影响有着更加直接的感性经验。这种相互对立的制度和意识形态所暴露出来的问题对于陈映真形成了“双重夹击”，这也是陈映真的重构的“中间物”意识形成的现实和思想背景。

陈映真对南非老太太和阿奎诺的认同显然已经表明了自己在这种“中间物”意识框架下仍然保留、坚持对资本主义及其意识形态的批判意识。并且相较于对社会主义实践的反思，陈映真实际上更侧重于对资本主义及其文化的批判。这种批判意识的坚持何以可

---

① 陈映真:《对我而言的第三世界》,《陈映真文选》，生活·读书·新知三联书店2009年版，第533页。

能？他为何没有如东欧作家那样热衷于好莱坞电影表征的“人性的真实”？这种有所偏向的“中间物”意识和“中间物”意识偏向的形成基础何在？对此，贺照田的理解是：“陈映真在此挫折面前没有倒入上举他人各种途辙的根本，在他对何谓有意义生命、生活的理解，对弱者、被侮辱、被损害者的深切同情，对苦难发自内心的悲悯和对人为苦难、不公正而不容自己的反感与渴望克服，对民族健康、自主发展的深切关怀，对近现代中国的被侮辱、被损害和在其中不断振起历史的深切认同。”[①]以上的理解当然是有充分道理的，这种深刻的情感倾向构成了陈映真坚持批判意识的伦理基础。需要补充的是，陈映真不仅在情感上具备基础，对资本主义的批判实践在理论上也需要支撑。而“第三世界”作为方法论和视角就是这种理论支撑的支点。也就是说，陈映真原先的精神结构遭到沉重打击而支离破碎之后，虽然他在感情上仍然坚持着民族主义和人道主义的底色，然而他必须在理论上能够重建自己的精神结构，以配合和满足贺照田所说的“理解、悲悯、同情和关怀”，他必须能够寻找到大陆社会主义实践这一原先的批判视野的支点的替代品。而“第三世界”在这种支点缺失的情况下便成为80年代陈映真批判实践的新的方法论和出发点。

二、陈映真对“第三世界”的重构和身份认同

陈映真思想结构重构之前的阶级身份和民族身份认同有着自洽

① 贺照田：《当信仰遭遇危机——陈映真20世纪80年代的思想涌流析论》，《开放时代》2010年11月。

的互相连接的结构，那就是以中国大陆所代表的地缘和社会主义实践所代表的政治体制之间的重合。而 20 世纪 70 年代末他对大陆社会主义实践所暴露出来的问题的认知，使他原先稳固的精神结构面临危机，而互相铆接的两个层面的身份认同也受到了冲击。因此，重构的精神结构必须要求新的支点能够把两个层面的身份认同重新予以连接。“第三世界”在这一点上具备了方法论的意义。也就是说，“第三世界”的视野不仅满足重构的民族身份，同时也连接起反抗压迫的阶级身份。80 年代以后陈映真把民族身份的认同主体由“政党”替换为“人民”和“祖国”（这一点下文我们将进一步讨论），这种主体转化实际上伴随着被动的无奈。“第三世界论”在民族身份领域的应用则反映了一种积极的、建设性的姿态。这一被动与主动的双重调整实际上反映了陈映真在民族身份认同方面所遭遇的双重困境。前者——认同主体的转换是对海峡对岸的社会主义实践的挫折对民族身份所造成的冲击的应对，因为彼时的民族身份紧密连接在中国共产党开展的社会主义实践上，这一实践曾寄托了陈映真关于民族独立和复兴的愿景。而后者——“第三世界论”的提出和运用，则是对 1979 年之后台湾地区开始迅速发展的“台湾意识”和“本土论”等“分离主义”意识和话语的应对。1979 年，对于陈映真而言，具有重要意义，“文革”真相暴露和“美丽岛事件”爆发在台湾于同一年发生，这两件关于国共两党的本没有相关性的事件，在陈映真那里，却对他的民族身份认同形成了双重压力。

“第三世界论”在对抗台湾的“本土化”和“分离主义”方面是作为统派的陈映真最有力的武器（具体的阐释将在下一节展开），同时，“第三世界”的视野和方法论也是作为左派的陈映真在经历了社会主义实践在中国乃至全球的挫折、衰退之后能够清理、重构自己的左翼身份和立场的基础。也就是说，社会主义实践的中挫在全球的意识形态领域的反映是左翼思想和理念的退潮，是“现代化”理论迅速占领各个民族国家的意识形态高地。陈映真要坚守和重构自己的左翼身份，就必须回应资本主义全球化的迅速扩张这一政治、经济现实和以“现代化”理论为核心的全球化的资本主义意识形态。能否找到一个能在实践和理论上与之抗衡的视角和理论，成为80年代陈映真重构左翼思想、重塑左翼身份的重要课题。

在这个背景下，以依赖理论、世界体系论为代表的西方反“现代化”理论成为陈映真最重要的理论资源。20世纪五六十年代，美苏两大集团加紧了对众多刚获得民族独立的第三世界国家的争夺。“现代化”理论是以美国为首的资本主义阵营关于欠发达国家发展道路的理论。在“现代化”理论的鼓吹者看来，“‘现代化理论’的课题在于阐明非西方发展中国家得以实现工业化和现代化的条件，并就此产生的社会变动的性质作出提示”[①]。然而实际情况却暴露出重重问题，大部分非西方的发展中国家在“现代化”发展过程中不但没有如理论所预期的那样实现以美国为样板的工业化和现代化，反而陷入更深的贫困和落后。因此，以拉丁美洲“发展主义”理论为基础发展起来的“依赖理论”开始逐渐发挥重要影响。依赖理论的主要理论家及著作包括保罗·巴兰的《增长的政治经济学》、安德烈·弗兰克的《资本主义与拉丁美洲的低度开放》、多斯·桑托斯的《依附论的新特点》、萨米尔·阿明的《不平等的发展》等。

---

① ［美］塞缪尔·亨廷顿等:《现代化：理论与历史经验的再探讨》，张景明译，上海译文出版社1993年版，第178页。

虽然以上学者对于依赖理论的阐释侧重点不尽相同，然而却分享了大致相同的理论姿态，那就是把世界经济体系分为“中心”和“边陲”，反对“现代化”理论只从内部因素分析发展中国家的落后，重新认识“发达”和“欠发达”、“中心”和“边陲”之间的依附关系。“依赖理论”的核心观点是：作为“边陲”的“欠发达国家”和作为“中心”的“发达国家”之间形成了一种相互依赖和极化的关系。弗兰克、阿明等人的依附理论一般被称为“古典依附论”，古典依附论从其“中心—卫星”结构主义的决定论出发，提出非西方“不发达”国家要想发展，必须打破这种依附与支配的双向链条，切断与世界资本主义经济体系的联系，摆脱西方发达国家的控制。只有这样，非西方国家才有自主发展的条件，才能有真正意义上的发展。

与“古典依附论”不同的是“依附发展论”，是卡多索、法莱图以及埃文斯等人在古典依附论的基础上对依附理论的进一步发展。“依附发展论”认为：“尽管不发达国家的经济发展在一定程度上受到发达国家的钳制，但这种受钳制的经济仍然是发展的。这种‘依附的发展’已成为资本主义垄断扩张的新形式。卡多索强调‘依附的发展’不会改变依附的经济结构，不发达国家只是利用对发达国家的这种依附关系使自己的经济得到发展。随着这种‘依附的发展’进一步深入，经济发展程度就会越来越高，经济结构的依附性就会越来越低，最后过渡到独立的发展阶段。”①

通过对以上两种依附理论的对比，我们可以发现这两者基本是

① 张雷声：《“依附论”与“世界体系论”之比较分析》，《江淮论坛》1990年第5期。

一种悲观的依附理论和乐观的依附理论的关系。而陈映真在 1984 年和渔父展开的关于“依赖理论”的论战，就是属于悲观的依附理论和乐观的依附理论之间的论战。陈映真吸收了沃勒斯坦的“世界体系论”，来对“依赖理论”进行古典意义上的阐释：“从十六世纪开始形成的世界体系的历史发展去看问题的依赖理论，是从新旧殖民主义、帝国主义四百多年的历史行程中，去看依赖和支配的互动关系。落后国家的发展不足，非仅是‘由于先进资本主义国家发展的结果’也同时是‘先进资本主义国家发展’的原因。”[①]而渔父的观点显然更接近于“依附发展论”：“有些国家在发展之初，为了追求‘经济独立’而大力推展基础工业，结果适得其反。印度在 50 年代不惜代价，不顾产品需求情况，大规模投资重工业。这个政策使它从 60 年代开始，不得不长期‘依赖’大量的外援食物和资金援助。”[②]

应该看到的是，陈映真和渔父的论战虽然是围绕“依赖理论”而展开的，但实际上至少在陈映真看来，争论的焦点并不是理论，并不是在于“欠发达”国家走何种形式的发展道路，也即所谓“后发展国家的现代性”问题本身的学理性，而是在于他们两方所持的理论背后的意识形态的对抗。对第三世界应该如何选择发展道路的争论，标志着冷战秩序解体、社会主义革命和实践走向衰落和低潮之后原先的左翼知识分子阵营内部的思想分化。在陈映真看来，渔父对“依赖理论”的诠释以及第三世界国家应依靠发达国家的发展

---

① 陈映真：《“鬼影子知识分子”和“转向症候群”——评渔父的发展理论》，《陈映真作品集 12・西川满与台湾文学》，人间出版社 1988 年版，第 178 页。

② 渔父：《愤怒的云》，《陈映真作品集 12・西川满与台湾文学》，人间出版社 1988 年版，第 179 页。

路径的观点实际上是向全球资本主义和各种形式的新殖民主义的投降，是左翼身份的变节，是一种典型的由“革命的神话”转向“发展的神话”的“转向症候群”。在这种逻辑之下，陈映真顺理成章地把这场论战纳入自己在20世纪七八十年代之交的思想结构的重构之中：“‘四人帮’崩溃后的中共所暴露出来的大陆政治的严重失败与错误，不要说对中国革新的知识分子，即在全世界左翼知识分子中，也引起了广泛的自己批评和反省的思考。但这反省决不致后退、又回旋到了否定反帝民族主义、否定‘世界体系’四百年来对落后国的支配和榨取这个历史的、经验上的事实，到了肯定帝国主义压迫有理论，主张穷国必须接受富国支配才能发展论，和跨国企业无罪论的地步。”①

陈映真引用了恩克鲁玛的话以表明自己的立场：“第三世界除非彻底地打倒、摆脱新殖民主义，永远无法取得经济、政治和文化上真实的独立。”②这种决绝的对待全球化资本主义的态度，表明了陈映真在以“文革”的结束为标志的亚洲社会主义实践衰落之后，在国际关系上对左翼身份和左翼立场的坚持。而“古典依附论”本身就是作为左翼身份和左翼立场得以坚持和重构的理论基础。

陈映真以“古典依附论”为理论内涵的“第三世界”观的左翼特征和视野，在用来观察中国大陆八九十年代的改革开放的社会现实上，就更加明显。总的来说，对于中国大陆70年代末开始的改革，

① 陈映真：《“鬼影子知识分子”和“转向症候群”——评渔父的发展理论》，《陈映真作品集12·西川满与台湾文学》，人间出版社1988年版，第182页。

② 陈映真：《“鬼影子知识分子”和“转向症候群”——评渔父的发展理论》，《陈映真作品集12·西川满与台湾文学》，人间出版社1988年版，第182页。

陈映真一直持一种非常矛盾的态度。一方面，他看到改革是前期的社会主义实践中挫之后的必然趋势，然而他对于大陆发展市场经济，更重要的是投入全球化体系有着深刻的忧虑。这种忧虑包含内外两个层面：第一个层面，是对国内的阶级分化的再度出现和激化：“说目前的中国大陆社会已经有新生资产阶级官僚阶层；说在意识形态领域上俨然存在着‘资产阶级自由化’思潮，比起‘文革’时代，已经更有客观的、明显的事实支持类如这样的想法。”[①]应该说，陈映真的出发点和中共党内“反资产阶级自由化”的出发点不能同日而语，陈映真所关注的是“改革开放”在它的内部逻辑和趋势之下所必然产生的阶级（阶层）分化和贫富差距的矛盾：“我们当然无意建议人们应该以‘文革’时代高亢的‘阶级斗争’去面对这些新生问题，但人民和中国社会主义，应该如何认识改革历程中产生的阶级分化、剥削、城乡差距的矛盾……这些，中共党的理论家都应该明白、仔细、正确地告诉全体人民。”[②]第二个层面，是大陆在重新和世界资本主义体系建立联系并寻求发展时，能否保持自身的社会主义国家的基本诉求。也就是：“中国社会主义的发展，千条万条，是以人为中心的、以人的真实的解放为中心的发展。因此，对发展的定义、内容和品质，应该有通盘的异于资本主义发展论的新内容。这是中国经济学家的一个重要挑战——为谁、为什么、什么内容的发

① 陈映真：《寻找一个失去的视野》，《陈映真文选》，生活·读书·新知三联书店2009年版，第502—503页。

② 陈映真：《寻找一个失去的视野》，《陈映真文选》，生活·读书·新知三联书店2009年版，第503页。

展，决定着发展的方针。”[①]陈映真对于大陆以鼓励发展民营资本和吸引外资为主的经济改革抱有相当审慎的态度。

陈映真基本仍是以总体的左翼的眼光衡量大陆20世纪70年代末开始的改革，所以他所着目的焦点放在城乡经济中私有经济的扩大及带来的新的不平等，以及改革能否坚持社会主义的底色而不至于一改而彻底变为资本主义。在他看来，70年代末到80年代末这十年，是大陆关于改革的意识形态争论的十年，相应于社会生产关系的变化，而产生了思想上的“两条路线的分化”。因此，他把1988年在中央电视台播出的电视系列片《河殇》和何新在《人民日报》上发表的《世界经济形势与中国经济问题》看成这两条路线的代表。联系陈映真自己和渔父关于“依赖理论”的论战,《河殇》所代表的意识形态和渔父的“依赖发展论”有着异曲同工之处，两者都以西方的资本主义文明为发展样板和旨归，而这在陈映真看来，完全是中国官方意识形态在“改革开放过程中由西化派、买办化‘智囊’统治了十年”的表现。《世界经济形势与中国经济问题》的方法论和主要论点则完全契合陈映真的以“古典依附论”为核心的“第三世界”的发展观。应该说，陈映真在改革进入第十年时所看到的《河殇》与《世界经济形势与中国经济问题》所代表的两条“路线”的分化，在之后的二十年中仍然以各种理论和思潮的形态存在着，并且是90年代末期“自由主义”和“新左派”争论的前身。无论是台湾还是大陆的左翼论述，陈映真都是无法回避的重要的本土资源。这一点在以《台湾社会研究季刊》为核心的台湾新左翼对于陈映真

① 陈映真:《寻找一个失去的视野》,《陈映真文选》，生活·读书·新知三联书店2009年版，第504页。

的文学与思想的研究热潮得到了充分体现。陈光兴、赵刚等台湾“新左派”近年不约而同地着力挖掘陈映真作为台湾本土的传统左翼在新时代的左翼论述和批判实践所蕴含和能够发挥的重要作用。其中的一个重要方面，在于陈映真对全球资本主义的世界秩序始终坚持着批判的眼光。对“第三世界”强调的本身就是一种异端与反叛的姿态。“在全球化与反全球化的语境中，陈映真赋予了‘第三世界’概念一种抵抗新帝国主义和新殖民主义的内涵的意义。第三世界概念的作用在于联合弱小国家和地区的人民和知识分子共同应对全球化的挑战，第三世界是全球资本主义秩序的一个激进的他者……陈映真重构第三世界论述旨在建立抵抗新帝国主义的同盟，试图在资本主义的总体制度中建立一些异端和批判的空间。”①

三、从“幽暗意识”到“信望爱”：理想主义的重构

“第三世界”的视野与方法为陈映真政治、民族身份的重新清理与重构提供了重要的方法论基础。一方面，“第三世界”论使他能够继续对全球化的资本主义保持左翼的批判态度；另一方面，“第三世界”和“第三世界文学”是坚持台湾人中国民族身份，抵制和批判台湾“本土化”与“分离主义”的有力的理论武器。

然而危机之后身份的重构不能说明陈映真一度崩解的思想结构在这种程度上就能重新恢复完整与平衡。也即以“第三世界”论为基础重构的左翼身份在80年代之后还必须面临和处理一个重要问题：如何看待建立在社会主义革命和实践基础上的理想主义？在社会主

① 刘小新：《阐释的焦虑：台湾当代理论思潮解读》，福建人民出版社2010年版，第143页。

义革命和实践的挫折之后，他面临两个选择：一个是以更务实的态度看待和接受现实世界及其秩序；另一个是重新艰难地多方求索和重构理想主义。陈映真选择了第二条道路，这个过程并不容易，在为小说集《云》所作的序言中他表达了这种无路之下既彷徨又坚定的复杂心情："曾经有一个时期，人们曾信以为有了一个确切不易的真理和答案的。无数优秀正直而勇敢的作家，为了求得那答案，不惜乎自己的亡家和破身……正好是在这样的时代，曾经一度在革命的喊声响彻云霄的时刻，自动放弃甚至鄙夷过创作之笔的作家和艺术家，开始怀着羞惭和更虔诚的心，回到永远不背叛爱与希望的文学和艺术里，寻求安身的故乡。答案，是失去了。但过去的、当前的和将来的一切伟大的启发人心的文学与艺术，却为我们留下永不疲倦的爱，和永不熄灭的希望。而只要还有爱和希望，人们就能走出这漫长的崎岖孤单和黑夜，终至于迎见真理罢。"①

可以看到，陈映真仍然不愿意放弃理想主义的愿景，虽然曾经的建立完美世界的理想破灭了，暂时也无法找到能帮助我们通往完美世界的另一套真理，然而陈映真仍然坚持理想主义，也就是说，他仍然相信人与人所生活的世界——政治与社会制度有着改善的可能。在这个意义上，"爱""希望"等概念，成为陈映真重构自己的理想主义的核心话语。

如果把这种理想主义的重构放到陈映真自己的思想发展史中来看，就可以更清晰地看到 80 年代他的理想主义重构的动力、轨迹和特点。陈映真在 60 年代汲取左翼思想，建构自己的左翼身份的核心

① 陈映真：《企业下的人的异化——〈云〉自序》，《陈映真作品集 9 · 鞭子和提灯》，人间出版社 1988 年版，第 30 页。

动力，正在于他的人道主义的理想主义。在马克思主义所允诺的未来世界的蓝图中，一切剥削、压迫和不平等都将得到消除，人类将进入一个大同世界。然而正如我们前文所论述的，由于基督教思想的浸润，陈映真对于人性有着一个基本的认识，那就是人与生俱来的“罪性”，而这种“罪性”和马克思主义的大同世界之间存在着难以调和的矛盾。因此，60年代的陈映真在信奉马克思主义的同时仍然在精神结构中存在着深刻的“幽暗意识”。按照张灏的解释，幽暗意识是指：“发自对人性中与宇宙中与生俱来的种种黑暗势力的正视和醒悟：因为这些黑暗势力根深蒂固，这个世界才有缺陷，才不能圆满，而人的生命才有种种的丑恶，种种的缺憾。”[①]很显然，这种“幽暗意识”和基督教传统有着密切的关联。正是因为这种“幽暗意识”的存在，陈映真作为知识分子的自省意识得到了更加彻底的强化，并在此基础上形成了精神结构中的巨大张力。当然，虽然我们借用“幽暗意识”来描述陈映真早期思想中的基督教思想背景和张力来源，有助于我们形象地理解彼时他的精神结构的重要特色，然而必须看到的是，陈映真精神结构中的“幽暗意识”和张灏所概括的“幽暗意识”在某一点上有着重要区别。张灏概括的“幽暗意识”是人性当中无法克服的缺陷：“以幽暗意识为出发点，基督教不相信人在世界上有体现至善的可能，因为人有着根深蒂固的堕落性，靠着自己的努力和神的恩宠，人可以得救，但人永远无法变得完美。这份完美无缺，这种至善，只有神有，而人神之间有着不可逾越的鸿沟。因此，从基督教看来，人既然不可能神化，人世间就

① 张灏：《幽暗意识与民主传统》，新星出版社2006年版，第24页。

不可能有‘完人’。”[①]而陈映真虽然深受基督教家庭氛围的影响，并相信人与生俱来的“罪性”，然而他并不认为这种“罪性”是无法克服的，和基督教对于人性的绝对的悲观主义不同，陈映真虽然认同基督教的“罪性”，但他始终抱着一种乐观的态度，那就是人归根到底还是能够提升自己的道德境界，依靠自己的力量建设一个完美的世界。如何理解陈映真出身于基督教家庭却形成了不同于基督教的对于“幽暗意识”的理解？应该说，对于马克思主义的雄辩的历史唯物主义和科学共产主义理论的接受是他能够接受基督教意义上的“幽暗意识”而又与之保持一定距离的重要原因。

马克思主义和基督教在陈映真的精神结构里形成了一种互相影响而又制衡的关系。应该说，纵观陈映真的思想发展史，总体上就是马克思主义和基督教精神的互相影响、纠缠与消长的历史。他自己对这两者的关系有着相当的自觉，他曾经说：“这个问题一直到现在还是我很大的关怀，就是基督教跟社会主义的关系，跟人的解放的关系。”[②]从源头上来说，陈映真之所以接受马克思主义，基督教精神的底色是其重要原因，也就是说，马克思主义虽然总体上是一种社会、历史和政治理论与学说，然而他对于人的平等、民主与“人的解放”的诉求，在根本上和基督教所强调的爱人、人道主义有着很深刻的联系。可以把马克思主义对共产主义社会的诉求看作基督教意义上的“人间天国”的向往。基督教精神是他在恶劣的政治环境下走向马克思主义的重要推手，然而对于马克思主义的接受也同

① 张灏：《幽暗意识与民主传统》，新星出版社2006年版，第26页。

② 陈映真：《我的文学创作与思想》，《陈映真文选》，生活·读书·新知三联书店2009年版，第39页。

样影响了他对于基督教的理解和看法。简单地说，马克思所强调的“哲学家们只是用不同的方式解释世界，而问题在于改变世界”的马克思主义的行动特质和对于现实生活的介入性以及科学共产主义的理论推演，是他把基督教对于“天国”的理想主义置换成“共产主义社会”的理想主义的理论基础。因此，陈映真早期对于基督教的理解带着非常明显的社会主义的激进性。比如，《安大略人犹大的故事》中对犹大激进的社会革命者形象的塑造：“*Jesus, Christ, Super Star* 里面的耶稣是非常懦弱的，可是犹大的形象跟我所写的形象很像，是一个改造者，一个想要解放人的人。”[①]应该说，这种以“科学理论”为指导的改变旧世界、创造新世界的乐观心态深刻影响了陈映真对“幽暗意识”的理解。

应该说，历史唯物主义和共产主义社会的愿景还并不是陈映真在“幽暗意识”方面形成不同理解的原因，那么，马克思主义是如何看待人性论的？马克思主义的人性论和历史唯物主义之间的关系怎样？和基督教的“幽暗意识”的人性论的重要区别又何在？

马克思主义也同样关注人性论，并以此作为理论大厦建构的重要基础。马克思把对“人性”的理解建立在人的实践活动也即社会生产以及生产关系上。“马克思主义认为，在人和自然的关系上，人区别于其他自然物，在任何情况下都不在于人体的生物本能，而在于人在自然界中通过劳动进化而形成的生存活动方式。”[②]因此，马

① 陈映真：《我的文学创作与思想》，《陈映真文选》，生活·读书·新知三联书店2009年版，第52页。

② 李亚宁：《马克思主义的人性整体观试探》，《四川大学学报（哲学社会科学版）》1983年第1期。

克思主义对人性的理解重点在于以社会生产（包括生产力和生产关系）为基础的社会性。马克思和恩格斯指出："一当人们自己开始生产他们所必需的生活资料的时候（这一步是由他们的肉体组织所决定的），他们就开始把自己和动物区别开来。人们生产他们所必需的生活资料，同时也就间接地生产着他们的物质生活本身。……个人怎样表现自己的生活，他们自己也就怎样。因此，他们是什么样的，这同他们的生产是一致的——既和他们生产什么一致，又和他们怎样生产一致。"[①] 马克思强调人性的社会属性，并不代表他否认人性和人的"自然属性"之间的关联，实际上他把"人的自然本质"和"人的社会本性"进行辩证的统一："自然界的人的本质只有对社会的人来说才是存在的；因为只有在社会中，自然界对人来说才是人与人联系的纽带，才是他为别人的存在和别人为他的存在，只有在社会中，自然界才是人自己的人的存在的基础，才是人的现实的生活要素。"[②] 因此，马克思对于人性的理解实际上是一种由人的社会生产、依靠人的社会生产而生发出的"社会性"的"人性"。在这个意义上，马克思主义的"人性论"和以物质性的社会生产为基本内容的人类社会历史的发展之间就形成了密切关系："追求自由自觉创造活动的本性，决定了人所从事的物质生产活动，而人所从事的自由自觉的物质生产活动又决定了人类社会的生产和发展。由此可见，社会是由人追求自由自觉创造的本性，通过自己的实践活动，对象化于自然的过程中形成的……马克思的唯物史观就是在这样的基础上创立起来的。由此可以清楚地看出马克思主义的人性观与他的唯

① 《马克思恩格斯选集》第 1 卷，人民出版社 1972 年版，第 24—25 页。

② 《马克思恩格斯全集》第 3 卷，人民出版社 2002 年版，第 301 页。

物史观的内在联系。”[①]总的来说，马克思主义把“人性”置于一个人类自发的社会历史发展的过程之中，并且赋予“人性”以社会性的不断变化、发展和提升的特质。人类历史发展到资本主义阶段，就出现了人被自己的占有物和创造物所异化的情况，人的实践活动被以财产私有制和社会分工的生产资料所有制和生产关系所支配，无论是无产阶级还是资产阶级都无法逃脱这种“非人”的对象化。而“共产主义是私有财产即人的自我异化的积极的扬弃，因而是通过人并且为了人而对人的本质的真正占有；因此，它是人向自身、向社会的（即人的）人的复归，这种复归是完全的、自觉的而且保存了以往发展的全部财富的。”[②]

马克思主义以一种科学理论的形式把人性置于社会历史的进程之中，而这个社会历史的进程又指出了一条通向“人的彻底解放”和民主、平等、富足的“大同世界”的阳关大道。在这个意义上，马克思主义的社会性的“人性论”势必影响陈映真对基督教关于人性“幽暗意识”的接受和理解。这种在“人性论”方面的马克思主义和基督教思想的双重背景，为陈映真从60年代中期以前的思想困境中挣脱出来提供了潜在的思想资源。也就是说，60年代的陈映真的思想结构呈现出一种革命理想主义和基督教“幽暗意识”的矛盾。从学理上来看，如果陈映真对“幽暗意识”的理解遵循着西方基督教的正统理解，那么他的政治思想势必会走向清教徒的自由宪政思想：“弗里德里希教授曾经指出：自由主义的一个中心观念——‘政府分权，互相制衡’就是反映基督教的幽暗意识。因为人性既然不

① 刘觉生：《马克思主义的人性观与唯物史观》，《晋阳学刊》2001年第2期。

② 《马克思恩格斯全集》第42卷，人民出版社1979年版，第120页。

可靠，防止专制暴政的最好办法就是把权力在制度上根本分开，避免政府中有任何一个人有过多权力，而政府领袖揽权专政的危险也就在制度上自行消解了。”[①]而马克思主义的社会性的人性论和乌托邦在一定程度上消解了基督教意义上的“幽暗意识”的悲观，使他在60年代仍然保持着一种总体上的理想主义。然而这种理想主义却存在着内在的缺陷，因为基督教的“幽暗意识”不仅没有被完全消除，反而为革命理想主义蒙上了一层阴影。可以说60年代的陈映真的思想结构宛如一幅黑白相对并渗透的太极图。当然，使陈映真痛苦的不是基于黑色的“幽暗意识”的自由宪政思想不能实现，而是白色的革命理想主义面临着“幽暗意识”的威胁。这两种不同的人性论直接指向两种不同类型的政治观。“一种政治观认为政治生活和国家的目的是追求终极的善……另一种政治观视追求至善的事业为祸害，认为政治生活和国家的目的绝不应该是追求‘至善’这样的东西，而应该是避免大恶的艺术。”[②]刘军宁称这两种政治观为“积极的政治观”和“消极的政治观”。以马克思主义的理论，在共产主义社会实现之前，必然还存在着国家和政权，而且这种政权是以专政的形式存在的。马克思主义对于大同世界的诉求必然要求这个阶段的社会主义国家和政权属于“积极的政治观”。相较于“幽暗意识”和民主宪政的政治思想的对象关系，社会主义的人民民主专政必然要求人性的可发展、可提升和可臻于至善。相较于民主宪政的分权体制，对于政府权力的危险倾向则寄希望于执掌权力的人能够“透过内在

① 张灏:《幽暗意识与民主传统》，新星出版社2006年版，第28页。

② 刘军宁:《共和·民主·宪政——自由主义思想研究》，上海三联书店1998年版，第1页。

道德的培养，以一个完美的人格去净化权力”[①]。应该看到，在陈映真早期小说中充满忧愁的左翼青年的自毁倾向和左翼理想主义与个体的人格修养二者之间无法克服的矛盾有着深刻的联系。

当然，如前所述，1966年爆发的“文化大革命”为解开这个理想主义和人性的“幽暗意识”之间的死结提供了实践和理论上的契机。“文化大革命”以在政治上的“无产阶级专政下的继续革命”和在道德领域的群众运动式的“斗私批修”使陈映真看到了人性论的“幽暗意识”在国家、政权处于社会主义阶段被克服的光明前景。以此为背景，虽然台湾的政治环境依然如故，但是由于他的革命理想主义暂时摆脱了“幽暗意识”的阴霾，所以在1966年之后呈现出迥然不同的批判风格。

正是因为这种理想主义的昂扬，1979年之后社会主义在“文革”阶段的挫折展现在陈映真面前时，他所受到的打击才尤其沉重。他曾经的理想是无可奈何地凋零了。他的理想主义却不曾灭亡。然而他必须收拾残破的废墟，把他所不能抛弃的关怀重新组合，并寻求新的价值和观念范畴作为支撑点。很显然，曾经的想象中的对于“幽暗意识”的克服是不存在的。陈映真不得不承认自己的理想主义和社会主义、民族主义之间的结合的失败。他也不得不回到原点，并以此反思大陆社会主义实践中暴露出来的实践和理论问题。也就是说，他不得不重新思考他自认为已经得到解决然而事实却证明未能解决的人性的“幽暗意识”。因此他的思想结构不得不重新回到基督教的理论范畴之中。

---

① 张灏：《幽暗意识与民主传统》，新星出版社2006年版，第27页。

必须重点提出的是，陈映真的理想主义的内核是对于人世间的苦难、压迫的同情，也就是贺照田所说的“对生活的意义、生命的充实的高度关注，对世间苦难，特别是人为苦难的高度直面。这是两个对陈映真理想主义冲动最为基础也最为核心的维度”①。因此，虽然这曾经寄托在社会主义理念和实践上的理想主义，因为社会主义实践的挫折而深受打击，然而对于不平等和压迫的叛逆与反抗，却并不曾衰歇。在这个意义上，我们就能理解为什么陈映真在20世纪80年代开始着力强调和维护“第三世界”的立场。因为“第三世界”的立场能够延续、重建一个对于当下全球化的资本主义时代的新帝国主义和新殖民主义的批判空间。

这种对于“第三世界”的视野的坚持，和对于基督教精神的回归，使他自然地对发源于南美的“解放神学”产生了莫大的兴趣和自然的认同。在小说《万商帝君》中，陈映真在对以跨国公司为核心的全球化资本主义的刻画当中，用心塑造了一个虔诚的基督徒——Rita刘。Rita刘是唯一一个能够对来自社会底层一门心思想挤入上流社会却郁郁不得志的林德旺充满真诚关怀的同事。而这种关怀却并没有能够拯救林德旺最终陷入精神的疯狂。Rita刘在对林德旺的身世感到哀叹的同时想起了他的一个同修道友——琼。Rita刘和琼在陈映真看来代表了两类基督徒。而Rita刘和琼的对比也是陈映真对于基督教以及台湾基督教会的独特看法的体现。实际上陈映真对基督教的理解在60年代就因为马克思主义的影响带上了激进的色彩。他从基督教的“出走”很大程度上源于台湾基督教会的反

---

① 贺照田:《当信仰遭遇危机——陈映真20世纪80年代的思想涌流析论》,《开放时代》2010年11月。

智、保守和对于社会现实的压迫之回应的无力。而80年代之后陈映真对于台湾教会的立场仍然没有改变：“如果一个教会作家不理解现代社会和世界的不义掠夺和压迫的结构，不以弱小者、被迫害者、被凌辱者的立场——如耶稣当年以盲人麻疯娼妓税吏渔夫……的立场去看待真理看待社会和人，他就无法把握今日基督教最核心的问题。”[①] 应该看到的是，虽然在看法上保持着一致，然而60年代和80年代的他对于基督教会的心态是不同的。陈映真在60年代从基督教“出走”，有马克思主义作为精神结构的支撑，而80年代对于台湾基督教的批评和对于南美“解放神学”的倾心，实际上反映了他在理想失落之后重新回到基督教精神，同时又保持着反抗压迫、追求平等的理想主义的复杂心态。“解放神学”就是保持着广义上的“左派”倾向的理想主义与基督教的“爱、希望”相结合的思想产物。这也是贺照田所说的“写于80年代理想主义重构之后的《基督徒文字工作者的社会责任》《由‘出走’谈起——陈映真对当今台湾教会之观察与诤言》《基督徒与大众消费文化》，相比写于陈映真遭遇思想危机之前的《台湾长老教会的歧路》和写于80年代之后的《主，我们这样子就可以吗？——‘一九九〇年平安礼拜’的随想》，在同样强调基督教激进批判，应该正视、承担人间苦难和反抗世界社会不平等的结构时，也同时强调基督教的批判激进反抗承担，所应该具备的与世俗激进反抗不同的特点”[②] 的原因。

---

① 陈映真：《基督徒文字工作者的社会责任》，康来新、彭海莹编：《扭曲的镜子——关于台湾基督教会的若干随想〈陈映真的心灵世界〉》，雅歌出版社1987年版，第102、112页。

② 贺照田：《当信仰遭遇危机——陈映真20世纪80年代的思想涌流析论》，《开放时代》2010年11月。

为什么同样是讨论基督教对于世界不平等结构的批判，80 年代之后要强调基督教的激进反抗的谦卑、忍耐？如他所说的“但它与世俗的不同点在于教会的激进是温和的、安静的、坚定的，来自上帝的启示，而非出于人的仇恨反抗”[①]。应该说，对于基督福音的“相信、爱、希望”的精神资源的调用，也即“解放神学”在基督福音的“信望爱”的谦卑、忍耐精神意义上的转换，是陈映真理想主义重构的重要基础。对于解放神学以及基督福音意义上的“信望爱”所包含的忍耐、谦卑的创作上的以及理论上的呈现，是陈映真在 80 年代精神结构的转型、“中间物”意识及其理想主义重构的核心。首先，如我们已经讨论的，陈映真在这里找到了坚持理想主义批判的新的支点。其次，这种独特的批判形式是对于失落的理想主义的表现形式的检讨和再造。也就是说，陈映真既要坚持对现实社会的批判，同时也要解决曾经的理想寄托——社会主义实践过程中所暴露出来的重要问题：目的和手段之间的矛盾。这里实际上涉及一个伦理学的问题，也即为了实现一个高尚的目标，而采取暴力的手段，是不是合理的？这个问题如果是放在精神结构及其理想主义重构之前，陈映真应该不会有抉择上的困惑。实现共产主义的一个重要前提就是无产阶级以暴力革命夺取政权，并实现无产阶级的专政统治。而社会主义实践的中挫和真相终于使陈映真警醒：没有任何集体性的宏大的社会目标以及派生出来的社会实践能够消解个体的“罪性”，自始至终，人性的“幽暗意识”并不能以这种形式得到解决。因此，陈映真要重构自己的理想主义，必须先解决批判的目的和批

---

① 贺照田：《当信仰遭遇危机——陈映真20世纪80年代的思想涌流析论》，《开放时代》2010 年 11 月。

判的手段之间的协调性。也就是说，对于现实世界的批判由集体性的宏大叙事重新转向基督教意义上的个人性的道德修养。通过每个个体的对于人的“罪性”的接受和克服（这种克服是通过基督福音意义上的无条件的相信、希望和爱），来达成个人和社会的逐步的改善。以此，甘地的“非暴力不合作”所提供的实践和理论的价值就具有重要意义。

甘地的实践完全吻合陈映真在80年代所重构的理想主义。一方面，甘地所代表的第三世界的前殖民地国家，以自己的艰苦卓绝的姿态体现着陈映真赋予“第三世界”的批判性内涵。同时，“非暴力不合作”体现的是一种基于人格高度的对于暴力的排斥。甘地的实践是陈映真理想主义的重构的最生动体现。他仍然坚持着对不公、压迫和剥削的批判与反抗，然而在批判的途径上却舍弃了暴力，而转向无条件的希望与爱。陈映真在此时相信无条件地爱他人具有强大的力量：不仅能够克服自身的“罪性”，而且能够以这种高度的道德感感化压迫者。“他单纯地相信：人，包括压迫者在内，有不容任何差别的尊严。他单纯地相信：压迫、掠夺，不只是施加于努力和被压迫人民的罪恶，也使压迫者堕落，成为罪人……他单纯地相信：手段与目的是合一的。为了达成自求解放的道德目标，他严格地、不容妥协地要求抵抗和斗争手段的道德性格。他单纯地相信：暴力、流血、互相残杀，会使一个道德的抵抗者矮小化，与压迫者同样沦落为罪人。”[①] 这篇电影的观后感应该被看作反映陈映真在80年代之后的“中间物”精神结构，及其理想主义重构的最重要文件。“手段

① 陈映真：《自尊心与人道爱——电影〈甘地传〉观后的一些随想》，《陈映真作品集9·鞭子与提灯》，人间出版社1988年版，第127页。

与目的是合一的”，对于甘地的反抗实践的高度认同，实际上标志着他对自己原来的理想进路的痛苦的自我否定，在此基础上他重新试图寻求人性的自我完善与理想主义的契合。甘地的“非暴力不合作”为他的理想主义的重建提供了最好的范本。

正是基于这种理想主义的重建，陈映真在1984年开始创办《人间》杂志。在《人间》杂志的发刊词中他说：“我们抵死不肯相信，有能力创造当前台湾这样一个丰厚物质生活的中国人，他们的精神面貌一定要平庸、低俗。我们也抵死不肯相信：今天在台湾的中国人，心灵已经堆满了永不饱足的物质欲望，甚至使我们的关心、希望和爱，再也没有立足的余地。不，我们不信！因此，我们盼望透过《人间》，使彼此陌生的人重新热络起来；使彼此冷漠的社会，重新互相关怀；使相互生疏的人，重新建立对彼此生活与情感的理解；使尘封的心，能够重新去相信、希望、爱和感动……”[①]《人间》杂志以其独特的办刊宗旨和风格，体现了陈映真重构后的理想主义对于台湾现实的有效介入。《人间》杂志之所以坚持以摄影报道的形式办刊，目的在于对台湾社会的底层民众的深度报道和关怀，并且《人间》要凸显的是在苦难中的人性的忍耐、坚强、承担以及无条件地爱的能力。陈映真透过《人间》实现了他重构后的理想主义的目的和手段的合一：以一种坚韧的承担和无条件的爱，凸显人性的光辉，并以此照亮自己和他人。改良社会的良善的愿望，归根到底必须从“人”出发，以人的无条件的爱克服人的“罪性”，并以此作为基础，才不至于走向歧途与反面。从这一点上来说，和70年代的陈映真对

① 陈映真：《〈人间〉杂志发刊词——因为我们相信、我们希望、我们爱……》，《陈映真作品集9·鞭子与提灯》，人间出版社1988年版，第165页。

革命充满信心的“文化批判”相比，80年代的陈映真的社会批判呈现出完全不同的宗旨与风格。也许这也是陈映真给我们的最有价值和意义的启示。

第三节　民族身份认同的重构与再出发

一、民族身份认同主体的转移和超越前进论

上一节我们重点讨论了陈映真在20世纪80年代之后精神结构的调整:“中间物”意识的重构。“中间物”意识的重构同时意味着陈映真的阶级、政治身份认同的重大调整。相较于政治身份方面以“中间物”意识为标志所经历的重大调整，在民族身份认同方面也同样遭遇了多重挑战。

80年代以来民族身份认同的挑战来自内外两个方面：一是内部的：80年代之前，陈映真的民族身份和阶级身份在某种程度上是连接在一起的。在民族身份上，陈映真始终坚持民族统一的国族身份认同倾向，而他显然不认为台湾是这个中国的代表。大陆的社会主义实践始终是他的左翼的阶级身份的认同主体，因此，社会主义的大陆和大陆的社会主义是他早年两个层面上的身份认同的分别的认同对象。然而1979年以后，这种长期以来一直紧密维系的身份认同的连锁结构遭受了冲击以至于断裂。陈映真不得不面对如何修补这个断裂之索的困境。二是外部的：进入80年代以来，陈映真以统一

为旨归的民族主义及其话语在台湾不得不受到来自其他民族认同话语的挑战。其中势力最强大的是“台湾意识”和“本土论”。同时，以跨国企业为标志的资本主义全球化对于相关群体的民族身份认同产生了深远影响。我们将从这内外两个方面分析陈映真如何重构自己的民族身份认同结构，并应对来自“分离主义”和“全球化”的挑战。

“文革”对陈映真思想结构的冲击使得他之前牢固的身份认同结构产生了松动。而民族身份的认同此时也因此面临同样的连带危机。面临这样的双重危机，陈映真经过长久的“苦闷”，在身份认同上作出了虽然不是颠覆性但也极具反思性的重大调整：也即把人民作为新的认同结构的主体，从而克服一种民族身份的虚无和“分离主义”的道路。对此，他的访问者当时就发出了这样的疑问：“可是，‘人民群众’之为物，说具体也具体，抽象也够抽象的。”[①]面对这个本来很棘手的问题，陈映真从两方面加以回应，第一方面，首先是对自身民族认同之路的反省，通过自我否定来确证“人民”之为认同主体的合法性。“几十年来，我们在这个分裂的祖国两边的政权中，找寻、选择认同的对象。有人选择台北，有人选择北京，也有的人两边都不要，要自己塑造认同的目标。”[②]陈映真简洁地概括了台海分裂状态下台湾对于民族认同这个问题而出现的种种类型。“选择台北”的，是国民党政权庇佑下的大部分大陆来台的所谓“外省人”，“选择北京”的，指的是包括陈映真在内的对于大陆共产党抱有热情和希望的左翼人士。而第三种是本省籍的既不心向共产党，对国民党也不

① 陈映真：《陈映真作品集 6 · 思想的贫困》，人间出版社 1988 年版，第 37 页。
② 陈映真：《陈映真作品集 6 · 思想的贫困》，人间出版社 1988 年版，第 37 页。

感冒的“分离主义”分子、“台独”派。在经历了心灵苦闷的陈映真看来，“现在想来，这些都不能充分地满足民族认同的需要”[①]。而对于“人民”的认同并不是孤立的，它是和对于“父祖之国”的认同密切联系的，因为“父祖之国”正是由无数中国人民创造的。所以，第二方面，陈映真把对“人民”的概念顺势换为（如果不能说是偷换的话）“祖国”。那么，在政治上的认同就和民族上的认同彻底合流了。也即把阶级认同和政治认同一并迁入和合并到以“人民”和“祖国”为主体的民族认同之上了。

所以，对于国家和民族的关切此时成为陈映真新的思考和谈论的核心。陈映真对“民族主义”的强调是和对民主的诉求有着内在的关联的。因为：第一，只有“人民”拥有了民主，才可能成为国家政治生活的主体，才有可能成为陈映真政治认同的新的对象。可见，陈映真作为认同主体的“中国人民”，至少在享有民主权利方面有着自身的内涵。第二，只有民主，才能解决民族分裂问题，也就是台湾和大陆的分裂、台湾的“分离主义”倾向问题。“如果统一后的中国仍然不能使台湾人民真正当家做主，‘分离主义’将会长期存在，并且发展下去……没有真正的民主、自由和和平，就不能产生真正的民族同胞之爱，并借以致获真实的民族团结。”[②]“在国家 / 民族分裂这个特定的时代，中国民族主义的课题，应是民族主义的确立与民主的统一的两个问题上，并且应该善于把民主主义与民族统一同时并举起来思索。没有民众真正当家做主的民主主义做前提，

---

① 陈映真：《陈映真作品集 6 · 思想的贫困》，人间出版社 1988 年版，第 37 页。
② 陈映真：《陈映真作品集 6 · 思想的贫困》，人间出版社 1988 年版，第 37 页。

任何统一的理论和方略，无非虚论妄议吧。”[1]

总的来说，陈映真在1979年以后的民族身份认同的结构性调整主要集中在两个方面：一是认同主体向国家、人民的位移。二是在这种位移的同时主张保证人民的民主、自由的权利。以这两个基点的民族身份认同的结构调整深刻反映了1979年以后陈映真在思想结构上的“中间物”意识。首先，这种向“人民”的认同位移，本身就是原先的精神结构重构的结果；其次，虽然陈映真特别强调“民主”问题对于民族认同的重要意义，然而如何实现“民主”？实现何种形式的“民主”？这是他所没有也不能深入解答的问题。正如前文对于“直接民主”与“间接民主”的辨析，陈映真对于“民主”的宽泛的、表层的呼吁和讨论，是由其批判的限度所决定的。

在这种情况下，就可以理解在政治、民族身份认同方面为什么陈映真很自然地迅速接近胡秋原、徐复观等人的中间派观点。陈映真在80年代初先后发表《中国文学的一条广大出路——纪念“中国人立场之复归”发表两周年，兼以寿胡秋原先生》和《无尽的哀思——悼念徐复观先生》两篇文章。在前文中，陈映真提出对胡秋原的“超越传统、西化、俄化而前进论”再评价的问题。胡秋原的“超越前进论”是在1962年提出的，并在当时和李敖进行了一场轰轰烈烈的“中西文化论战”。时过境迁，陈映真旧话重提，原因何在？之所以说是要进行“再评价”，原因在于：陈映真在胡秋原的“超越前进论”中看到了符合自己80年代的精神结构和身份认同特点的趋同性的逻辑。因此，虽然是旧话，然而却非常符合新时代下

① 陈映真：《国家分裂结构下的民族主义——“台湾结”的战后史分析》，《陈映真作品集13·美国统治下的台湾》，人间出版社1988年版，第103页。

的陈映真的心境。“超越前进论”既表现出陈映真政治身份认同范式转换的理论价值，又暗合陈映真的民族身份认同的结构性调整。因为“超越前进论”的最终落脚点是“中国人立场”。在陈映真看来，《中国人立场之复归》呈现出这样的逻辑：就是因为中国人在面对后发展国家的现代性问题的时候，在历史经验上丧失了自己国家的自主性。因此，中国要谋求发展，必须“走中国人自己的道路，依照中国之社会的、经济的、历史的具体条件，而不是在西方或苏联的现成的模式中去挑选或抄袭其中之一，找出自己的出路——这是今后全体中国人共同的、艰难的课题”①。胡秋原提出的用以反对西化、保持民族文化本位的“中国人立场”，在80年代初成为处于思想的夹缝中、努力寻求出路的陈映真的最佳理论资源和立足点。

回头来说，陈映真在民族身份问题上，之所以能坚持原先的以中国为主体的民族身份，而没有走向“分离主义”，主要是通过两个步骤来对之进行重建的：第一，对认同主体的置换。第二，重构知识分子身份与民族身份之间的联系纽带。

陈映真在1979年之前，在左翼的阶级身份和以大陆为主体的民族身份的相关连带之外，还隐含着知识分子身份与上述两者之间的附加联系。他既是作为一个左翼知识分子的身份而活动，同时也是一个民族主义的知识分子。在第一个身份连带结构瓦解之后，知识分子的身份如何与其他身份进行再结合，就成了他对自身的身份进行重新稳定的重要命题。因此，我们就可以理解为什么陈映真急于确定知识分子和中国人民之间的历史联系：“长年以来，知识分子向

① 陈映真：《国家分裂结构下的民族主义——“台湾结”的战后史分析》，《陈映真作品集13·美国统治下的台湾》，人间出版社1988年版，第103页。

着不同的口号、党派和集团狂奔、扭曲，并且使中国知识分子失去了团结，互相分裂，互相厮杀。但国族所面临的问题却依旧或者更为深重。于是，在既有的权力之外，另求出路；在中国的民众、历史和文化中，找寻民族认同的主体的这么一个‘民族的乡愁’中，徐复观先生和他的台湾知识分子间，产生了手足、同胞的真实情感。”[①]在陈映真看来，知识分子是人民的天然的代言人，而人民是民族身份认同的新的主体，因此，作为知识分子的民族身份，就可以重新稳定下来，而不必陷于虚无和转向。

同时，随着民族身份的重构，民主、自由这些因为阶级身份的崩溃所引发的新的政治要求，落实到新的民族身份认同结构里，形成了以民主为基点的新的民族身份认同。

然而，应该看到的是，虽然政治民主成为陈映真重构民族身份认同的主要基石，并成为应对“分离主义”的主要政治理念的资源，然而在这一点上陈映真并没有进一步深入地辨析和思考，以至于台湾社会局面以及岛内的民族—族群关系的发展实际上基本逸出了陈映真在80年代初所作的理论推演。也就是说，虽然台湾社会的民主化进程取得了长足的进展与突破，然而族群关系的隔阂与对立、族群关系的被政治化操弄却愈演愈烈。当然，陈映真所指的“民主”更多的是对中国大陆以及基于此的大中国的政治愿景，然而在民主化的台湾如何能够回应族群问题的矛盾和激化，对于陈映真来说，还是一个有待深入思考的问题。

---

① 陈映真:《无尽的哀思——悼念徐复观先生》,《陈映真作品集8·鸾山》, 人间出版社1988年版，第65页。

二、民族身份认同的内部挑战——“本土论”及其延伸

进入80年代，陈映真不仅在精神结构内部面临空前的理想失落的危机，同时也必须面对台湾社会的巨大变化。因此，陈映真在艰难地完成民族身份认同的重构的同时，不得不同时迎接民族身份认同的多重挑战：一是“本土论”话语。二是和“本土论”话语相伴生的“冷战”与“殖民”记忆。

持“台湾意识”、“分离主义”和“本土化”的论者坚持认为：台湾虽然在历史、文化上和中国大陆有着密切的关系，然而在历史发展的过程中，特别是日据时期以后，形成了特殊的政治经济以及历史文化。因此，台湾无论在哪个层面上都是独立的新的民族国家。为了配合政治上的“台湾意识”，持“台湾意识”论者开始在文学、文化层面积极寻找、构建所谓的“台湾文学本土论”。

台湾社会关于民族身份的“台湾意识”“本土化”并不是在20世纪80年代突然产生的意识和概念，而是有其特定和复杂的历史渊源，并随着社会形势的变化而逐渐发展。游胜冠的《台湾文学本土论的兴起和发展》中，把台湾“本土化”的兴起和发展划分为三个阶段：“一、日据时代——本土论的兴起和发展；二、50、60年代——本土论的式微；三、70、80年代——本土论的再兴。”[①] 而陈昭英的《台湾文学与本土化运动》同样把台湾“本土化”运动划分为三个阶段：“反日阶段”“反西化阶段”“反中国阶段”。比较起来，“反日阶段”和游胜冠的“日据时代”基本重合，而“反西化阶段”则是1949到1983年，批判的目标转向“西化派”，1983年以后，

① 游胜冠:《台湾文学本土论的兴起与发展》，前卫出版社1996年版，第10页。

台湾的“本土化”思潮和运动异化为一种“反中国”的文化思潮，所谓“台湾意识”也异化为“台独”意识。[①]

应该看到，即使在80年代，“本土论”仍然是一个开放的概念，包含相当程度的异质性与矛盾性。80年代“本土化”思潮的兴起有着多重背景的维度：“考察80年代台湾本土化思潮的兴起，必须关注四个重要的脉络和语境：一是从‘中国化’到‘本土化’的转变；二是从‘乡土’到‘本土’的转换；三是从‘反对运动’到‘本土化’的转变；四是从全球化语境到‘本土化’运动的关系。”[②]因此，“台湾文学本土论”在时代的潮流之中，作为反对西方理论霸权的话语、乡土文学运动关于“乡土”精神的延续、反专制运动以及抵抗资本主义全球化的重要理论资源，获得了表面上的合法化。然而，在80年代以后，“本土论”逐渐意识形态化。“本土论”放弃了自己不断变动的论述位置，试图消除自身所蕴含的异质性和矛盾性，把它转变为同质化的结构。“批判转变为意识形态而意识形态又转变为批判，完全取决于在某个一闪即逝的瞬间内所处的位置。”[③]

1979年的“美丽岛事件”，加速了台湾“党外”力量的凝聚，也迫使国民党开始逐渐改变“一党专政”的政策。“党外”的政治力量和台湾“本土论”的发展有着密切关系。“本土论”的意识形态化首先是通过消解“本土”意识的阶级维度展开的。“乡土文学论战”是“本土论”的形成过程中重要的思想渊源，而进入80年代以

① 陈昭英：《台湾文学与本土化运动》，正中书局1998年版，第103页。

② 刘小新：《阐释的焦虑——台湾当代理论思潮》，福建人民出版社2010年版，第113页。

③ ［美］德里克：《跨国资本时代的后殖民批评》，王宁等译，北京大学出版社2004年版，第156页。

后，“本土论”极力消除“乡土文学论战”所发展出的阶级意识，因为台湾社会的阶级分化和阶级意识是构建本质性的“本土论”的重要障碍。在他们看来，“本土论”主要是一个特殊的历史、文化和地域下形成的“台湾民族意识”，要构建这种同一性的概念，必须排除“本土论”中原本还有的异质和杂音。阶级意识作为消解这种虚构的“民族意识”的首要力量首当其冲受到消除。因此，“台湾人”“一千八百万人”等想象性的全称成为“本土论”者的口号。陈映真对此进行了针锋相对的批判，在《追究“台湾一千八百万人”论》中重新以阶级和阶层的眼光划分台湾社会，指出“本土论”对于“一千八百万人”的全称之下的特殊利益集团和政治力量作为全台湾民意代表的虚妄。在陈映真看来，“中等以上阶层”、“小市民阶层”和“社会下层的工人”由于不同的政治和经济地位，不可能形成共同的政治诉求，因此，这种抹杀阶级差异的“一千八百万人论”只不过是“中产阶级的党外，对台湾没有信心，但又亟思维持台湾现状。他们深知自己没有力量、勇气和决心保卫台湾，因此主要的向美国人以‘一千八百万人’的意愿为借口，提出‘自决’以‘救台湾’的口号”[①]。“由于台湾的产业必须依附国民党或外国企业始能成为巨大产业，围绕在巨大产业周围而成长起来的，台湾党外运动之主要社会力量，即台湾的中产阶级，便和台湾大产业一样，具备了依附的、不彻底的、暧昧和机会主义的性质。”[②] 陈映真以马克思主义的政

---

① 陈映真：《追究“台湾一千八百万人”论》，《陈映真作品集12・西川满与台湾文学》，人间出版社1988年版，第47页。

② 陈映真：《路线思考的贫穷》，《陈映真作品集12・西川满与台湾文学》，人间出版社1988年版，第21页。

治经济学作为方法论分析党外的“本土论”论述，应该说具有相当的深刻性。

应该看到，陈映真在80年代对于“党外”的批判有着策略上的转变。在80年代初，“党外”还没有组党，并且还受到国民党的全面压制的时候，陈映真所在的左翼阵营和党外的本土力量有着反抗国民党威权统治的“态度上的同一性”。陈映真虽然对于党外的“分离主义”和所谓的“台湾民族意识”感到忧虑，然而却并没有进行公开的批判，这是因为在当时，“批评‘台湾民族论’的言论，不论多么独立于国民党官方意识形态，在客观上都不免有为国民党作伥的嫌疑”[1]。然而民进党组党以后暴露出来的右翼、保守性格促使陈映真对民进党的批判逐渐升级。此外，党外的“本土论”论述，也完全符合国民党的政治利益。1978年以后美国决定与台湾断绝“外交”关系，以及党外力量的迅速发展，促使国民党在国族意识上逐渐倒向“本土论”。民进党的“决议文中有很多国民党想说、又不便说、不好意思说（如台湾主权不属中共；台湾国际地位独立；要美日‘调整’对台政治与外交关系，等等）的话。而且这一些话又是出自台湾的在野反对派的中央文书，效果尤佳。简直和国民党的长期利益极相一致”[2]。在陈映真看来，国民党和党外、民进党呈现出雷同的体制：一是意识形态上，同为反共、资本主义、“议会政治”。二是在阶级代表性上，它们都代表台湾的乡镇到城市的中产阶级、

① 陈映真：《迎接一个新时代的到来》，《陈映真作品集13·美国统治下的台湾》，人间出版社1988年版，第38页。

② 陈映真：《迎接一个新时代的到来》，《陈映真作品集13·美国统治下的台湾》，人间出版社1988年版，第38页。

买办阶级。三是在对待美日帝国主义上，两者都是无批判的、依附的、互相争宠的。四是对广泛劳动者的利益，虽有程度的差异，但两者基本都是淡漠的。[①]在这四个共同点中，最为重要的是相当一致的“依附”体制。在陈映真看来，这种依附于美国、日本的右翼保守性格，来源于战后长期的“冷战—内战”结构之下台湾社会的殖民地体制的延续，以及台湾社会的后殖民化。台湾在政治、经济和文化上长期的依附性质，是国民党和民进党在民族意识上呈现出保守的趋同性的重要原因。

总的来说，“所谓‘台湾结’，其实是从40年半后（注：即20世纪40年代后半期）由美国霸权展开的亚太地区两极对立下‘中国国家分裂—冷战—反共安全’体制的意识形态。它与1950年以后，美国反对、封锁中国大陆的‘韩国—台湾—菲律宾’这样一个对中国大陆围堵圈，有不可切割的关系……而在现实上，战后帝国主义与战后台湾分离主义运动的谱系上的关系，以及美国在50年代展开的‘两个中国’、‘一中一台’论与台湾分离运动的关系，不言自明”[②]。

因此，在“台湾结”与“中国结”的论战中，陈映真对台湾“本土论”“台湾民族意识”进行历史渊源的梳理，自然地把这种带有依赖性、殖民地体制的“本土论”和战后的“冷战—内战”结构以及这种冷战思维的未经清理和反省结合起来。在这个时期的“白

---

① 陈映真：《共同的探索——为台湾前途诸问题敬覆永台先生》，《陈映真作品集13·美国统治下的台湾》，人间出版社1988年版，第78页。

② 陈映真：《国家分裂结构下的民族主义——“台湾结”的战后史分析》，《陈映真作品集13·美国统治下的台湾》，人间出版社1988年版，第102页。

色恐怖三部曲”:《山路》、《铃铛花》和《赵南郡》的重要主题就是要反思台湾战后的殖民体制和戒严体制。在陈映真看来，台湾50年代的左翼革命是带有民族革命性质的民主革命，并且是世界范围内的民族解放运动的一部分，而台湾地区的革命运动的被扑杀，同时也是这种世界范围内的西方资本主义阵营对于第三世界国家的民族民主运动的镇压的一部分。因此，要探讨“本土论”“台湾民族意识”的思想渊源，就必须检讨台湾的“亲美反共”的依赖体制和戒严体制的根源,《山路》、《铃铛花》和《赵南郡》是对50年代初叶的白色恐怖历史的再现，因此，经过了对这段历史的追溯，陈映真进一步把批判的焦点对准了美国和日本。因为，美日是建构、维持和发展台湾特殊的地缘政治，并在台湾社会形成“本土论”的重要推手。

因此，80年代初陈映真集中发表了一批批判美国的政论文章，通过透视美国和台湾的复杂关系，以剖析80年代甚嚣尘上的台湾“本土论”逐渐意识形态化的原因。比如《一个罪孽深重的帝国》《美国统治下的台湾》《世界体系下的台湾自决论》《共同的探索》等，陈映真通过历史的追溯，以翔实的资料论证了战后美国在政治、经济、外交、军事等各个方面对台湾的支配:“美国一方面以军经支援巩固国府在台湾的统治，一方面早在50年代初，即由驻东京盟军总部卵翼廖文毅在日本的分离运动。一方面对国府恢复军援，促成国府与日本合约的签订；订立中美协防条约，通过台湾海峡决议案，一方面又公开提倡‘台湾地位未定论’，不但为了美国军事力量进出台湾和台湾海峡，制造法的根据，一方面也是用来制造各个阶段的‘两个中国’和‘一中一台’政策。而正是在这个‘台湾地位未定论’的阴影下，滋长了三十年来各派别的台湾分离主义。”[①]不仅在源头上，台湾的“本土论”“分离主义”观念和美国有密切关系，在其发展过程中同样是“反共亲美”的意识形态在民族主义方面的反映。因此，无论是国民党，还是党外、民进党，他们由于对美国的共同的依赖体制，注定了在民族意识上的共同的“本土”和“分离意识”。“台湾党外的自决论，和海外台湾人的分离论，表面上看来，都是以‘台湾一千八百万人’的独立自主为奋斗的目标。事实上，从二次战后的‘体制对立’的总形势来看，‘自决’、‘独立’后的台湾人民，依然会是‘冷战体制’下美日新殖民主义体系下的奴隶。”[②]

参与台湾的脱离于中国民族意识的“本土论”的产生与发展的，绝不仅仅只有战后的霸主美国。实际上，潜藏得更深、流毒更广的是日本殖民统治的影响。战后初期，国民党当局虽然致力于在政治、经济、文化各领域扫除日本殖民统治的影响，然而由于处于东亚反共同盟之中的共同政治倾向，以及被编入美日台三角贸易的经济关系之中，台湾对于日本的态度不可避免地陷入一种暧昧之中。因此，台湾官方、文化界不可能对日本的殖民统治给台湾人民造成的民族和文化认同方面的影响进行积极清理。随着台湾左翼在50年代被基本肃清，这种对于战前殖民统治的清理和反思也就烟消云散了。从历史的眼光来看，日本殖民期间的文化殖民，对台湾“分离主义”思想的发展起到了重要作用，并成为一股活跃在台湾思想史中的潜

① 陈映真：《美国统治下的台湾——天下没有白喝的美国奶》，《陈映真作品集13·美国统治下的台湾》，人间出版社1988年版，第15页。

② 陈映真：《世界体系下的“台湾自决论”——冷战体制下衍生的台湾党外性格》，《陈映真作品集13·美国统治下的台湾》，人间出版社1988年版，第31页。

流。日本殖民统治以及战后台日的关系使台湾普遍存在一种“日本情结”。正是这种“日本情结”，使台湾的民族身份认同曾经遭受的扭曲一直以各种形态继续存在。1983年历史学者高伊哥和戴国辉之间的“近代化论争”，就是这种“殖民现代性”的先声所引发的知识界的批判。高伊哥说：“在道德谴责帝国主义之余，我们不妨冷静探讨帝国主义带给殖民地、第三世界的另一面。从前的英属地——印度、新加坡、马来亚等地为什么还沿用着英国的法制、行政体系？台湾上一代的知识分子在战后三十年所付出的贡献，不必讳言，是帝国主义所赐；李光耀、甘地、尼赫鲁、Franz Fanon、王敏川、蒋渭水等人也是帝国主义教育下的产物。”[①]如何看待殖民历史，是“现代化论”与戴国辉“反殖民论”的论战焦点。殖民地经验对于台湾的文化认同的影响不绝如缕。

张良泽在《战前在台湾的日本文学》中写道：“西川氏的杂志或著述中，时常堂堂然使用着类如‘台湾文学’、‘华丽岛文艺’的辞语。尤有进者，西川满也经常对于‘台湾文学’的存在，做明确的主张……经由这样的想法，西川满清晰地主张了台湾文学的独自性，从而使台湾人觉醒了起来……”[②]通过张良泽的“台湾文学论”，可以确定的是，历史意识的殖民化，和殖民经验对于历史意识的侵蚀，势必会扭曲台湾人的文化认同。而张良泽吹捧以西川满为代表的“皇民文学”，正是这种被扭曲的文化认同的表现。陈映真以翔实

---

① 高伊哥：《台湾历史意识问题》，施敏辉：《台湾意识论战选集》，前卫出版社1985年版，第171页。

② 转引自陈映真：《西川满与台湾文学》，《陈映真作品集12》，人间出版社1988年版，第54页。

的史料清理了西川满以及40年代的“皇民奉公会”的文学活动为殖民统治和帝国主义的侵略张目的历史，“如果张良泽还要进一步以这‘投降有理’论，去为被一个曾经高踞协力日本侵略战争的文化人榜首的西川满翻案，则即使不站在中华民族的立场，就是站在作为一个有良心的人的立场，也是值得震惊的疯狂罪恶吧！”[①]

无论是美国所催生的台湾文学“本土论”，还是日本殖民统治遗留的“皇民文学”论、“殖民现代性”，都是与陈映真在80年代以中国为主体的民族身份认同格格不入的文化认同倾向。而陈映真对他们的批判，代表着台湾的统一左派虽然在身份认同方面经受了沉重的挫折，然而对于台湾社会形形色色的“本土化”“分离意识”等外来的挑战，仍然坚持着自己一贯的民族身份的立场。

除了针对性的反击和批判，陈映真同时以“第三世界论”的视野和方法论作为应对“本土论”的重要理论武器。从民族身份认同的取向来看，陈映真在80年代发展“第三世界论”不是偶然的。把台湾、大陆共同纳入亚非拉等追求民族独立解放的“第三世界”，以对抗台湾的“分离主义”意识，消解这种“文化民族主义”的存在基础，成为70年代“乡土文学论战”中，陈映真所采用的主要论战策略。乡土文学论战的左翼阵营在统独意识上发生了明显的分裂，叶石涛认为，台湾乡土文学应是站在台湾立场来透视世界的作品，台湾作家应该具备理所当然的“台湾意识”。陈映真则指出：“在十九世纪资本主义帝国主义所侵凌的各弱小民族的土地上，一切抵抗的文学，莫不带有各别民族的特点，台湾‘乡土文学’的个性，便

① 陈映真：《西川满与台湾文学》，《陈映真作品集12》，人间出版社1988年版，第63页。

在全亚洲、全中南美洲和全非洲殖民地文学的个性中消失，而在全中国近代反帝、反封建的个性中，统一在中国近代文学中，成为它光辉的，不可切割的一页。”[1]两者的分歧是深刻的：“一个强调‘中国特点’，力图将台湾的历史和文学纳入中国近代反帝反封建斗争及其文学运动的巨大潮流中，甚至纳入整个第三世界反抗帝国主义的历史和共性中加以考察；另一个则更强调台湾的特殊经验，强调‘以台湾为中心’的出发点。”[2]陈映真在乡土文学论战中及与叶石涛的统独论战中虽然没有使用“第三世界”的概念，然而却明显地已经具备了“第三世界”的视野和眼光，80年代以后的“中国结”与“台湾结”之争中，陈映真进一步发展和充实了“第三世界”和“第三世界文学”论，在与“本土论”意识形态的斗争中发挥了重要作用。

陈映真的“第三世界”和“第三世界文学”论首先建立在对台湾的政治经济学的考察基础之上。在陈映真看来，“若只从国民所得，从贫富差距等方面来看，台湾和其他第三世界国家和地区间，有十分明显的差距。但如果从世界分工和国际的生产诸关系去看，台湾和其他第三世界国家和地区，共同处于被先进国家在资金、技术、市场和文化上支配的地位”[3]。这里的政治经济学的分析当然是基于战后的台湾社会，虽然陈映真没有把政治经济学的分析推进到战前的台湾社会，然而也许这在他看来是多余的，因为战前的台湾一

---

① 陈映真：《“乡土文学”的盲点》，《陈映真作品集11·中国结》，人间出版社1988年版，第3页。

② 朱双一：《30年来台湾文坛“统独之争”述评》，《台湾研究》2007年第6期。

③ 陈映真：《中国文学和第三世界文学之比较》，《陈映真作品集8·鸢山》，人间出版社1988年版，第82页。

直是作为从中国分割出去的殖民地而存在的，并且陈映真非常重视日据时期台湾民众和知识分子在政治、文化等多层面的反殖民行动以及与大陆的反帝反封建的社会运动之间的密切联系，因为这种密切联系和反殖民的存在，是台湾之所以能被纳入追求民族独立解放运动的“第三世界”的基础。而叶石涛、彭瑞金、张良泽等不同世代的“本土论”者在日据时期台湾的政治和文化属性上坚持“皇民”属性，正是要从源头上斩断“台湾”和“中国”之间的联系。陈芳明作为左翼独派，在这个问题上采取的策略是论述和强调台湾共产党和日本共产党之间的密切关联。不同的关于日据时期的历史观产生了不同的民族身份认同倾向，或者毋宁说不同的民族身份认同必然要求他们采取不同的历史观。在这个问题上，要求真正严肃的学术考察，翔实可靠的史料和科学的方法论同样重要。在这一点上，我们就可以理解陈映真在 90 年代以后对于杨逵的挖掘，以及对于大陆来台作家如欧坦生等大力推荐的原因。

从这个角度来看，只要明确了战后的台湾的“第三世界”性质，就可以在整体上把握台湾的“第三世界”的政治、经济和文化的历史。日据时期的日本帝国主义对汉语和汉语文学采取禁绝、压制，本身就是和许多其他第三世界国家如菲律宾、印度尼西亚在民族语言的停滞、粗俗化和受破坏的情况，如出一辙。而战后冷战框架内西方阵营的势力范围之内的地区如台湾向西方“现代主义”文学的转向，是第三世界文学在战后主体性的继续丧失。因此，不仅“在台湾的现代中国文学，和其他第三世界现代文学的，是作为反抗帝国主义、殖民主义的文化启蒙运动之一环节而产生”[1]，而且其发展轨迹和特点也同样和其他第三世界国家文学基本一致。

正如詹宏志所指出的：“在陈映真的观点下，同一民族中如果发生加害者和被害者的分野，都是不幸的历史产物。他宁可把四十年来的本省、外省的冲突，视为短暂的现实。也就是说，即使兄弟反目、分家，也不能否认血缘的存在。这就是为什么陈映真在“台湾结”“中国结”的问题上，并不采取台湾和中国的立场，而退回到整个第三世界受扭曲的历史的共同经验，以寻求谅解的、积极的解释。”[2]“第三世界”的历史观，在陈映真的思想结构中，保证了“中国”和“台湾”之间的一体性，因此，“第三世界”和“第三世界文学”就成为批判“本土意识”、“台湾意识”和“台湾本土文学”的最具学理性的论点。

三、文化帝国主义和身份认同——以《万商帝君》为例

80年代的台湾社会的巨大变化，表现在两个方面：第一，随着台湾资本主义经济的迅速发展，台湾产生了一个较为庞大的中产阶级群体，并且迅速形成了一个“大众消费社会”。第二，以“美丽岛事件”为标志，台湾的中产阶级逐渐要求政治权力，国民党当局被迫不断放开政治独裁和高压管制，社会思潮逐渐多样化。在前文中我们所讨论的陈映真对于“消费社会”和“大众文化”的批判，其

---

① 陈映真：《中国文学和第三世界文学之比较》，《陈映真作品集8·鸢山》，人间出版社1988年版，第83页。

② 詹宏志：《理想论者的思想与历史观——札记陈映真的文学评论》，《陈映真作品集10·走出国境内的异国》，人间出版社1988年版，第24页。

角度是从阶级、政治身份的再调整展开的。也就是说，“消费社会”是陈映真从其重构的“中间物”意识出发，对于资本主义进行的一种文化批判。应该看到，陈映真对于“消费社会”的批判，还有着民族身份的出发点。

对于台湾的“消费社会”的特征，在陈映真“华盛顿大楼”系列中的第三部《万商帝君》中，通过小说中莫飞穆公司刘福金和陈家齐两位公司经理，关于如何在台湾营销“罗兰牌小铁板”的思想交锋而展现出来。台湾的“消费社会”所不同于西方发达国家的消费社会的特点是：台湾的“消费社会”是台湾在缺乏一个发达的工业和技术生产能力的前提下产生的，也就是说，台湾的“消费社会”缺乏其“经济基础”。而这之所以能发生，是因为大众消费社会，是一个“观念革命”的产物。刘福金宛如陈映真笔下的关于消费社会批判的最佳标靶，对消费社会的精髓进行了完美的演绎：“刘福金以一种精巧阴谋的设计者那种快乐的声调说，要使每一个消费者成为今日的国王，要动员一切信息科学、心理学、行为科学和社会学……借着现代大众传播的各种技术知识，去开发人的七情六欲。‘要解放人们的欲望，通过设计良好的企业行动，去开发人对于商品的无穷嗜欲。’刘福金说，‘挑起欲望，驱使他们采取满足欲望的行动——购买我们的产品。而且要在满足了一个欲望的同时，又引起一个新的欲望……”[①] 以大众传媒作为主要工具，刺激民众的消费欲望，是刘福金的主要营销策略。他策划了一部以台湾农村为背景的广告片，以期打进台湾农村市场，诱导台湾农民对“罗兰牌小铁板”进行消

① 陈映真：《万商帝君》，《陈映真文集·小说卷》，中国友谊出版公司1998年版，第462页。

费。然而，另一位资深的经理陈家齐对于台湾社会的了解显然比留洋归来空降到公司的刘福金更深入。

陈家齐对台湾农村的描述显然更符合陈映真本人对于台湾社会的定位。在陈家齐看来，台湾的农村已经不再存在刘福金的广告片中所描绘的那种富有浓郁的中国传统特色的田园生活了。现代社会的价值观和廉价又大量的现代工业产品一齐涌入农村，已经彻底改变了农村的面貌，也彻底颠覆了农村社会的价值观。这一切和消费社会下的制度化的消费有着密切关联。而跨国公司对于这种制度化的消费的建立和扩展有着积极的助推作用。应该看到，消费社会的形成，是资本主义社会的普遍状况，何以陈映真特别强调跨国企业对于台湾社会的消费社会的作用？台湾本土企业难道不是以一种积极的姿态加入这种消费社会的形成之中吗？本土企业的行销方式和跨国企业又能有什么本质的区别呢？在我们看来，陈映真之所以强调跨国企业的作用，除了他自身在美资药厂的工作经历的背景，重要的原因还在于，台湾作为一个在各方面都扈从于美国的地区，本土企业在资金、规模、营销、企划方面很难与跨国企业抗衡，因此，引领消费社会价值观念潮流的，莫过于纵横世界的跨国企业。跨国企业所制造的商品，所推行的“消费至上”的价值观，所代表的西方发达国家的“现代化”的光环，就像一张魔力巨大的网，笼罩了全世界。广大的欠发达国家，实际上早已在这种“现代化”的先驱跨国公司的摧城拔寨之下缴械投降了。就如陈家齐的描述：“我因为业务会议，走遍菲律宾、泰国、印尼、印度、巴基斯坦，以及，在一次非常特殊的机会中，我到过巴西。可口可乐在所到之处——不管那市场是如何贫瘠——都有人在喝。本田、丰田牌日本货车，在整个东南亚的乡村道上驰骋；牛仔裤、长头发、太阳眼镜、世界名牌农药和西药、化妆品、香皂和香水……在我所到的整个东南亚农村中，不断地普遍化。”[①]跨国企业不仅向第三世界、欠发达国家倾销商品（无论这种商品是不是他们所需要的），而且还向他们推销一套特定的价值观——“现代化”。就像公司总部的布契曼所说的：“我们卖的不只是产品。更重要的是，我们卖的是一种理念、一种文化。进步的、合理的、舒适的、享受人生的理念和文化！”[②]所有浓缩着民族特性的地方性文化，在这种“进步、合理、舒服、享受”的价值观念的冲击之下，都将面临极大的压力。至少，台湾农村的那种负载着中国传统文化的生活方式，在20世纪80年代之后，已经几乎消失了。而伴随这种民族文化消亡的，是民众的民族身份认同的模糊。就如陈家齐所说的：“作为一个跨国性企业的管理者，应当深刻地理解到我们跨国企业体正在全世界范围内，进行一项和平、无声的革命：相应于我们跨国企业商品在品质上的统一性，我们创造了一个没有文化、民族、政治、信仰、传统的差别性的，统一的市场！”[③]应该看到，陈映真对跨国企业的定位，赋予了跨国企业和资本主义的全球化之间以深刻联系。如果说陈映真关心的是跨国企业对于台湾民族经济的剥削和支配，毋宁说他更关心跨国企业以及它所宣称、携带和制造的一整套文化观念、价值观对于整个第三世界

① 陈映真：《万商帝君》，《陈映真文集·小说卷》，中国友谊出版公司1998年版，第470页。

② 陈映真：《万商帝君》，《陈映真文集·小说卷》，中国友谊出版公司1998年版，第448页。

③ 陈映真：《万商帝君》，《陈映真文集·小说卷》，中国友谊出版公司1998年版，第470页。

的侵略。这种侵略不是一种硝烟弥漫的战争，而是一种悄无声息的占领。

不能仅仅把以美国为首的西方世界在全球化时代的资本扩张看成一种经济行为，文化控制是任何一个能延续的全球性经济系统不可分割的方面。在这方面，大众媒介是进行文化传播的最佳工具。在《万商帝君》中，一个关键情节，就是策划“罗兰牌小铁板”的广告。现代商品广告由于在以电视为主要载体的大众传媒上的高出镜率，成为推销商品及其文化观念的最重要途径。在这方面，资深的市场经理陈家齐比留美归来的刘福金显然更具“国际意识”。他对刘福金的广告方案的批判，着重点在于：刘福金的方案中身着唐装的农民、田园牧歌般的乡村生活在现实上已经不存在，更重要的是，这种对于本土文化符号的强调实际上已经不合时宜，因为经过改造的台湾民众的价值观，已经完全拜倒在以美国为首的发达国家通过各种途径所塑造的“现代化”的价值观念之下，因此，“要使 Rolanto 具有西方先进国家直接进口的现代家庭生活厨具这种印象。……千万要放弃对襟唐装老人、丛林、古井和老房子这一类影像，要使我们的台湾乡下人，看起来明智，有现代意识，绝不惮于使用任何优良的、现代的、进口的商品”[①]。正如詹姆斯·彼得拉斯所说：“美国传媒的讯息在双重意义上疏远第三世界人民。他们制造出‘跨国’和‘跨阶级’的联合的神话。通过电视，成功地使媒介采访者与贫

① 陈映真：《万商帝君》，《陈映真文集·小说卷》，中国友谊出版公司1998年版，第471页。

困的旁观者之间建立起了虚假的亲密和幻想中的联系。”[①]

跨国公司以一种积极的姿态参与到“文化帝国主义”的扩张之中。“文化帝国主义在‘表现自我’的名义下，对那些害怕被标上‘传统’印记的第三世界人民施虐，以不分阶级的‘现代性’的假形象来诱惑和操纵他们。文化帝国主义对所有现存的阻挡那唯一神圣的现代市场的关系提出质疑。第三世界人民在娱乐中，或被迫使，或高高兴兴地‘现代’起来，从而委身于资本主义市场的需求。放弃舒适的、传统的、宽松的服装，代之以病态的、不合身的、紧绷绷的牛仔裤。”[②]在这种政治上的亲美、亲西方，经济上的依赖和文化上的全盘向“现代化”的投降，第三世界的传统文化、价值观念、家庭与社区的联系都面临巨大挑战，正如陈家齐所说的：“我的父亲，是一个坚持在中国传统方式下生活的老人。他不但坚持非不得已，决不以西装来取代他所热爱的中国传统便服。他坚持他的儿女背诵族谱，记住祖国大陆老家的详细地址；他坚持在现代家庭中充分维持他作为传统家长家族体制中的支配性地位。但是，先生们，任何人都知道，这样的中国人，尽管个别地存在着，却一般地——在社会上、历史上，以及在统计上，完全消失了。”[③]

同时，以跨国公司为代表的资本主义全球化和文化上的帝国主义，所改变的不仅是本土文化，由于资本对利润的绝对追逐，任何对

① 詹姆斯·彼得拉斯：《二十世纪末的文化帝国主义》，见 https://ptext.nju.edu.cn/b7/2d/c12215a243501/page.htm。

② 詹姆斯·彼得拉斯：《二十世纪末的文化帝国主义》，见 https://ptext.nju.edu.cn/b7/2d/c12215a243501/page.htm。

③ 陈映真：《万商帝君》，《陈映真文集·小说卷》，中国友谊出版公司1998年版，第470页。

这种逐利形成阻力的物质的和精神的障碍都必须予以扫除。民族身份和“民族主义”就是一个重要障碍。正如莫飞穆公司总部的 Blackwell 教授在中层干部培训会上所说：“聪明的行销管理者，要善于根据客观的文化研究——而不是根据自己的教育、阶级和生活上的偏好——去制定计划……行销管理者要以国际性人格为基础，从跨国公司全球性利润的观点，去正确评估各驻在地区，分支机构的文化、政治、民族、传统等诸问题。”[①]“国际性人格”，是对在跨国公司供职的人员在民族和文化身份上提出的要求。在这种“跨国公司文化”全方面的包围之下，刘福金和陈家齐，这对本来在民族身份上有着微妙矛盾的职业经理，不约而同地放弃了自己不同的民族身份取向。刘福金，这位坚持“台湾民族意识”的“台湾人”，在聆听了 Blackwell 先生“振聋发聩”的演讲之后，发愿：“我应该从台湾人成为国际人。不，说的正确一点，我属于一个新的、聪明的、精英的、创造世界更好、更丰盛之生活的民族和人种：Global Manager! Global Marketing Man!”[②] 而原本坚持自己是一个“中国人”的陈家齐，在看到美国宣布和中华人民共和国建交之后的台湾街头的学生游行打出的标语“台湾一定强！”，颇有意味地说：“要是几天前，这五个字，一定叫我流泪。”[③] 可以想见，陈家齐和刘福金一样，在接受了总部的培训之后，已经彻底放弃了自己的民族身份，所以在此刻，这两位原本的对头，在陈家齐说

① 陈映真：《万商帝君》，《陈映真文集・小说卷》，中国友谊出版公司 1998 年版，第 521 页。

② 陈映真：《万商帝君》，《陈映真文集・小说卷》，中国友谊出版公司 1998 年版，第 522 页。

③ 陈映真：《万商帝君》，《陈映真文集・小说卷》，中国友谊出版公司 1998 年版，第 525 页。

出：“ We need to defang the nationalist monster!”[①]（吾人应该将民族主义这个恶魔的毒牙拔除净尽！）之后，一笑泯恩仇：“我们在镜中相视而笑了，留下一车子年轻而不懂管理学的同事满头的雾水。”[②]

正如安东尼·史密斯所说：“但是引起民族主义衰弱的关键是对民族文化的超越。大众消费主义的‘文化帝国主义’稀释了民族文化的差异，将它们简化为包装物和民间传说，就像它通过移民和精英们的合作挑选出最有能力的男女进入跨国的资本主义经济，从而破坏创造自治文化和社会的能力那样。”[③]

陈映真在《万商帝君》中所塑造的跨国公司，不仅使得普遍的第三世界在经济上纳入全球化的资本主义体系，同时对第三世界的文化进行了毁灭性的冲击；不仅促使当地的民族文化传统逐渐空心化和荒漠化，同时培养出了一批自觉地具有“国际人格”，自觉放弃自身民族身份的“国际人”。陈映真以自身在跨国公司的工作经历，对跨国公司给台湾的民族身份造成的影响，在《万商帝君》中进行了不遗余力的批判。然而要怎样抵抗这种无孔不入的“文化帝国主义”，陈映真在小说中并没有给出明晰的答案，我们只能在其他文本中去挖掘了。至少在较早进入资本主义全球化的台湾，陈映真的态度代表了传统左翼对于全球化的批判和忧虑，这种批判对于快速扩展并深化的全球化世界，是一个不可或缺的观察角度。

---

① 陈映真：《万商帝君》，《陈映真文集·小说卷》，中国友谊出版公司 1998 年版，第 525 页。

② 陈映真：《万商帝君》，《陈映真文集·小说卷》，中国友谊出版公司 1998 年版，第 526 页。

③ [法] 安东尼·史密斯：《民族主义：理论，意识形态，历史》，叶江译，上海世纪出版集团 2006 年版，第 138 页。

本章的主要内容在于辨析“文革”结束以后陈映真在身份认同上所发生的异动，我们关注的重心在于阶级和政治身份。很显然，陈映真在20世纪80年代在政治身份的认同上处于一种他无法回避的尴尬和苦闷状态。六七十年代的大陆社会主义实践曾经被认为是他政治理想的立足点，然而事实令他深受打击。从陈映真所关注的核心问题来看，“文革”初期所展现的直接民主的尝试不能不说具备强大的政治感染力。“‘文化大革命’是在政党的国家化过程发展到一个阶段的产物。在政党国家化的条件下，重新进行社会动员，亦即在党—国之外激活政治领域和政治价值，形成大众参与性民主，构成了‘文革’初期的特点之一。”[①]而由于种种原因[②]，这种对于直接民主的追求迅速走向了它的反面。“文革”对于直接民主追求的失败并没有促使陈映真转向西方的代议制民主制度。正如他在一次访谈中所指出的：“在这块血腥的土地上，美国进来了，美国的意识形态也进来了。自由主义、民主、议会政治、个人主义、个人自由，等等，在台湾，我们一听到这些就反胃，因为我们是从那里过来的人，明白那些完全是一派谎言！实际上，美国支持的是像蒋介石，还有中南美洲那些最独裁、最极权的反共政府，可是居然宣称什么‘自由中国’！”[③]陈映真对西方民主政治的危机的判断在某种程度上和汪

① 汪晖：《去政治化的政治、霸权的多重构成与60年代的消逝》，《去政治化的政治：短20世纪的终结与90年代》，生活·读书·新知三联书店2008年版，第14页。

② 以汪晖的分析，包括群众运动的暴力化和两极化。参见汪晖：《去政治化的政治：短20世纪的终结与90年代》，生活·读书·新知三联书店2008年版，第15页。

③ 张文中：《人间杂志：台湾左翼知识分子的追求和理想——陈映真访谈》，《两岸三地名家访谈》，花城出版社2004年版，第123页。

晖不谋而合：“在这个意义上，当代多党议会民主（这里所指的并不是一般的议会制和政治代议制，而是指它的现存形式）的主要危机是悖论式的，即一方面是深刻的政治冷漠症，另一方面是狂热的军事动员机制。这一悖论乃是民主共和国向寡头制和帝国蜕变的基本条件。”①

汪晖认为，当代两种政治体制之间的趋同性日渐明显，都呈现出一种“去政治化”倾向。“这并不是说以议会民主为制度框架的多党制与一党执政条件下的政治架构没有重要差异，而是说在‘去政治化’的潮流之中，议会民主的多党制正在出现‘政治趋同’现象，而一党制下两条或多条路线并存的构造也正在消失，二者共同构成了以政党政治为中心的20世纪政治模式的危机。”②陈映真对当代中国的政治体制的忧虑集中在阶级的再分化以及社会不平等的加剧。然而视野的局限性使他不能认识到当下中国的“去政治化”的政治危机。也就是说，他认识到西方政治体制的“去政治化”的现状，却不能以此观照中国的政治制度。在此前提下，他对大陆的社会阶层的分化的“左”的批评，自然不能切中问题的实质，反而引发大陆知识界一些自由主义知识分子的反感，陈映真的思考在面对中国政治制度的走向时几乎走进了一条死胡同。在政治上找不到明晰的出路，陈映真精神结构中的宗教成分重新显现出来，甘地的“非暴力不合作”、南美的解放神学成为他80年代以后精神结构和身份认

---

① 汪晖：《去政治化的政治、霸权的多重构成与60年代的消逝》，《去政治化的政治：短20世纪的终结与90年代》，生活·读书·新知三联书店2008年版，第9页。

② 汪晖：《去政治化的政治：短20世纪的终结与90年代》，生活·读书·新知三联书店2008年版，第16页。

同的缩影。从政治身份的抉择中重新退回到宗教层面的超越意识，对于陈映真来说，似乎是他唯一的选择。

结语

本书从历时性的角度对陈映真自20世纪50年代末到80年代末这30年间的思想结构、身份的演变轨迹及其与创作、批判实践之间的关系进行了研究。首先有必要说明的是，正文部分基本没有涉及90年代以后陈映真的思想、身份认同及其创作状况。原因在于，以他的政治、民族的身份认同为主线，我们把陈映真的创作和批判历程分为三个阶段:（1）1959—1966年;（2）1966—1979年;（3）1979—1989年。以1989年作为我们论述的最后时间节点，并不代表1989年和1966年、1979年一样对于陈映真的思想结构有着关键性的作用，而只是以陈映真《人间》杂志的停刊作为他80年代文化实践的一个休止符。也就是说，90年代之后的陈映真的创作和批判实践基本上是延续着80年代重构的思想结构和身份认同的轨迹而展开，这一时期陈映真的思想结构本身并没有发生本质性的变化。这是我们除了资料收集上的困难之外，没有专门辟章节论述90年代之后的陈映真的主要原因。

需要指出的是，在90年代之后，陈映真的创作和批判实践的重心基本转移到以民族身份为基点的“统独”之争上来，而基于左翼身份的诉求则相对减弱了。其中有着切实的现实层面的原因。一方面，90 年代之后，无论是大陆还是台湾社会都逐渐去意识形态化，在这种情况下，陈映真的左翼身份及其左翼诉求在现实层面很难有发言的对象[①]；另一方面，在90年代之后，在政党政治的框架下，民进党强化族群身份，操弄族群政治，使得身份政治逐渐成为台湾社会最主要的焦虑感的来源。因此，陈映真在 90 年代之后的批判实践的一个显著特征，就是在 80 年代的基础上，以对于“本土论”、“台湾意识”以及“台独”话语的批判为他的批判实践的主要内容。

以下简要总结一下 90 年代之后陈映真的主要创作和批判实践的特点，作为补充：

一、传统左翼的再出发——和“文学台独”的斗争

20 世纪 90 年代以后，台湾社会的“本土化”思潮渐趋明朗化为“台独”思潮与论述，为了配合“台独”的政治论述合法化，一些知识分子在文史领域为“台独”思想背书，这自然引起统派知识分子的强烈反弹。世纪之交台湾文坛陈映真和陈芳明的“双陈大战”尤其引人注目。“双陈大战”和 70 年代的“乡土文学论战”一样，都是以文学为名的意识形态的论战。论战的焦点和实质并不是台湾文学史应该如何编写、如何分期的问题，而是争论台湾的历史和当下的社会性质问题，台湾人的民族与国族身份应该如何认同以及台湾未来的“统独”问题。其中，台湾的“社会性质”由于占据着双方

① 正因为这种社会思潮和身份感的错位，陈映真在90年代之后和大陆知识分子的对话中常常出现互相的不能理解。90 年代初大陆知识圈总体上处于“告别革命”的思想氛围之中，而陈映真对传统左翼观点和方法的坚持往往使他们之间的知识感觉产生错位。

立论的关键性位置，因此成为论战的焦点。2000 年前后，“台独”风潮在台湾甚嚣尘上，掀起了一股高潮。民进党上台以后在教育、文化领域积极推进“文化台独”，陈芳明的“后殖民史观”和所谓的“台湾新文学史”，不过是这波“台独”浪潮在文化领域的代表而已。陈映真用犀利的批判再次证明和维护了作为传统左翼的代表所肩负的政治身份和民族身份的坚定立场。

在“双陈大战”之后的 2001 年，陈映真发表《论“文学台独”》，系统地总结了战后台湾文学领域“台独”思想的滥觞。在结论中陈映真提出：“面对‘文学台独’的攻势，个人认为，在台湾文学研究工作中，应该学习杨逵精神和范泉精神。”[1] 陈映真对于杨逵、范泉的重提与再阐释，实际上仍然是“双陈大战”所代表的文学、文化统独斗争的延续。陈映真对于杨逵的重点推介，不仅阐明了杨逵作为日据时期最重要的代表作家所代表的“台湾文学精神”的真正内涵，反击了陈芳明给杨逵贴上的“本土派”标签，也明确了杨逵在当代台湾思想场域中的重要意义。

二、去冷战和去殖民的文学诉求

陈映真和陈芳明的论战中曾经有一个核心环节，就是日据时期的台湾的所谓“殖民现代性”问题。台湾的“殖民地体制”的长期得不到正视和反思、清理，严重影响了台湾人文化与民族身份的自我确立，也为战后、解严之后的族群分裂埋下了隐患。“殖民地体制”对台湾民族身份和文化身份的影响表现在：一方面，对于日本殖民

---

① 陈映真:《论“文学台独”》,《陈映真文选》，生活·读书·新知三联书店 2009 年版，第 353 页。

者的民族认同直接冲击和影响了台湾人作为中国人的民族身份认同感；另一方面，对于日据时期的“殖民现代性”的认可成了“台独”思想的主要历史和理论支撑。要清理台湾的身份认同所遭受的日本殖民统治的扭曲和影响，除了理论上的论战，陈映真选择了文学作为表现场域重新回到历史现场，以感性的场景和情节重新唤醒台湾失落和被遮蔽已久的殖民史。

陈映真在 2000 年前后接连发表了《归乡》《夜雾》《忠孝公园》，被称为“归乡三部曲”。在“归乡三部曲”中，陈映真刻画了一系列“大历史中的小人物”，以老兵、国民党特务为主要载体，串联起台湾在殖民、冷战的历史阴云下的民族身份的纠结。以《忠孝公园》为例，陈映真选择了“台湾人日本兵”作为切入日本殖民史——先是台湾，后是东亚——的微观视角，以倒叙视角展现了林标从殖民时代，到战后国民党统治时期，再到解严之后的当代台湾的个人史。而这个人史实际上是一直潜伏在台湾近现代史之下的被遮蔽的台湾殖民创伤的缩影。日本的殖民史对于台湾人的民族身份认同的影响是深远的，半个世纪的统治在政治、经济上的殖民和在文化上的同化，使得台湾人形成了一个难以轻易祛除的“日本情结”。这种日本情结一直延伸和渗透到台湾战后的几十年的政治、经济和文化之中。在这种情况下，曾经被扭曲的民族身份难以得到有效的疗愈。相对于《乡村的教师》中集中于吴锦翔一身的台湾的殖民史与冷战史的交错，在《忠孝公园》中，林标和马正涛两条线独立发展，而又互相交织，共同编织出一部深具历史纵深感的台湾现当代史。如果说林标身上凝聚着台湾战后历史中挥之不去的“殖民”阴影，那么马正涛则代表着台湾战后一直至解严之后的世纪之交都难以化解的“冷战”氛围。虽然陈映真在世纪之交重新回眸几十年前的创作母题，然而他所思考的是台湾当下的社会问题，从另一个角度来说，也证明了殖民与冷战交错的战后思想结构一直延伸到解严之后，而并未得到真正有效的清理。

陈映真对于林标和马正涛的刻画及其历史境遇的描述，有两个方面的意义：首先，本省人所经历的殖民经历，和外省人所经历的冷战经历，基本上具有不可通约性，林标和马正涛所代表的外省人和本省人的不同历史经验决定了他们互相之间的不能理解。其次，殖民与冷战的历史之间的相互交错，决定了单一性清理的困难。正如陈光兴所说：“这两条历史结构性轴线迂回曲折地相互交错，彼此之间的关系何在？在理论上我们可以初步地这么说：所谓全方位的去殖民运动，在二次战后，被冷战结构的出现所腰斩、拦截、扑杀；亦即，冷战结构的形成使得去殖民的反思——特别是殖民主义长期在文化/情绪的层次上所造成的长远效应——无法展开，反倒是被冷战的迫切性所压制。”[①]

以上简要概括了陈映真在90年代之后的创作和批判实践所体现的主要诉求和特征。可以看到，无论是文学创作还是非文学性写作，陈映真都继续延续着80年代以来的写作诉求。一方面以左翼的方法论对“台独”派的文化和文学论述展开深刻的批判；另一方面在创作方面试图对台湾的殖民、冷战进行历史性的清理，以追问当下台湾族群分裂和民族身份认同扭曲的根源。

① 陈光兴：《为什么大和解不可能》，《台湾社会研究季刊》第43期“大和解？”专号，2001年9月。

总的来看，以“文革”的发生、结束为转折点，前30年（1959—1989）中，陈映真的思想结构和身份认同经历了一个较为曲折、复杂的历史。实际上，陈映真的思想转化的轨迹和台湾战后复杂的历史情境有密切关系，这是胸怀左翼理想的他对于中国近代以来的现代性转型及其历史遭遇的深层考量，而这种考量又因为添加了台湾特殊的地缘和文化差异性这一维度，而更增其复杂性。这种复杂性表现在两个方面：一是左翼身份在历史洪流中经历了一个建构、解构和重构的过程，而这个过程是以“中间物”意识为核心展开的。二是左翼身份和民族身份在不同时期以不同的形态纠缠在一起，并且互相影响，成为陈映真自身独特的文化和身份标志。

因此，在本书中，基本是以政治身份作为论述的主要演进路线，而以民族身份作为副线。因为“台湾人是不是中国人”和“台湾人如何再做中国人”当然是重要的问题，并且在某些时期成为他主要的关注和讨论对象，然而对于他自身的身份认同来说，民族身份的认同不是一个主要的“问题”，即便曾经存在一些挫折（1979年前后），也被他不怎么费力地予以解决了。也就是说，他从不怀疑自己的“中国人”和“中国知识分子”的身份，关键的问题是作为“中国知识分子”对中国应该走怎样的发展道路所持的态度和抉择。因此对他来说，贯穿他生命始终的“问题意识”是和政治身份密切相关的。

在这个意义上，通过自己的写作，陈映真把个人的命运和现代中国的命运紧密联系在一起，或者可以说，陈映真的写作不再是“个人”意义上的写作。他的写作历程基本是一个“知识分子”对现代中国的命运走向的追索及对其自身定位的艰难求索的历史。陈映真的意义不在于他为我们提供了一个现成的答案，实际上他也没有给出一个现成的答案。80 年代之后，面对理想与现实的多重矛盾，他艰难地重构自己的思想，经过重构的思想结构与左翼身份认同仍然充满矛盾与张力。应该说这种张力是无法消弭的，因为这是整个时代与社会的思想分歧的缩影。抛开世界范围的资本主义与社会主义理念的斗争不说，单就中国来看，中国共产党自从建党以来就从来没有停止过内部的思想论争，1949 年以来接连不断的政治运动如“反右”“文革”，也大都是“左”与“右”的路线斗争。时至今日，随着改革的不断深化，思想界“左”与“右”的分歧也仍然存在。而在台湾左派内部的分化同样如此。“1978 年以后，大陆开放改革的政策登场后，海内外台湾左派统一派出现分歧，开始就改革开放路线‘左’乎‘右’乎的问题，陷入苦闷。今年‘七一’讲话后，这种苦闷更显郁积。”①

陈映真曾经自认为解决了这种“左”与“右”、理想与现实的两难困境，在 1966 年“文革”的狂风骤雨和世界性的革命氛围的鼓舞之下，他对“左”的理想主义充满信心，但这种信心与斗志终究零落成泥。然而陈映真的意义正在于他能够直面现实的残酷和不完美，勇敢地面对现实及自己的内心，诚实地接受和反思现实以及自身。在这个意义上，陈映真继承了鲁迅的精神内核。没有一个深刻的思想家内心不存在深刻的矛盾，这种矛盾是他们的深刻与诚实的综合体。

台湾以《台湾社会研究季刊》为主要核心的“新左派”近年来

① 《人间思想与创作丛刊5：因为是祖国的缘故……》，人间出版社2001年版，第124页。

开始重新挖掘与阐释陈映真的文学与思想，大陆一些思想史学者如贺照田同样把目光投向陈映真，原因何在？我想，最切实的原因在于持特定立场的学者在当下思想界的深刻的思想分化中所面临的理论与思想困境。正如赵刚在对自己的反思中所指出的，他曾经对汪晖的《当代中国的思想状况与现代性问题》所作的批判，“其实是一个因隔膜而剥除汪晖文章的具体历史脉络，并依据我的新左‘理论’或‘价值’，来进行岛内的‘代理人战争’书写”[①]。赵刚对陈映真、汪晖的重新认识和高度评价来源于他们的写作与研究的一个共同特点：那就是立足于中国的历史和现实去思考和实践，这也是我们以历史的眼光纵向考察陈映真的思想变迁的重要原因。陈映真的写作意义给我们的启示在于：以历史和在地的眼光、态度，而不是一种特定的“知识”框架观照、反思和介入社会现实。正如赵刚所说的：“在走了将近20年的相对简单化的、去历史化的左翼知识分子的路途后，我慢慢地了解到‘左’与‘右’的简单化对立是一个虚假的对立，有时更会遮蔽现实的复杂性，并且让我们在对立的情绪中流失对复杂现实本应具有的探索能力。这是我所理解的‘超越左右’，而其中最重要的精神应属面对现实、回到历史，并重新评价传统。”[②]

半个世纪以来的陈映真在政治和民族身份上的双重关切说明：中国的生存和发展问题不能单纯地以“内在于”中国的视角来进行分析，必须意识到，中国的问题是左右内外的复杂交织。最重要的是，在全球化的以西方为主导的知识生产和言说规则之下，如何建构一个属于自己的看待自身的方式。如果离开了西方的理论就不

---

① 戴锦华等：《超越“左”与“右”》，《开放时代》2010年第9期。

② 戴锦华等：《超越“左”与“右”》，《开放时代》2010年第9期。

能说话，就不知道如何思考和讨论中国问题，那么就很难切实地接触到现实问题。在此意义上，更要求“左”与“右”都能谦卑地进入历史，建立更多的“重叠共识”，恐怕这也是赵刚所说的“超越‘左’与‘右’”的意义。

参考文献

一、中文著作

1.《陈映真作品集》，人间出版社 1988 年版。

2.《陈映真文选》，生活·读书·新知三联书店 2009 年版。

3.《陈映真文集·小说卷》，中国友谊出版公司 1998 年版。

4.《陈映真文集·文论卷》，中国友谊出版公司 1998 年版。

5.《陈映真文集·杂文卷》，中国友谊出版公司 1998 年版。

6.《陈映真小说集》，洪范书店 2001 年版。

7.《陈映真散文集》，洪范书店 2004 年版。

8. 陈碧玺:《台湾地方史》，中国社会科学出版社 1982 年版。

9. 陈孔立:《清代台湾移民社会研究》，厦门大学出版社 1991 年版。

10. 陈昭英:《台湾文学与本土化运动》，正中书局 1998 年版。

11. 古远清:《台湾当代文学理论批评史》，武汉大学出版社 1994 年版。

12. 胡经之、张首映主编:《二十世纪西方文论选》第 2 卷，中国社会科学出版社 1989 年版。

13. 黎湘萍:《台湾的忧郁——论陈映真的写作与台湾的文学精神》，生活·读书·新知三联书店 1994 年版。

14. 李赋宁:《欧洲文学史》第 2 卷，商务印书馆 2001 年版。

15. 李泽厚:《中国现代思想史论》，生活·读书·新知三联书店 2008 年版。

16. 刘剑梅:《革命与情爱：中国二十世纪小说史中女性身体和主题重述》，上海三联书店 2009 年版。

17. 刘军宁:《共和·民主·宪政——自由主义思想研究》，上海三联书店 1998 年版。

18.《刘少奇选集》，人民出版社 1981 年版。

19. 刘小新:《阐释的焦虑——当代台湾理论思潮解读（1987—2007）》，福建人民出版社 2010 年版。

20.《鲁迅全集》第 1 卷，人民文学出版社 1981 年版。

21. 陆谷孙主编:《英汉大词典》，上海译文出版社 1993 年版。

22. 罗钢、刘象愚:《文化研究读本》，中国社会科学出版社 2000 年版。

23. 吕正惠:《战后台湾文学经验》，生活·读书·新知三联书店 2010 年版。

24.《毛泽东选集》第 5 卷，人民出版社 1991 年版。

25. 施敏辉:《台湾意识论战选集》，前卫出版社 1985 年版。

26. 汪晖:《去政治化的政治——短 20 世纪的终结与 90 年代》，生活·读书·新知三联书店 2008 年版。

27. 汪晖:《反抗绝望：鲁迅及其文学世界》，生活·读书·新知三联书店 2008 年版。

28. 王安忆:《乌托邦诗篇》，华东师范大学出版社 2011 年版。

29. 王建生、洪明水:《战后初期台湾文学与思潮》，文津出版社有限公司 2005 年版。

30. 尉天骢主编:《乡土文学讨论集》，远景出版事业公司 1980 年版。

31. 吴浊流:《亚细亚的孤儿》，华夏出版社 1996 年版。

32. 许纪霖:《中国知识分子十论》，复旦大学出版社 2003 年版。

33. 许纪霖:《当代中国的启蒙与反启蒙》，社会科学文献出版社 2011 年版。

34. 印红标:《回首文革》，中共党史出版社 2001 年版。

35. 游胜冠:《台湾文学本土论的兴起与发展》，前卫出版社 1996 年版。

36. 张灏:《幽暗意识与民主传统》，新星出版社 2006 年版。

37. 张化、苏彩青:《回首文革》，中共党史出版社 2004 年版。

38. 张文中:《两岸三地名家访谈》，花城出版社 2004 年版。

39. 赵刚:《求索——陈映真的文学之路》，联经出版事业股份有限公司 2011 年版。

40. 赵遐秋:《生命的思索与呐喊——陈映真的小说气象》，作家出版社 2006 年版。

41. 郑鸿生等:《陈映真：思想与文学》，台湾社会科学研究杂志社 2011 年版。

42. 郑谦:《中国：从“文革”走向“改革”》，人民出版社 2008 年版。

43. 中华全国台湾同胞联谊会编:《台湾同胞抗日 50 年纪实》，

中国妇女出版社 1998 年版。

44.《台湾乡土文学・皇民文学的清理与批判》(人间思想与创作丛刊)，人间出版社，1998 年 12 月。

45.《噤哑的论争》(人间思想与创作丛刊)，人间出版社，1999 年 9 月。

46.《鹅仔——欧坦生作品集》(人间思想与创作丛刊)，人间出版社，2000 年 9 月。

47.《复现的星图》(人间思想与创作丛刊)，人间出版社，2000 年 12 月。

48.《因为是祖国的缘故……》(人间思想与创作丛刊)，人间出版社，2001 年 12 月。

49.《两岸文论史的反思：告别革命文学？》(人间思想与创作丛刊)，人间出版社，2003 年 12 月。

50.《爪痕与文学》(人间思想与创作丛刊)，人间出版社，2004 年 10 月。

51.《8・15：记忆和历史》(人间思想与创作丛刊)，人间出版社，2005 年 9 月。

52.《2・28：文学和历史》(人间思想与创作丛刊)，人间出版社，2006 年 2 月。

53.《贪腐破解了台独政权的神话》(人间思想与创作丛刊)，人间出版社，2006 年 10 月。

54.《2・28 六十周年特辑》(人间思想与创作丛刊)，人间出版社，2007 年 3 月。

55.《学习杨逵精神》(人间思想与创作丛刊)，人间出版社，

2007 年 6 月。

56.《乡土文学论战三十年——左翼传统的复归》(人间思想与创作丛刊),人间出版社,2008 年 1 月。

二、翻译及外文著作

1. [法] 阿尔都塞:《保卫马克思》,顾良译,商务印书馆 2006 年版。

2. [法] 安东尼·史密斯:《民族主义:理论,意识形态,历史》,叶江译,上海世纪出版集团 2006 年版。

3. [美] 本尼迪克特·安德森:《想象的共同体——民族主义的起源与散布》,吴叡人译,上海人民出版社 2003 年版。

4. [俄] 别林斯基:《别林斯基选集》,满涛译,上海译文出版社 1979 年版。

5. [美] 德里克:《跨国资本时代的后殖民批评》,王宁译,北京大学出版社 2004 年版。

6. [英] 厄内斯特·盖尔纳:《民族与民族主义》,韩红译,中央编译出版社 2002 年版。

7. [法] 法侬:《黑皮肤,白面具》,万冰译,译林出版社 2005 年版。

8. [荷兰] 佛克马、伯顿斯编:《走向后现代主义》,王宁等译,北京大学出版社 1991 年版。

9. [德] 卡尔·曼海姆:《意识形态和乌托邦》,黎鸣、李书崇译,上海三联书店 2011 年版。

10. [法] 雷蒙·阿隆:《知识分子的鸦片》,吕一民、顾杭译,译林出版社 2005 年版。

11.［美］林毓生:《中国意识的危机——“五四”时期激烈的反传统主义》，穆善培译，贵州人民出版社 1986 年版。

12.［德］马尔库塞:《爱欲与文明》，黄勇、薛明译，上海译文出版社 2005 年版。

13.［德］马尔库塞:《单向度的人》，刘继译，上海译文出版社 1989 年版。

14.《马克思恩格斯全集》第 3 卷，人民出版社 2002 年版；第 42 卷，人民出版社 1979 年版。

15.《马克思恩格斯选集》第 1 卷，人民出版社 1972 年版。

16.［法］迈克尔 · 伯恩斯:《法国与德雷福斯事件》，郑约宜译，江苏教育出版社 2006 年版。

17.［俄］米哈伊尔 · 巴赫金:《巴赫金全集》，钱中文译，河北教育出版社 1998 年版。

18.［俄］尼古拉 · 别尔嘉耶夫:《精神与实在》，张百春译，中国城市出版社 2002 年版。

19.［英］佩里 · 安德森:《当代西方马克思主义》，余文烈译，东方出版社 1989 年版。

20.［法］让 – 弗朗索瓦 · 西里奈利:《知识分子与法兰西激情》，刘云虹译，江苏人民出版社 2001 年版。

21.［美］萨义德:《知识分子论》，单德兴译，生活 · 读书 · 新知三联书店 2002 年版。

22.［美］塞缪尔 · 亨廷顿:《现代化：理论与历史经验的再探讨》，张景明译，上海译文出版社 1993 年版。

23. [英]斯图亚特·霍尔、保罗·杜盖伊编著:《文化身份问题研究》,庞璃译,河南大学出版社2010年版。

24. [英]以赛亚·伯林:《自由论》,胡传胜译,译林出版社2003年出版。

25. [英]约翰·麦奎利:《基督教神学原理》,何光沪译,上海三联书店2007年版。

26. 夏济安:《黑暗的闸门:中国左翼文学运动研究》,*Gate of Darkness:Studies on the Leftist Literary Movement*,University of Washington,1968.

27.Althusser. *Lenin and Philosophy and Other Es-says*. trans. Ben Brewster.New York : Monthly ReviewPress,1971.

三、期刊论文

1. 白杨:《流失在历史洪流中的"台北人"——从白先勇〈台北人〉到朱天文〈世纪末的华丽〉》,《南方文坛》2009年第5期。

2. 陈光兴、王晴:《"书写注定被遗忘的历史":陈映真的左翼书写与第三世界文学——陈光兴教授访谈》,《杭州师范大学学报(社会科学版)》2012年第2期。

3. 陈光兴:《为什么大和解不可能》,《台湾社会研究季刊》第43期"大和解?"专号,2001年9月。

4. 陈光兴:《重新认识左翼精神史的资产——论陈映真〈乡村的教师〉》,《杭州师范大学学报(社会科学版)》2012年第2期。

5. 戴锦华等:《超越"左"与"右"》,《开放时代》2010年第9期。

6. 方维保:《文学书写的情感祛魅与知识分子的主体隐身——对二十世纪红色罗曼司的一种理解》,《海南师范学院学报(社会科学版)》2007年第1期。

7. 冯克利:《阿隆与意识形态的终结》,《读书》1998年第12期。

8. 宫力:《三个世界划分理论对当代中国的深远影响》,《中国社会科学》2012年第8期。

9. 龚忠武:《哈佛的激情岁月——夺回中国近现代史的解释权》,见 http://wen.org.cn/modules/article/view.article.php/466/。

10. 贺照田:《当信仰遭遇危机——陈映真20世纪80年代的思想涌流析论》(一、二),《开放时代》2010年第10、12期。

11. 黎湘萍:《另类的台湾左翼》,《中国现代文学研究丛刊》2002年第1期。

12. 黎湘萍:《思想家的孤独?关于陈映真的文学和思想与战后东亚诸问题的内在关联》,《励耘学刊》2010年第1期。

13. 李亚宁:《马克思主义的人性整体观试探》,《四川大学学报(哲学社会科学版)》1983年第1期。

14. 刘登翰:《论台湾移民社会的形成对台湾文学性格的影响》,《福建论坛(文史哲版)》1991年第5期。

15. 刘觉生:《马克思主义的人性观与唯物史观》,《晋阳学刊》2001年第2期。

16. 龙玉霞:《巴赫金外位性思想的研究现状》,《聊城大学学报(社会科学版)》2010年第4期。

17. 吕正惠:《陈明忠访谈后记》,见 http://wen.org.cn/modules/article/view.article.php/c10/394/p1。

18. 孟登迎:《阿尔都塞意识形态理论与文艺问题》,《外国文学》2002 年第 3 期。

19. 钱理群:《陈映真和“鲁迅左翼”传统》,《现代中文学刊》2010 年第 1 期。

20. 邱运华:《外位性理论与巴赫金文艺学研究的方法论问题》,《外国文学研究》2006 年第 2 期。

21. 王得后:《鲁迅文学与左翼文学异同论》,《鲁迅研究月刊》2006 年第 2 期。

22. 王洪钧:《研拟执行文化复兴的具体计划》,《文讯》1990 年第 12 期。

23. 王珣:《文学风格作为中介——文艺社会学研究的一个视角》,《语文学刊》2009 年第 2 期。

24. 王永魁:《“第三世界”与“三个世界”的提法及涵义考证》,《北京党史》2011 年第 3 期。

25. 徐友渔:《进入 21 世纪的自由主义与新左派》, 见 https://www.rujiazg.com/index.php/article/833。

26. 衣俊卿:《论西方马克思主义的理论定位与批判指向》,《广东社会科学》2003 年第 2 期。

27. 张雷声:《“依附论”与“世界体系论”之比较分析》,《江淮论坛》1990 年第 5 期。

28. 赵刚:《分断体制下的悲剧与“喜剧”——我读〈第一件差事〉》,《台湾社会研究季刊》2009 年第 75 期。

29. 詹姆斯 · 彼得拉斯:《二十世纪末的文化帝国主义》, 见 http://www.ptext.cn/home4.php?id=975。

30. 郑谦:《20 世纪 60 年代的世界与中国》,《文汇读书周报》2004 年 3 月 26 日。

31. 朱双一:《30 年来台湾文坛“统独之争”述评》,《台湾研究》2007 年第 6 期。

32. 朱双一:《大众消费文化的影响及台湾文坛的因应》,《台湾研究集刊》1992 年第 2 期。

33. 朱双一:《论陈映真的身份建构》,《厦门大学学报(哲学社会科学版)》2008 年第 5 期。

附录　陈映真创作年表

1.《面摊》1959 年 5 月 24 日作。载 1959 年 9 月 15 日《笔汇》1 卷 5 期。署名陈善。

2.《我的弟弟康雄》载 1960 年 1 月《笔汇》1 卷 9 期。署名然而。

3.《家》载 1960 年 3 月《笔汇》1 卷 11 期。

4.《乡村的教师》载 1960 年 8 月《笔汇》2 卷 1 期。署名许南村。

5.《故乡》载 1960 年 9 月《笔汇》2 卷 2 期。署名陈君木。

6.《死者》载 1960 年 10 月《笔汇》2 卷 3 期。署名沈俊夫。

7.《祖父和伞》载 1960 年 12 月《笔汇》2 卷 5 期。署名林炳培。

8.《猫牠们的祖母》载 1961 年 1 月《笔汇》2 卷 6 期。署名陈秋彬。

9.《那么衰老的眼泪》载 1961 年 5 月《笔汇》2 卷 7 期。

10.《加略人犹大的故事》载 1961 年 7 月《笔汇》2 卷 9 期。署名许南村。

11.《苹果树》载 1961 年 11 月《笔汇》2 卷 11、12 期合刊本。署名陈根旺。

12.《文书——致耀忠毕业纪念》载 1963 年 9 月 30 日《现代文

学》18 期。

13.《将军族》载 1964 年 1 月 15 日《现代文学》19 期。

14.《凄惨的无言的嘴》载 1964 年 6 月 30 日《现代文学》21 期。

以上作品收于 1988 年人间版《作品集 1》。

15.《一绿色之候鸟》载 1964 年 10 月 10 日《现代文学》22 期。

16.《猎人之死》载 1965 年 2 月 1 日《现代文学》23 期。

17.《兀自照耀着的太阳》载 1965 年 7 月 1 日《现代文学》25 期。

18.《哦！苏珊娜》（初载 1963 年 3 月香港《好望角》半月刊）载 1966 年 9 月《幼狮文艺》153 期。

19.《最后的夏日》载 1966 年 10 月 10 日《文学季刊》1 期。

20.《唐倩的喜剧》载 1967 年 1 月 10 日《文学季刊》2 期。

21.《第一件差事》载 1967 年 4 月 10 日《文学季刊》3 期。

以上作品收于 1988 年人间版《作品集 2》。

22.《六月里的玫瑰花》载 1967 年 7 月 10 日《文学季刊》4 期。

23.《永恒的大地》约 1966 年作（1968 年陈映真入狱后，友人代为发表）。载 1970 年 2 月《文学季刊》10 期。署名秋彬。

24.《某一个日午》约 1966 年作。载 1973 年 8 月《文季》（季刊）1 期。

25.《贺大哥》载 1978 年 3 月《雄狮美术》85 期。

26.《夜行货车（华盛顿大楼之一）》载 1978 年 3 月《台湾文艺》58 期。

27.《上班族的一日（华盛顿大楼之二）》载 1978 年 9 月《雄狮

美术》91 期。

28.《累累》约 1967 年作（1968 年陈映真入狱后，友人代为发表）。（初载 1972 年 11 月香港《四季》不定期刊物）载 1979 年 11 月《现代文学》复刊 9 期。

以上作品收于 1988 年人间版《作品集 3》。

29.《云（华盛顿大楼之三）》载 1980 年 8 月《台湾文艺》68 期。

30.《万商帝君（华盛顿大楼之四）》1982 年 11 月 15 日作。载 1982 年 12 月《现代文学》复刊 19 期。

以上作品收于 1988 年人间版《作品集 4》。

31.《铃铛花》1983 年 3 月 20 日作。载 1983 年 4 月《文季》（双月刊）1 卷 1 期。

32.《山路》1983 年 7 月 14 日作。载 1983 年 8 月《文季》（双月刊）1 卷 3 期。

33.《赵南栋》载 1987 年 6 月 5 日《人间》20 期。又载 1987 年 6 月《中国时报》的人间副刊，节录为《赵尔平》。

以上作品收于 1988 年人间版《作品集 5》。

34.《归乡》1999 年 5 月作。载 1999 年 9 月 22 日至 10 月 8 日《联合报》副刊。又载 1999 年人间出版社《噤哑的论争》（人间思想与创作丛刊 2）。

35.《夜雾》2000 年 3 月 28 日作，4 月 1 日定稿。载 2000 年 11 月 25 日至 12 月 5 日《联合报》副刊。又载 2000 年 12 月人间出版社《复现的星图》。

36.《忠孝公园》2001 年 6 月 6 日作，19 日定稿。载 2001 年 7 月《联合文学》。又载 2001 年 8 月人间出版社《那些年，我们在台湾……》。

以上作品收于 2001 年洪范版《小说集 6》。

后记

当此书要付梓的时候，眼前不禁浮现出种种和此书相关的前尘往事。对于陈映真的兴趣和研究，是在首都师范大学文艺学专业读博的时候开始的。还记得2010年，博士刚入学的时候，我与同门和导师邱运华教授一起吃饭，席间顺便谈起读博期间的研究方向。邱老师没有给我们划定题目，但是他给了我们一个建议，那就是选择一个既有作品又有理论追求和创建的作者作为研究对象。我深以为然。不过现当代作家中符合这个条件且尚有研究空间的确实不多，一时间我陷入困惑之中。直到有一天，我在首都师范大学北区的图书馆闲逛，一排排书籍在我眼前掠过，突然一个名字映入眼帘:《陈映真作品集》。当我拿起那本书的时候，我没有想到，此后的若干年，会和这个熟悉又陌生的台湾作家结下不解之缘。陈映真完全符合既有创作又有理论的特点。不仅如此，陈映真除了有一批质量很高的文学作品，还写了很多文学评论和时政杂文，与鲁迅颇为类似。事实上，陈映真确实被学术界称为“台湾的鲁迅”。

随着对陈映真作品的阅读，我不仅进入了他的作品所呈现的文学世界，也连带进入了台湾的风云变幻的历史。他不仅思考台湾的命运，同样关注作为“中国人”的命运。这位真诚的作家，不仅在台湾文学有重要影响，在中国当代文学也有他的一席之地。

本书是在博士论文的基础上增删改写而成的。这里特别要感谢的是我的导师邱运华教授。我的学位论文在选题阶段就颇费周折，虽然对陈映真有较为浓厚的兴趣，然而出于畏难情绪，我的论题在关于陈映真和另一个题目（学衡派）之间几次反复。虽然如此，邱老师仍给予了我高度的耐心，对于我的每一次改弦更张都待以亲切的包容，这使我非常惭愧，并且感动。最终在邱老师的鼓励下，我决定迎难而上，选定陈映真作为论题。在整个论文的写作和修改过程中，邱老师也时时督促，为我的论文的思路和进展出谋划策，如果没有邱老师的悉心指导和多方关怀，我的学位论文不可能得以较为顺利地完成。在论文的准备过程中，邱老师帮助我联系了台湾的吕正惠教授。吕正惠教授作为陈映真的密友，对我的论文以陈映真为题给予了积极的鼓励，并且在论文的写作方法和思路上对我进行了细致的指导。不仅如此，吕正惠教授还从台湾给我寄来陈映真的作品集、著作索引和人间出版社出版的“人间丛刊”，这些漂洋过海的学术资料不仅凝聚了对于我的关怀和鞭策，更是两岸原本一家的民族感情的一种表征。不仅是吕正惠教授，台湾东海大学社会学系的赵刚教授对我的论文写作也给予了莫大的帮助。赵刚教授近年来对陈映真的研究有许多突破性的进展，对我有很大启发，并且给我提供了他许多没有发表的文章作为参考，在此向两位教授表示衷心的感谢。

我博士毕业已经多年，陈映真先生已经于 2016 年在北京去世。当时我已经离开北京，否则我应该会去送他一程。陈映真晚年因为脑出血，长期在北京住院，对于一个以“两岸统一”为志向的有着强烈家国情怀的台湾人来说，这也许是他最好的归宿。

本书的部分章节已经在《苏州科技大学学报》、《淮北师范大学学报》以及《临沂大学学报》发表，在此要向金得存等主编表示感谢。是为后记。

2023 年 3 月